Nach 40 Jahren erweist sich Arno Schmidts »Historischer Roman« als solcher im politischsten Sinne. Messerscharfe Statements zu BRD und DDR, eine Fahrt über die Transitstrecke, die damals noch Interzonenautobahn hieß, nach Ost- und West-Berlin und Dokumente zur Politik des Kalten Krieges machen ›Das steinerne Herz‹ zu einem Geschichtsbuch der deutschen Nachkriegszeit.
Zur Mythologie der deutschen Fünfziger gehört der Traum vom Großen Los. Seine Erfüllung vergoldet die Liebesgeschichte mit doppelt und dreifachem Happy-End.
Unter den Aspekten von Politik und Eros ist ›Das steinerne Herz‹ ein poetisches Paradigma der deutschen Teilung und (Wieder-)Vereinigung.

Arno Schmidt, geboren am 18. Januar 1914 in Hamburg, starb am 3. Juni 1979 in Celle. Vor dem Krieg war Arno Schmidt Graphischer Lagerbuchhalter in Greiffenberg/Schlesien. Nach Kriegsdienst und Gefangenschaft arbeitete er seit 1947 als Übersetzer und Schriftsteller. Seit 1949 erschienen zahlreiche Erzählungen, literarhistorische Radio-Essays und eine umfangreiche Fouqué-Biografie (1958). Seit ›Zettels Traum‹ (1970) erschienen seine Prosawerke in großformatigen Typoskriptbänden. Arno Schmidt erhielt den Goethe-Preis der Stadt Frankfurt am Main.
Im Fischer Taschenbuch Verlag sind erschienen: ›Alexander oder Was ist die Wahrheit‹ (Bd. 9111), ›Aus dem Leben eines Fauns‹ (Bd. 9112), ›Aus julianischen Tagen‹ (Bd. 9114), ›Brand's Haide‹ (Bd. 9113), ›Die Gelehrtenrepublik‹ (Bd. 9126), ›KAFF auch Mare Crisium‹ (Bd. 9117), ›Kosmas Tina Goethe‹ (Bd. 9123), ›Leviathan und der Schwarze Spiegel‹ (Bd. 9110), ›Nachrichten aus dem Leben eines Lords‹ (Bd. 9116), ›Orpheus‹ (Bd. 9120), ›Schwänze‹ (Bd. 9115), ›Seelandschaft mit Pocahontas/Die Umsiedler‹ (Bd. 9118), ›Sitara und der Weg dorthin‹ (Bd. 13797), ›Sommermeteor‹ (Bd. 9121), ›Nichts ist mir zu klein‹ (Bd. 14050) und ›Die Schreckensmänner‹ (Bd. 14213).

ARNO SCHMIDT

DAS STEINERNE HERZ

Historischer Roman aus dem Jahre
1954 nach Christi

FISCHER TASCHENBUCH VERLAG

9. Auflage: Juli 1999

Veröffentlicht im Fischer Taschenbuch Verlag GmbH,
Frankfurt am Main, Mai 1967

Ausgabe der S. Fischer Verlag GmbH, Frankfurt am Main,
im Fischer Taschenbuch Verlag

Satz: Fotosatz Otto Gutfreund, Darmstadt
Gesamtherstellung: Clausen & Bosse, Leck
Printed in Germany
ISBN 3-596-29122-4

DAS STEINERNE HERZ

Historischer Roman aus dem Jahre 1954 nach Christi

I.

In unserem Wassertropfen : Ein metallisch blauer Kegel kam mir entgegen ; im Visierei 2 stumpfe Augenkerne.

Dann ein strohgelber : unter der trüben Plasmahaut schied man breite Zellen, Fangarme hingen ; oben hatte es einen Wimpernkopf abgeschnürt, Romanoffskyfarbton ; und zog naß tickend an mir vorbei. Volkswagen rädertierten. Nah hinten auf dem Platz trieb auch die Schirmqualle. (Genug nu !).

So hantierten wir im Stickstoff mit anaëroben Gebärden (eben machte Einer aus Armen ein schönes langes Beteuerungszeichen), wir, am Grunde unseres Luftteiches, und die Bäume schwankten wasserpflanzen. Mein linker Schuh betrachtete mich kühl aus seinen Lochreihen.

(*Intelligenz lähmt,* schwächt, hindert ? : Ihr werd't Euch wundern ! : Scharf wie'n Terrier macht se ! !).

: » Durchzähl'n ! « : (triefende Bäume mit stoisch verschränkten Armen); dann kam aber der erwähnte Windbefehl, und sie warfen einander die Köpfe zu ; die ganze Chaussee hinunter.

Die Straße rutschte vor mir her. Ein verweintes Pferd sah mich aus Linsen an. Dann mußte ich aber nach rechts ; wie es die alten Maurer gewollt hatten, in der ihrem Steinkanal. (Der Regen perkutierte leiser mein Schädeldach ; der Blutstrom golfte ; Glieder hingen und standen an mir herum : wenn ‹ man wollte ›, bewegte sich ein Daumen).

Im Ort : Fachwerk schwarz und rot; (also jetzt systematisch : ich, vom Regen geköpert); mit leise sprudelnden Dächern : an manchen hingen Blechschlangen herunter, bogen mühsam den Rachen ab, und erbrachen, stoßweise, unaufhörlich.

‹ *Erinnerungen einer Ladentürklinke* ›. (‹ Autobiography of a Pocket-Handkerchief › giebts; leider nicht gut genug).

Gesicht aus Kartoffelschalen : ihr grauer vielzweigiger Ast ergriff ne Büchse Milch; der Lochmund blies 4 schwarze Silbenplättchen : ' ' ' ' : (also zahlen; in die zerfressene Rothaut des Ladentisches). – » Och : däi wohnt an' tummern Enn ! « (Wird der Flecken also eingeteilt in das ‹ Dümmere Ende › und das ‹ Bessere Ende ›; an und für sich interessant genug; auch die strähnige Stimme; aber so kriegt man's noch nich raus. – : Friseure ? – Gastwirte ? ? – –)

Halt ! ! : Der Laden des Eisverkäufers ! (und *wie* lustig schwappte der weißblaue Zunftwimpel !). Mit dem breiten gelben Slawengesicht, dem klebrig-schwarzen Schopfhalbmond drauf : Drei-Dau-Send=Mark hatte die Eismaschine gekostet ! (Also anerkennend unterlippig nicken : ganz schöne Ausgabe. Und kündigen wollte ihm der Hauswirt auch noch zum Jahresende).

Unterbrechung : die dicke junge Tochter : weißer, schön gebuckelter Pullover, aus zausiger Flausch= und Streichelwolle, schamhaarig rundherum. Schenkel doppelten Umfangs : und das mit 15 !

(*Aber das Gesicht ! :* auch ihre Vorfahren waren allzulange mit den Skythen, Ptolemäus 6 Vers 13, geritten : in die Nasenlöcher hätte man mit IHM fahren können. Hypergesunde Zähne. –. – : Ja : geh einkaufen !)

» *Ohja : n Fremdenverkehrsverein* iss hier. « (Draußen pendelte der Wind unentschlossen hin und her. Herr Himmel fauchte ruhiger. Mein erweitertes Herz tat einige

Schläge. Tischdeckchen aus rotem Kunststoff, mit einem großen Spitzenstern aufgedruckt). War aber gut, das Eis! : » Geben Sie mir bitte noch ne Portion, ja?«.

» *Thumann? – :* Ja, die sind auch da=in. « » Die ham vorm Monat erst ihre Flüchtlinge rausgekriegt. « (Most interesting!). » Der nennt die Schimmelundbleß! « (Scheinbar Synonym für nicht ganz glückliche Ehe. Also : hin!).

Schon das erste Bißchen Sonne wieder : und immer durch die Zahnreihe der Giebelschatten durch. Drüben kulißten die Mauern in wäßrigem Hellgelb, aufgerauhtem.

Würste : müßte man mit rechteckigem Querschnitt herstellen (dreieckigem?) : dies Kaldaunenrunde erinnert vielzusehr ans Organische, so Darm & Arm & Ringelkörper. : » Könn' Sie mir bitte sagen, wo hier in der Nähe ein ‹Chauffeur Thumann› wohnt? « (Also nicht in der Nähe!).

Mit Schaufeln : spritzten sie sich Sand um die leer lachenden Köpfe : grätschelnde Kleinkinder : mit Würstchengliedern. Dahinter, auf ihren Lattenrosten, wohlbeschürzte Gärtnerinnen : man sah mir fest und unverlegen nach.

» *Das?!« :* war das Feuerwehrhaus. » – un unn'isser Laichnwaagn in! « (Ein Triangelwieslein unten drum; der Turm hatte drei Stockwerke. Rechts die Vorgärten mit 12, 13, wie meine Schuhe dran vorbeigingen, 17, 18 Ringelblumen; ein Busch bewegte sehr schön die Blätter).

(*Verstohlener Blick* auf den Katasterplan 1 zu 5000 : – ah : hier bin ich : die ‹Schloßapotheke›, Steinbau verputzt : » Ä=könn' Sie mir vielleicht sagen ....? « : », ;. – : ! – : !! « – : » Ah : Danke schön .. «).

Hier also! (Und tatsächlich das letzte Haus; nach Norden). (Was'n Wort : ‹Norden›! – Na, ich bin ja gespannt!!).

Die Schafherde wimmelte vorbei, gefällig, wie auf dem Haidefoto. Gleich dahinter kam die Sonne strotzend raus, aber der Wind westerte noch hübsch frisch; nun, es war Sommer. (Zufrieden : Sommer.)

Nummer 31 : Die Giebelwand mit braunen Brettern verkleidet; Längsfront rechtwinkliges Fachwerk, mit stumpf=weinrot=übermalten Ziegeln ausgefüllt. Im Vorgarten die Eiche (50 Zentimeter Durchmesser); 2 Fliederbäumchen. Alter Lattenzaun. Eingangstunnel von wildem Spalierwein. 4 Fenster. (Hart daneben, schon im Nachbargrundstück, ein eigentümlich=langer, schmaler, zweistöckiger, fast schwarzer Holzschuppen. – – Erst nochmal n Stück den Feldweg nach Norden).

(Auch ne UKW=Antenne !).

Klopfen : !, !, ! – : Nichts. (Nur die Gardine rechts verschob sich ganz leise; ich sah ja wohl auch aus, wie'n Reisender. Also nochmal : 1, 2, 3 : ?).

Augen wie Bunsenbrenner (und der Mund zum dito Fauchen geöffnet ! Besser gleich zuvorkommen) : » Der Fremdenverkehrsverein sagte mir, daß ich bei Ihnen ein Zimmer auf längere Zeit mieten kann ? « (Absichtlich kein Konjunktiv ! – Breite Oberarme schenkelten badefroh aus blumigen Ärmelhöschen; ein Paar hübsche dicke Brüste, mindestens Größe 7. Und die saftigen schwarzen Augen, wie gesagt. – Aber auch wohl schon im konsularischen Alter; na, trotzdem.)

(Wenn's bloß klappte ! Ich hab Alles auf die eine Karte gesetzt ! Und sah sie heiter= und verzweifelt=erotisch an : ? . – » Au'mblickbidde. «)

Warten im Laubengang : drinnen hastige Akusmata, wie Frau und Mann (wahrscheinlich hatten sie noch gar nicht ans möblierte Vermieten gedacht, und fanden jetzt – hoffentlich ! – Gefallen an der massiven Nebeneinnahme ?).

» Komm' Sie doch biddema mit rain! « (Und gleich ER : 2 hellblaue Augenscheiben neben der Nase. Schwarze Haare; aber oben schon grau, als habe ihm ein Feuer die Spitzen verascht. Erst wenn man bereits 5 Sekunden in der Wohnküche stand, klappte die Gartentür hörbar zu : gefährliche Einrichtung!).

» Selbstverständlich bezahl' ich im Voraus! « : Schlafen 1 Mark 50; ab morgen Mittag essen : 1.75 und Abendbrot 1.25; also 4.50 mal 30 gleich 135 Mark im Monat. (Ohne Frühstück : das kenn ich seit 39 nich mehr. Und gelassen 120 uff'n Tisch : sie waren's nicht gewöhnt, und besahen mich in freudiger Ratlosigkeit, das merkte man gleich. Also gute Leute!)

Aber noch immer völlig verwirrt : » Könn' Sie in – : ain=sswei Stunn' wiedakomm'? « (baten sie; und, erlöst) : » Ja; den Koffa lassen Sie ma gleich hier. « (Wollten oben also überhaupt erst einräumen; alte Möbel reinstellen, was Bettähnliches; na, mir soll Alles recht sein!). (Prima!! Und glatt : » Selbstverständlich! Geh ich heut nochmal ins Gasthaus essen. – Bösenberg? Am Bahnhof? Ist das Solideste?! Also von hier aus immer rechts : ah : Danke! «). –

Kleine Jungen kolumbisierten saftig im Rinnstein. Backfische taten gepflegt. Schneider Knopp brillte mich furchtbar an, und stieß einen blitzenden Nadeldolch tief in die zusammenknickende Jackettbrust. Dröhnend hinkte, aus der Ladentür, amputierte Musik. Dann spiegelte schon wieder die Büchtener Chaussee : die kleine Stadt.

Ein flennender Trampel, das Schinkengestrotze dünn mit Dirndlstoff bezogen, galoppierte mir dröhnend auf einem Visionsradius heran : ? (aha : zur Hebamme rein! E. Klaus.).

Genaue Zeit? : also bei feuchtem Wetter (das heißt : barometrischem Tief) ging die Zwiebel grundsätzlich nach ; rund drei Minuten pro Tag ; und ich stopfte sie mir wieder in den Bauch, beuteltierig unzufrieden : immer noch 70 Minuten totzuschlagen ! Dann erfragte ich aber doch noch das Postamt, und ließ mir das verabredete Paket von ‹ Zu Hause › nachschicken. (Das heißt, ich hatte in Saarburg dem befreundeten Postboten den Karton gegeben ; und ihn gebeten, sobald meine Karte einträfe . . . . .).

Aber auch n ulkiger Beamter hier ! : statt ‹ Ja › sagte er abwechselnd ‹ Man kann es so ausdrücken › und ‹ Ich bin überzeugt davon ›. (Mal später Fragen für ihn ausdenken, so » Heut ist doch Mittwoch ? « oder » Liebst Du mich, Oskar ? «). Höflich verdünntes Gewäsch, langhalsiges Zahnlächeln : das gefiel mir schon recht. Ja. (Und verneigen mit langem Oberkörper, wie ein akademisch Gebildeter).

Zurück : » Ä-übrigens : ‹ Walter Eggers › mein Name « (und ihrer Thumann : er Karl, sie Frieda. Im Vorbeigehen, im oberen Stock, ein feistes Ehebettenpaar).

Das möblierte Zimmer : ein hübscher, grau und blau gespaltener Bettvorleger ; darauf sogar ein Paar hellgelbe Pantoffeln : trat der Rechte den Linken nicht auf die Spitze ? ! (Und Stirnrunzeln : muß ich unwillkürlich ; can't help). Der Fußboden frisch mit rotem drogisch=riechendem Bohnerwachs bestrichen : man schritt finster durch wolkige Blutlachen (sofort nahm mein Gesicht diesen martialischen Ausdruck an, und sie wiederholten unsicherer den Mietpreis).

: *» Und völ=lich gegen Osswinn geschützt ! «* – » Der hierzulande allerdings nie weht. « – » Na ja « gab er zu, » aber immerhin . . . . «. (Leidliche Aussicht ; von Südwesten im Sektor von 270 Grad bis Südosten, wenn man die Dachluke zu Hilfe nahm ; manchmal durch Wipfel hindurch; und auch den Beiden lag auf einmal sehr daran : ‹ viel › Geld verdienen; und gleichzeitig neuer Belegung durchs Wohnungsamt geschickt vorbeugen.).

Allein : Teller : wie wärs, wenns nur schwarze gäbe; und mit unregelmäßig gezacktem Rand ? (Iss aber wohl schwerer zum Abwaschen; und ich fraß grämlicher weiter : taugt Alles nichts ! Abendbrot; im Stehen; aus der Hand).

Das Klo (und er zeigte es leicht beklommen : durchaus mit Recht) : finstere Symbole hingen an allen stinkenden Wänden, aus Besen, Faßreifen, alten Schürzen, erwarteter Kleinwirrwarr : was weiß ich von Zuganschlüssen auf Tasmanien ? ! (Links spotten, über mich selbst. Und nochmal anzüglich schnuppern).

» *Ist das Alles Ihr Garten ? !* « (anerkennend); und es war Alles seine : Wäscheplan, Beete, auch der Obsthain hinten : » 2.000 Quadratmeter ? : Na, immerhin ! «

» *Ach, Sie sind Fernfahrer ? !* « Mit Frischmilch ? Nach Berlin ? ? ! (Interessanter Beruf; muß ich ihn mal umfassend ausfragen. – Aber jetzt auch sein Vertrauen vergelten – verflucht – : was war ich gleich von Beruf ? – – : » Ich bin Einkäufer «. (Geschickt, was ? ! Wird keine Sau draus schlau; aber er warf pfiffig den Kopf auf, als wüßte er nun Alles)).

» *Darf ich ma Nachrichten mit hören ?* « : Sicher ! : Er führte mich sofort in die Küche. – Adenauer=Friedländer hielt wieder seine übliche oratio pro domo. (Jeder Politiker will königen ! Ihr könnt mir viel erzählen, wie leid's Euch tut, daß Ihr ‹ wiederaufrüsten müßt › !). Blank schmiedete HDVs. Noch mehr Yes=Männer. Verkehrsunfälle und Sport, im Gemisch von dämonischer Banalität. Beromünster verordnete ‹ bundesrätlich › noch dieses: » Jeder Ausländer, der sich ohne Unterbruch im

Lande aufhält ....«, und wir platzten nickend raus : muß also scheinbar Jeder da n Leistenbruch haben. – (Aber von Büchern war bis jetzt noch nichts zu sehen : schlechtes Zeichen : s waren keine da ! Gutes Zeichen : sie lagen unbeachtet auf'm Boden ? – Mir sagt Keiner was !).

Gegen unsere Restauration : » Die Weimarer Zeit waren die intelligentesten Jahre, die Deutschland je erlebt hat ! « Die intelligentesten Jahre ; die freiesten Jahre ; die glaubens= und uniformlosesten Jahre. Er kicherte vor SPD am ganzen Leibe, und wir wurden wieder einiger.

» *Rauchen Sie* ne Africaine mit ? « : er kannte die Saarsorte noch nicht, und inhalierte interessiert –, – : » Aber staak ! – – «. (Ich blies nur so durch die Nase, höchstens 2, 3 Lungenzüge ; will mirs nicht mehr angewöhnen. Jedenfalls wurden wir wieder einiger ; und Frau Frieda bewegte ihre weiße Strammheit kokett küchenbüfettentlang : *mindestens* Größe 7 !). Dann drohte unterwürfig die Stimme des Zeitansagers : » . . . noch 30 Sekunden . . . . : . . . « (und ich floh rasch vor dem Gongschmiß vors Haus).

Ein eisernes Laternenhaupt, mit mageren Wangenschienen, starrte abwesend in seinen Lichtkreis. So astigmatisch war ich, daß ich dem im Hausflur liegenden Handfeger » Komm, Mies, komm ! « zugerufen hatte. / Drinnen : » *Was* iss er von Beruf ? – – Und unverheirat' ? – – Na, bessahlt hattaja in Vohr=aus ! « (Der Mond, das halbe Gesicht geschwärzt, belauerte mich um die Hausecke).

» *Gute Nacht ! – : ? – : Neinnein :* wecken brauchen Sie mich nich ; ich steh allein auf : Danke schön ! «

Durch fremde Möbelwildnisse : tunnelten Korridore, rechteckig schwenkenden Querschnitts : nur in den Spiegeln bewegte sich etwas. (Und oben Stearinlicht und Streichhölzer. Auch der Wasserkrug war gefüllt : ich bin ja neugierig, ob sie noch was haben !).

Dachluke : Schleier mit Tupfen : das Gewebe wurde in großen Bahnen vorbei gezogen, stundenlang, gleichmäßig, immer über die halbe Prüflampe weg. (Also begegnete man auf Erden auch einigen sehr stummen Leuten mit hellgrauen Gesichtern).

Aber erst mal ausziehen : bloß Schlafanzug raus ; Koffer kann ich morgen in den Schrank entleeren. (Gedankenfacetten, stumpf und zahllos).

Wann wird es endlich Uhren geben, auf denen man klipp und flink 21/34 ablesen kann ? ! Ich gaffte meinem Zeitstück ins runde Affengesicht ; verwechselte natürlich erstmal die Zeiger ; und übertrug dann gerunzelt die grafische Darstellung in menschliche Zahlen : alles verlorene Zeit ! (Dabei wärs so einfach ! : 2 nebeneinanderlaufende Zellofantrommeln ; die Stunden rot, Minuten schwarz ; alle 60 Sekunden schnappt die letzte eins weiter, sodaß man im Schlitz mühelos läse : 21/34 ; man kann bloß n Kopf schütteln. – N Nachttopf war diskret unterm Bett : Bon ! : bin n undichter alter Mann).

In der Giebelwand die zwei kleinen Fensterecke : : schön dunkel. Nur ganz fern im Norden ein Licht : ? – – – konstant ! – Dem Meßtischblatt nach – also – mit der Lupe – – : HELLBERG, ein Weiler. Aber schön dunkel und ganz still.

Ich stellte vor der schrägen Nordostwand den Stuhl auf den Tisch, und ruff uffn Thron (ein Hausdach, auf dem mitten eine Büste steht : müßte gezeichnet direkt surrealistisch aussehen.)

Alles nur Pfannen, mit wildem blauem Licht beschmiert ! – Drüben gleißte die ‹ Alte Leine ›. Bäume weideten einzelgängerisch. Mond prüfend dicht über Verschleiertes geneigt.

Im Nachbargarten platzte die Hauswand auf; eine Stimme jovialte : Niemand sah meine Büste, mitten auf ein Dach gesteckt! (Aber nun wirds Zeit, Größenwahn kommt wieder!)

» *Nochmal Geld zählen :* hier 2; zu Hause 3; macht zusammen 5 Tausend : das kann ohne weiteres noch 3 Jahre reichen! Selbst wenn nichts mehr dazu käme : und unterdessen ergiebt sich ja bestimmt noch was! (Unds Licht ausmachen).

Zermüdlichkeit : meine Stimme verlallte im Unterholz der Träume; rote Fische aßen mich wieder. Weibliches, mit dem Gesicht aller Mädchen, beinte heran. Im hohen Treppenhaus der Schule, im Gesichterschwall, verschwand mein eigenes . . . . .

Im Grauen liegen, wie in geschmolzener Erinnerung (mit rostbreiten Säumen, die der Hahn dran wieherte). Dann :

Uhr in Fingerzacken (geht die Wortdestille also wieder. Mit allen Arten von Zwielichtern erfüllt).

Die Stubendecke, von 4 schweren Balken durchzogen : SIE muß mit ziemlicher Sicherheit die Urenkelin vom Jansen sein : wenn das Haus lange genug in Familienbesitz war, ist es durchaus möglich, daß der Nachlaß hier gelandet ist. (Die beiden anderen männlichen Linien hatten jedenfalls nichts mehr gehabt!). Ich muß sie eben langsam auf ihre Familie zu sprechen bringen; dann alte Bücher. Und so weiter. (Vor allem auch erwähnen, daß das ‹ Geld › bringen kann; dafür scheinen sie empfänglich. Und auch rausfinden, *wer* hier regiert).

Duft, rötlich Glanz, erschien glastafelig im Dachfenster; das Blut klimperte ferne Schlager (so aus der Jugend; wo man jung war; so Lauban).

Von unten : ein Stampedo von Worten! (Sagten sich scheinbar ‹ Die Wahrheit ›). – » Also das iss doch! – –

– ! « (: ER. Formulierte aber nichts Genaues, Schneidendes, sondern tat weiter hilflose Brülle : scheint also *sie* zu regieren !).

Aufgestanden : 2 Meter 40 war die Decke zwischen den Trägerbalken hoch (da eben noch mit den Fingerspitzen zu erreichen). Der Spind : kleinabermein, und sogar mit Schlüssel : soll ich nun nachher stecken lassen oder abziehen ? Steckenlassen bewiese kindlich=patriarchalisches Vertrauen ; Abziehen, daß ich, kreditwürdig, das Meinige zusammenzuhalten weiß. – (Also abziehen !).

Das finstere Skelett des Waschständers : memento mori. (Aber das Bett war tatsächlich wunderbar ! Mit geräuschloser peutêtre=Federung ; lang und warm). Noch schnell das Buch auf n Tisch legen : aber das war auch ein Bube, dieser James Kirke Paulding, ‹ The Puritan's Daughter › ! : hatte er nicht die Goffe=Episode einfach aus Coopers ‹ Conanchet › abgeschrieben ? ! (Beziehungsweise aus Scotts ‹ Peveril › ; aber gestohlen hat er ! Also auch ‹ Koningsmarke › dann mit Vorsicht genießen !). – Noch die Mappe mit Briefen dazu : da hat sie was zu lesen beim Saubermachen, und s sind alles geheimnisvoll gelehrte Nichtswürdigkeiten (aber den Stammbaum ‹ Jansen › darf sie *nich* finden !).

So : – , –

Gegenüber die Lattenwände der Bodenkammern ! ! : zankten sie noch unten ? – ? – » Beim dreimal großen Hermes ! ! – « schrie er eben erschöpft – –

Also Augen anlegen ! – – : – : – : – –

Hn : das Übliche : Stuhltrümmer. ‹ Vergrößerungen › von Vätern und Müttern unsagbarer Scheußlichkeit : gleich neben mir, im handhohen Stehkragen und wohlplastroniert, hielt Einer mit erkünstelter Furchtlosigkeit ein Veloziped von sich ab, Modell 1905, und darunter : ‹ Ick bin een echta Berlina › ! : Hoffentlich war der aus der

Thumannschen Ahnenreihe. – Truhen mit gewölbtem Deckel : zwei. Kisten. Kollektionen von Stangen ; und geplatzten Weidenkörben ohne Griffe. Verdunkelungsrollen, noch vom Kriege her : davon können sie mir eigentlich eine dran machen ; es kommen den Menschen bisweilen merkwürdige Gelüste an, und da braucht nich Jeder zuzukucken. – – Vorlegeschlösser hm.

Ihre Mündung fing an, Wortgarben zu feuern : rote Vokale prallten an (rikochettierten) ; Konsonanten hummelten und querschlägerten, dum=dum ; sie schüttelte die strammen Haare und blähte Augen. (Dazu die weiße Terzerolhand mit Zeigefinger, die unerbittlich auf ihn angelegt hatte) : » Nimm gefälligst Deine Camemberts vom Stuhl runter ! « . (Strümpfe, wie sich dann herausstellte : » Dir fehlt bloß noch, dassu priems ! «).

Er kippte den Oberkörper vor, und leerte 1 Ohm Schimpfworte über sie aus :

» Du ? : Du biss eine große Flaume ! « schrie er wütend. » Das solltest Du nich sagen « (sie ; pikiert) » zumindest nich in meiner Gegenwart. – Auch iss es schwer, 15 Jahre mit Dir gelebt zu haben, und *keine* Flaume gewor'n zu sein. « (Also regiert *sie* !).

Ihre Schatten schwenkten die Arme ; noch machten beide garstige Augen, als ich die Geländersäule bewußt elastisch umschritt. (Verhallend : » Verdefendier Dich, wenn Du kannst ! « ; und sie, erhaben : » Loot man ween ! «).

In unsern Mündern schlängelten sich die Zungen, strickten Vokale an Zischlaute, Ventile gluckten gelenkig, Summer ergingen sich (und s bedeutete alles sogar was ! Aufklappte das Maul vom P zum a, sie schwebten vorm Stoppelfeld meines Gesichtes. Dann später mal zwei n, und das kitzelte Einen richtig : immer schön bei Allem denken ; damit kann man weit kommen !).

» Mach schnell : mich düngt ! « : säuisch, aber witzig, der

Chauffeur; ließ auch, fast korrekt unsichtbar geworden, im Schüppchen ein Ding, daß die Alten sofort ein Bidental errichtet hätten. –

» Nain, Du krixkein Schnaps : Du muß nachheer weck ! « (so sehr er auch bat, mit sardonischem Wiehern, und kunstvoll schlaff=gierigem Säufergesicht : » Noch n Fnapth, Frieda «, mit Tie=äitsch am Ende. Verwahrt die Regentin also auch den Schnaps, Reine de l'Alcool; und er murrte mit mir in den Garten hinter).

Feuerfaxen, Flameusen & Pikotten : Weißmantelsches Nelkensystem; Blumisten findet man allerorten. (» Ja; sie vers-teckt immer die Flasche. « Hat ja wohl auch recht : bei'm Kraftfahrer ? » Na ja « gab er zu, » aber immerhin ! «. Und da halfen keine irenischen Bemerkungen meinerseits).

Kriegsgefangener in Irland war er gewesen, und konnte ‹ Scheiße › auf Keltisch sagen. Ich in Brüssel; und vergalt sein Vertrauen :

Zeichensprache : ‹ Das taubstumme Ehepaar vorm Scheidungsrichter › (und er meckerte angeregt : der edele senedaere / der minnet senediu maere).

Elektrisch rasieren ? ! : Nee ! ! : taugt nichts ! : Man wird nie richtig glatt; und für die 50 Mark, die son Ding kostet, rasiert man sich nach alter Art 10 Jahre wie n Reichsunmittelbarer !

Drinnen (er zog mich hinein) : vom Nutzen alter Lexika : Meyer, 3. Auflage, 1874, I 404 : Lob des Alkohols : die Stimme wird voller, der Gang elastischer; » ein kleiner Schnaps hat sich nach dem Genuß fetter Speisen wohl bewährt «; » dem Armen ersetzt der Branntwein das Gewürz «; und dem abgespannten und ermüdeten Arbeiter schafft er eine gewisse geistige Erregung und erhöhte Leistungsfähigkeit ! Er trabte also demonstrierend elastisch vor ihr : – ? ? –

Nichts : gar nichts ! ! Sie blieb hart ; und ich versuchte es, ihm amüsiert, ihr anerkennend, zuzulächeln. (N Januskopf müßte man haben).

» *Ich geh etwas spazieren, ja ?* – Um 1 Uhr Essen ? : selbstverständlich : ist mir recht. «

Gleich daneben das ‹ Standesamt Ahlden › (und ein verschleimtes Motorrad) ; Gundermann & Hederich. Grüne Mützen, SA-Modell, in den Schaufenstern : ich erinnerte mich, daß ich in Niedersachsen war.

(‹ *Dr. Mellbrügge* › : diese reichen Luder können nich genug kriegen : sogar die Konsonanten im Namen müssen möglichst alle doppelt sein !).

‹ *Deutsches Corned Beef* › *? :* Die denken sich wahrscheinlich, wenn sie Röhrengedärm und n bissel Abfallfleisch durchn'ander kochten, käm Corned Beef raus ? ! : Ihr werdt Euch noch wundern, mit ‹ Deutscher Wertarbeit › ! ! (Düsenjäger zogen ein weißes Maaßwerk um die Sonne. Telefondrähte : müßten auch etwas blühen können. Und im Herbst ab und zu n rotes Blatt dran haben ; oder so.)

Schuster Oldekopp, Franz : Gott erhalte Franz den Kaiser. (Dann landwirtschaftliche Maschinen, giftigbunt, wie sie der deutsche Bauer liebt : entweder Kitsch oder Feldgrau, weiter kennen die nischt !).

Drinnen : » Ein Beutel Wanniel' bitte ! « (Das ist die *ganz* vornehme Sorte, der das korrekt spanische ‹ Vanilje › zu plebejisch klingt ; dieselben, die Hoffmanns Freund prinzipiell ‹ Dewriäng › ausnäseln, anstatt des ehrlich=holländischen ‹ de Vrient › ; so Geheimratswitwen oder Direktorsgattinnen. Und dann kriegte sie ihr Tütchen Bourbonvanille, $C_8H_8O_3$, und würde Männe also heute einen schönen kleinen Pudding kochen, so 50 Gramm für 14 Personen : n Arbeiter iss mir am Arsch lieber, wie die im Gesicht ! Auch der Krämer machte ein paar allgemeingültige christlich=abendländische Bemerkungen, gedämpft, mit heruntergezogener Oberlippe, und konnte Einen kaum ansehn : also wahrscheinlich s Gebiß beim Schmied. » Aber gern, Frau Doktor ! «).

Vorsichtiger Krämer : er schäftete Worte, langstielige, zwischen Girlanden von Persil und Rei, ‹ Lassen Sie sich durch nichts beirren ›; rosarhombig erschien manches Wort, wie gedruckt, vor regalenem Hintergrund; und auch ich befleißigte mich rechteckiger Gebärden, trial and error. (Ein kleiner Junge wartete zähe auf die Bonbon=Zugabe, und erhielt, da das Glas leer war, eine Aspirintablette : Mann schneller Entschlüsse, das; geeignet zum Regimentskommandeur. – : » Tube Uhu bitte. – Ne kleine. «).

In Schulnähe : » Wrumm ! ! « : Jungen spielten ‹ Werner Haas ›; duckten sich mit vorgeschobenem Unterkiefer; Einer hatte sich mit Ruß ne ‹ Autobrille › aufgemalt; Dieser hielt das Rad eines Kinderwagens schräg vor sich als Steuer.

La civilisation est en marche : wurden nicht selbst die Marmeladengläser schon in so reizenden Formen hergestellt, daß man sie anschließend gleich als Blumenvasen verwenden konnte ? !

Papierhandlung : ‹ Pro Patria › heißt auf Englisch ‹ fool's cap ›; nachdenklich genug. – Die übliche furnierte Prosa. Die von staatswegen stets erstrebte (und längst wieder erreichte) Einknopfbedienung unserer Literatur. Was umso leichter zu erzielen gewesen war, als bei uns die geistige Fronde ja ohnehin nur als Orchidee aus Luftwurzeln zu kümmern pflegt. Haben wir also die Antwort der Mönche wieder mal weg. Ein Pferd nickte mir bitter zu : ich ging gleich nebenan und kaufte etwas Würfelzucker (dann die dumpfe Zeichensprache ‹ zwischen › Mensch und Tier).

Aber die geräumige Gegenwart : 2 Brücken nebeneinander (das heißt von der linken nur noch die Pfeiler; die rechte tommyenge und gitterhaft : soll ich noch drüber gehen ? – Grasbüschel verneinten mit grünen Ponyfrisuren (war natürlich bloß der Wind; woher sollten die sonst was wissen ? ! Aber ich bummelte doch unentschlossener)).

Das alte Schlößchen : hier hatte zweiunddreißig Jahre lang die Prinzessin von Ahlden gesessen, sorgfältig bewacht : damals war es noch ein doppeltes Wasserschloß gewesen (ich hatte lange genug im Niedersächsischen Staatsarchiv in den Dokumenten nachgelesen. Und den alten Vogellschen Plan kopiert).

Im Schloßhof : die schönen alten Fachwerkmauern standen klar im Sonnenwind; die ehrwürdighagere Pumpe in schattenloser Mitte ringelte streng ihren Zopf.

Aber jetzt wars schwer bewohnt und ein Amtsgericht : weiße Wäsche turnte querüber (hinten); rechts war der älteste Flügel, wahrscheinlich Pferdeställe und Remisen seinerzeit. (Links die Kellerklappe : ob hier der unterirdische Gang zur Bunkenburg eingemündet war ? Oder war er zur Brauerei rüber gegangen ? Noch erkannte man die Spuren der alten Wassergräben genau an den Prozessionen der Schilffähnchen).

Und immer wieder die geheimnisvollen Befreiungsversuche : Am 6. 12. 1717 dringt in einer stürmischen und dunklen Nacht gegen 2 Uhr morgens ein unbekannt gebliebener Fremder bis unter die Gewölbe des Pforthauses vor (» Lundi dernier, le 6 décembre, à deux heures et demie du matin « heißts im Rapport des Herrn von Malortie); fragt sogleich in fremdem Dialekt (» d'une voix assez basse «) den gleichfalls überraschten und verwirrten Posten nach – der Uhrzeit (wo doch die Kirchturmuhr selbst noch Viertelstunden anzeigte !) und verschwindet wieder im rauschenden Dunkelwüst. Die kleine Tür im Tor an der (äußeren) Zugbrücke wurde offen gefunden, obwohl sie nachweisbar am vorhergehenden Abend verschlossen und kontrolliert worden war ! Im Krug und allen Schenken der umliegenden Dörfer war kein dem Fremden gleichender Reisender feststellbar ; tja. (Ich brauch kein' Führer ! – Aber hier werd ich täglich hingehen ; Bildkraft üben).

Schon holte die Turmuhr kraftvoll aus (wie damals !) und ließ die 12 runden Koboldschalle runterpurzeln. Aufs Pflaster. – Langsam die Lange Straße wieder zurück.

Ich hab immer das Gefühl, als wenn ‹ ich › mich etwa in Kopfhöhe hinter ‹ mir › befände. Also ‹ ich › und ‹ moi ›. (Wobei der Dicke unten natürlich ‹ moi › sein muß ! Ein bißchen die Sonne anstieren ; Hemdkragen aufmachen ; diskret krimmern).

Am Logis vorbei : schon rauchte der Schornstein verheißungsvoll ! –

Gallig von der Erde hoch : der junge Bauer hockte hinter seiner Pfeife, und gaffte mich durch den Schlagsektor seines Dengelhammers an. Aus Fettaugen ; der Gartenzwerg ! (Dieser Takt ist der unerträglichste ! : schneller und langsamer kann man wegdenken : aber was muß ein Geschöpf für Nerven haben, um dergleichen laufend zu erzeugen ? ! Iss einfach ne andre Art Mensch !).

Ein Vogel stieg aus seinem Staubtrichter in die Luft. Ab und zu öffnete sich ein Gittertor : Zutritt nur für schwarzweiße Kühe ! (Also mit neidisch weiten Nüstern den Kopf senken. Daß meine Füße in ihren Lederkistchen mir gehören, davon wird man mich auch nicht so leicht überzeugen. Sind zu weit weg von mir).

Die Sonne machte mir gleich eine flüssige Maske. Beim Umsehen wickelte ich mir die Landschaft ums Gesicht. Nur 3 Farben : unten grün ; oben blau ; der braune Schlammstrich ; meines Weges.

‹ *Grundlose Wege* › *:* der hier war entschieden einer davon ! : Lehmbrei, 2 Spannen tief. Also nur an den drahtigen Hecken festhalten; Kreuz durchbiegen; mit angeekeltem Fermatenmund : Bw ! (und einmal trat ich doch rein, bis über den Hosenumschlag !).

In glasiger Ferne die Dächer von Hellberg, dem Weiler. (Wo der Fünffachstern von Straßen lockt; und der Düshorner Bach. Eine alte Furt durch die Aller muß auch dort sein.)

Moi auf grünem Objektträger (oben die blaue Deckplatte); und ich beobachtete mißfällig mich Präparat. Aber ich war nicht das einzige Augentier : eine Kuh nahte diskret und besah mich leckerbissen; der brummende Motor innen drehte unaufhörlich die Schwanzkurbel : Ja, geh wieder !

Eine nackte Primanerin auf einem Herrenfahrrad : der Einfall schien besonders lasterhaft; und ich ließ sie eine zeitlang auf moi zufahren, dicht ran, bis sie mit wakkelndem Vorderrad fast stand (während ich mich rechts oben an der Gruppe vorbeidrängte).

‹ *In langen Furchen schreitet er* / dem Pfluge flötend nach › ? : Der hier fluchte, was sein Quermaul halten wollte : auf die Pferde; auf den Ortstein; auf mich, der ich, rein erkennendes Individuum, ihn absichtlich objektiv besah, in völliger Griechheit; bis er darob so verzweifelt ausfällig wurde, daß nun entweder getötet oder weitergegangen werden mußte. (Also hoheitsvoll weiter schreiten; bereits dicht vorm Ort : sicher Essenszeit).

Die Primanerin war auch nach hinten abgefahren. Ein Schallring (der Turmuhr) schwebte vorbei, wandte seinen Diskus bald Kante bald Fläche. Und vorn vergrößerte sich schon die pünktliche Giebelwand.

Lustig wir drei in der Küche zusammen : und der Büchsenbraten sah so hübsch abstrakt aus, die rosigen Ziegel mit den abgerundeten Kanten, daß man heutzutage gar nicht mehr an Schlachthaus und Tiergeröchel zu denken braucht. Dazu herrlicher Blumenkohl mit kunstvoll eingesetzten braunen Fleischkügelchen aus Gewiegtem : » Dass'ja fantastisch, Frau Thumann ! «

Erst lief Musik aus dem Bakelittrichter aus : Stimmen flosselten (» . . . . wenn der Leopold / mit seinen großen blauen Augen rollt . . . «).

Also andern Sender ran : die älteste Einwohnerin von Langenflönsheim (oder so ähnlich hessisch) : eine 102jährige ; der Mann war 1870 im Kriege gefallen ! ! Da sahen wir uns verdutzt (und unsicherer !) an : wo giebts denn so was ? ! (Dann platzten wir aber doch raus: » Die bezieht seit 84 Jahren Witwenrente ! «).

Buang~buang : » ‹ Die Glockönn der Sanktmattheuskirche loiten den Sonntag ein › ! « jauchzte der Chauffeur künstlich, und patschte neckisch mit den Händchen die hin und her schwappende Luft : statt eines Zwickel=Bracht regierten uns nun ein Schock ; jeder Journalist gab öffentlich zu, daß er eigentlich seit Jahren Gottsucher sei ; katholische Kinder bekamen Filme vorgeführt, wies in der Hölle aussähe ; dafür wurde aber die Aufhebung der standesamtlichen Trauung erwogen, sowie die Einführung des Kirchenzehnten : Blut=, Neubruch=, Pfort= und Sackzehent : ist jeden Ersten an den Ortspfarrer abzuführen !

Wenn ich nicht schon von Geburt Atheist wäre, würde mich der Anblick Adenauer=Deutschlands dazu machen !

(Hosen mit Reißverschluß : er kam vom Klo hereingestampft, brüllend, den Bauch mühsam in der Hand : beim Hochziehen hatte er sich Schamhaare eingeklemmt und unten halb skalpiert.) – Anschließend dann :

Diskussion : Würden die Menschen nicht besser werden, wenn sie *nicht* an die Unsterblichkeit glaubten ? !

» *Wenn die Menschen von jeher* nichts anderes gewußt und geglaubt hätten, als daß der Tod das eigentliche Ende ihres Lebens sei : so würde dieser Glaube alle Bande der Liebe und Freundschaft stärker zusammen gezogen haben. Zum Maßstab kann uns hierin dienen, was wir erfahren, wenn wir im Begriff sind, uns von einem sehr teuren Freund ohne alle Hoffnung des Wiedersehens zu trennen; oder wenn wir mit hoffnungsloser Gewißheit voraussehen, daß wir eine geliebte Person in kurzem durch den Tod verlieren werden : wie ganz anders ist uns da zu Mute, als ehedem, wo wir uns mit der Aussicht schmeicheln konnten, noch eine unabsehbare Reihe von Jahren mit ihnen zu durchleben ? ! Welch ein ganz anderes Interesse haben jetzt diese Personen und Alles, was sie sagen und vornehmen, für uns ! Wie wichtig wird uns jeder noch so geringe Beweis, den wir ihnen von unserer Liebe geben ! Wie sorgsam suchen wir jede Minute, die uns jetzt mehr als ehemals ganze Tage wert ist, zu benützen, um den leisesten Wunsch des Geliebten zu erraten; ihm jede Unlust zu ersparen; jede Beschwerde zu erleichtern ! : Wie nachlässig macht uns aber die bekannte, mit verantwortungslosem Leichtsinn suggerierte Hypothese, daß wir ja später immer noch unendlich lange mit unsern Lieben werden leben können ! Wären wir fest überzeugt, daß unsere zärtlichsten Verbindungen in die enge ganz unsichere Dauer dieses Lebens eingeschränkt sind, und mit dem Tode gänzlich aufhören : alle unsere sympathetischen Empfindungen würden unendlich dabei gewinnen ! Und wie viel sparsamer würde uns ein solcher Glaube nicht mit dem kostbarsten aller Güter, *der Zeit,* machen ? ! « (Also auch gegen die viel bewunderte Lessingsche Beruhigungsformel à la ‹ Ist nicht die ganze Ewigkeit mein › !).

» *Klingt doch immer paradox* « meinte er wohlgefällig=

nachdenklich (aber durchaus einverstanden damit, daß er wieder n Grund mehr gegen die Christen wußte; auch sie hörte aufmerksam hinterm Wimpernvorhang zu, und war so still, daß er ironisch lobte. – Weitere Anregungen für heute waren : a) den Lügendetektor bei Wahlrednern und Bundestagsdebatten zu verwenden : da würden die Skalen platzen ! ; b) wann werden die Vereinigten Staaten endlich mal ne Präsiden*tin* wählen ? !).

» *Wann* fahren Sie ab ? « : 15 Uhr brachte der Beifahrer den Lastzug aus Rethem (den er dann hier übernahm) : » 21 Uhr 30 sind wir durchschnittlich in Berlin. Dort übernachten. Nächsten Morgen um 5 wird wieder gestartet : und um 11 sind wir meist hier. « (Dann 28 Stunden Ruhepause; und ich rechnete gedankenvoll nach : ganz schöne Hetzerei ! Und was ne Großstadt so ansaugt : bis auf die Entfernung ! » 360 Kilometer rund « bestätigte er kauend).

2 einbeinige Ganoven an Stöcken : schwenkten sich an die Haustür und riefen unverfroren : » Gieb ma ma drei Maak ! «. Als das nichts verfing, offerierten sie Rasierklingen für 1 Mark 20 (die im Laden 50 Pfennig kosteten !). Als der Chauffeur, seinen fürchterlich breiten Gürtel um, ihnen entrüstet die Gartentür wies, wurden die Schweine auch noch frech : Sowas hätten sie noch nicht erlebt ! Unglaublich ! (Und der Schnaps qualmte ihnen aus der Luke) : Wo sie doch » ihre Glieder « » für Deutschland gegeben « hätten ! (Als hätte man damals vorher rumgehorcht, und sie hätten sich patriotisch gemeldet : Hier, nehmt was Ihr an Beinen braucht ! – Die und die SS-Heimkehrer denken, Deutschland wäre nur noch für sie da !). (Waren aber doch recht chagrin darum, daß sie diesmal keinen Dummen gefunden hatten. – Ich erzählte dann zum Trost noch die wahre Geschichte : vom Meisterstück des Hausierers, der einer alleinstehenden ältlichen Frau ein Paar Hosenträger verkauft hatte).

Und nun erstmal ihn weg lassen! : werd mich ne Stunde hinlegen. (Erst noch das lustig=kränkliche, prachtvoll=erleichternde Gefühl eines reichlichen Halbdurchfalls; dann ging ich hinauf).

Auf dem Rücken; nur ne Turnhose an (und die Dachluke auf). – – – (Von Zeit zu Zeit kam der Name des Flüßchens in Holzbuchstaben vorbeigeschwommen; sicher die Aufmerksamkeit eines fernen Bürgermeisters am Oberlauf – – –). –

Au : 15 Uhr 20 schon! : Kämmen (Haare naß machen); Socken, Oberhemd, Hosen. (Unten : ein abgebrochener Gesang schlich durch das Stampfen der Nähmaschine hin).

Wie jetzt organisch ein erstes längeres Gespräch einleiten? – ? – : Kaffee, Rohrzucker, kondensierte Milch, hab ich : da kann ich sie um heißes Wasser bitten; offeriere ihr natürlich eine mit; 3 Eßlöffel auf n halben Liter, 6 Minuten ziehen : gut! – Dann entfaltete ich resolut mein Taschenmesser, und schnitt mir noch einen Knopf vom Hemd (am Handgelenk : sie näht gerade, und das bringt menschlich näher).

»*Könnten Sie mir etwa* ein Kännchen borgen? : *Und* etwas heißes Wasser?« Sie kam mit in die Küche und sah spöttisch=interessiert zu; ein zimmetfarbenes Kleid mit goldbesponnenen Knöpfen über sich gespannt.

»*Darf ich Ihnen* eine Tasse mit anbieten? – : Bitte!« (mit tiefem schüchternem Blick und anbetendem Mund; nochmal : »Bitte!«). Sie errötete enorm (bis Nr. 8 der zehnteiligen Skala); lächelte aber nicht aus, sondern knitterte plötzlich : »Ihn' fehlt ja n Knopf!«

»*Och iss der s-taak!« :* sie atmete tief und glücklich (also mindestens Größe 7!!); dann erst noch im Elektroherd nach der Quarktorte sehen : oben 1, unten 3 – : » Ja : komm Sie bidde mit ra-uf. «

Oben war die Kayser=Schwingschiff aufgebaut, mit modernem gradlinigem Kopf. Und sie mußte erstmal in aller Ruhe ihre augenblickliche Arbeit vollenden. Ich hob mir ein Schemelchen heran, und wir plauschten, süßen Bohnenkaffee in den buschigen Bäuchen, wunderbar fade und Alles quer durcheinander. (Sie zog ein Stück nach dem andern aus dem Wäscheberg links ; rosa Tütchen und Säckchen ; ihre Schere zwitscherte angeregt) :

» *Warum* laufen Sie eig'nlich imma midde Lannkarde rum ? «. Hm (erstmal anerkennend lächeln). : » Ach wissen Sie – : ich bin doch Einkäufer – « (sie nickte neugierig, und ich beeilte mich, verächtlich hinzuzusetzen) » – nich etwa Käseoderviehoderso ! – «. (Nochmal neu anfangen !) : » Da hab ich in Hamburg einen Studienfreund – « (hört sich immer vornehm an, und hebt Einen sofort mit, eh ? !) » – große Baufirma – : Der baut Villen für reiche Leute : Fabrikanten, Schriftsteller, Politiker ; Schauspieler auch : Und da hat er mich beauftragt, mich hier im Kreise mal umzusehen, wo besonders schöne Lagen sind. « (Raus war die Lüge. Sie hatte vor Horchen das Treten vergessen, und schien noch nicht überzeugt).

Also Gründe her ! (Und ich tat völlig siegesgewiß) : » Erstens ein Ort, gerade groß genug, um Geschäfte aller Art zu haben. Bahn= und Autobusverbindung. Dabei klein genug – und entwicklungsunfähig ! – um einem Großstädter ländliche Stille zu garantieren : ? «. Das ja. (Obgleich ihr, als Lokalpatriotin, das ‹ entwicklungsunfähig › gar nicht gefiel ; ich mußte ihr erst aus den Einwohnerzahlen nachweisen – *hatte* ich mich nun schon mit dem Gegenstand beschäftigt oder nicht ? ! – daß Ahlden seit 130 Jahren konstant um 800 gehabt hatte – heute, mit den Flüchtlingen, meinetwegen 1000; gut; zugegeben). » Dann das intime historische Interesse des Fleckens : wenn Tante Emma oder Justizrats zu Besuch kommen, hat man immer was zu zeigen!«. » Vorbildliche Badegelegenheit! : –«; ich wies auf das Kartenbild, wie da im Nordosten die ‹ Alte Leine › den Drittelkreis herumlegte : » Die ‹ Serpentine › im Hyde=Park iss auch nich größer!«. » ‹ Unter den Eichen › : ein Prachtgehölz von 600 Metern Länge« (leider etwas verschandelt durch den Fußballplatz : *» den* hätten Sie auch woanders hinlegen können! « und sah sie dabei mit so tiefem Vorwurf an, als wär *sie* Schuld dran gewesen!) : » fehlten bloß n paar bequeme Promenadenwege rein!«. » Dazu bis jetzt noch kein Haus auf der Nordseite! : Stellen Sie sich 6 Villen vor – jede mit großem prachtvollem Wiesengarten : Plattenwege! – 800 Meter Vorortstraße verbinden unsern Bauernweg hier oben und die Hodenhagener Chaussee – ?« (Dabei immer auf der Karte zeigen. Und was mir alles für Begründungen einfielen! Wahrscheinlich war das Projekt auch gar nicht so dumm. – Selbst sie fing nachdenklich Feuer, und machte eine dicke nickende Unterlippe).

Sie kaute synchron mit der Schere und fädelte die Zunge durchs Mundöhr : » Die Gemeinde giebt da aber kein' Baugrunn frai!«. » Das ist wohl eine reine Geldfrage« entschied ich mit milliardesker Gleichgültigkeit » und geht mich auch gar nichts an : ich liefere den präzisen Bericht an meinen Auftraggeber : n Gutachten mit Karte und Fotos. – Apparat hab ich oben« kam ich ihr zuvor. (So; jetzt ist meine Existenz gerechtfertigt!).

Sie trat eine Weile und rieb die Zungenspitze an der Unterlippe : » Ich hab auch noch ne große Wiese : auf'e Aller zu : von mein' Vader her.«

» Nö : die Thumanns stamm' aus Kirchwalsede. – Ich bin

ne geborene Jansen. « (Da : das erste Mal der Name ! ! : Jetzt vorsichtig und mit Glück !).

» *Da oben im Norden ?* Wo die Aussicht nach Hellberg zu ist ? « (kritisch fragen ; und dann mißbilligend den Kopf wiegen : das ist schon zu weit vom Ort ! : » Ansehn könn wir sie uns ja ma. « Hm. Und wiegen.)

» *Ach, auch so alte Möbel, wissen Sie :* so Truhen ; geschnitzte Schränke. : Spinnräder ! « (mitleidig lächelnd) : » Reiche Leute richten sich oft gern altertümliche Zimmer ein. – Auch ältere Bücher – – « setzte ich hämmernden Herzens hinzu.

Ihr Mund verlängerte sich verächtlich nach rechts : » Mein Großvader war wohl auch n Schrifts-teller. « » Ihr Großvater ? « fragte ich, ehrlich verblüfft (blitzschnell nachrechnen : iss doch nicht gut möglich, was ? ! » Jansen : Jansen ? « tat ich, als suchte ich im Gedächtnis).

(*Drunten* wetzte eine Ziehharmonika vorbei : jungmädchenhaft die Wanderklasse. Mit hellgrünen Gebärden baten Zweie drüben um ein Gläschen Wasser. Die Röcke bebten ; die Haare ruhten ; die Augen glitten hin und her).

» *Och wie Sie denken nich :* kein son Dichter ! – Er soll da woh' so statistische Nachrichten zusamm'ges-tellt haben. « Und weiter: » Mein Vader hats immer erzählt : der iss 92 geworden ; der konnt sich da wohl noch an erinnern : an n ‹ Blinn' Könich › und so : da konnt er sich orntlich bei aufregen ! Der hat bis zuletz gehofft, daß Hannova nochma wieder sebs-tändich wird – unn all son Tühnkram. « – Und dann, durch vorsichtiges Staunen, kriegte ichs raus : der letzte Sohn Jansens (Conrad Fürchtegott Friedebald, geboren zu Celle den 21. 3. 1848 : weiß ich längst, mein Kind !) war tatsächlich noch mit 66 Jahren ihr Papa geworden ; und erst am 2. Dezember 1940 hier in Ahlden gestorben : in diesem Hause : jawoll !

» Ein Schriftsteller ! ?« tat ich ehrerbietig. Ganz kleine Pause. Dann ließ ich mir den ‹ plötzlichen Einfall › kommen : » Die haben gewöhnlich ansehnliche Bibliotheken gehabt : iss da etwa noch was vorhanden ? « (kühl=kühn) : » Solche Sachen bringen manchmal allerhand Geld ! – Wo jetzt, nach dem Kriege, Bücher knapp geworden sind – ? « (und machte ein paar möglichst klar=kommerzielle Augen dazu : Mensch, wenn sie bloß drauf eingeht ! und nischt merkt !).

» Och – auf n Bo'n kann'a wohl noch was von sein. « sagte sie gleichmütig durch ein Stück Oberhemd ; erhob sich auch, um murmelnd einen Fleck zu entfernen : diese große Leidenschaft der Frauen war auch die ihre. » Ja, das würde mich interessieren « bestätigte ich strenge : » das kann Hunderte Mark ergeben. « (Sie sah sofort hoch : erst angenehm überrascht ; dann mißtrauisch ; dann wieder wohlwollend. Zögernd : » Ich gla-ub – da iss noch ne Kissdeda. « » Können wir sie uns morgen ma ansehn ? « (‹ Uns › : Verschwörererotik. – Und morgen Vormittag : ich rückte näher, und hielt ihr verführerisch ein Handgelenk hin : anlächeln : » O's häddichjabei – nah – vegessn ! «).

Im Knopfkasten : wie oft hatte ich in solchem Geröll die Kinderhände muthen lassen ! Auch der hier war groß und kunterbunt, und ich erzählte gleich : früher die Mondscheibchen aus Perlmutter (hinten manchmal nussige Muschelrinde) ; die hölzern einfältigen ; die mit 2, 3 und 4 Löchern ; die mit Wulstrand ; die mit messingnen unklaren Ankern oder dem Hamburger Wappen : » Ach, Ihr Vader waa bei de Polizai ? « . Ja ; stets umgeben von Huren und Wasserleichen ; Geschichte eines dicken Mannes ; ich senkte finster den fünfundvierzigjährigen Kopf (und fühlte einen unerwartet verständnisvollen Blick ; während meine ihr im zimmetfarbenen Schoß kugelten, putteten. Sie war ‹ auf › der Mittelschule gewesen, und Bildung demoralisiert, wie schon das erste Buch Moses andeutet).

Knopfinschriften : unsere Hände glitten durcheinander; manchmal wagte ich es schon, behutsam einen ihrer Finger wegzunehmen (um ein besonders schönes Exemplar darunter vorzuziehen. Lächeln und » Mm «). Mehrmals stieß auch sie mich mit dem kleinen Finger : hier : ‹ A. Shirley Ltd B'ham ›. Oder ein deutscher von 1910 : ‹ solide / elegant ›. Ein neues deliziöses Schweigen.

Hier : ‹ For Gentlemen › : den will ich ! Wir lachten kokett. Dann nähte sie ihn mit spitzen Fingern an, führte bedeutsam mein Gelenk zum Munde, und biß den Faden ab, wie einen mörderischen Kuß : ! – (Und das Lattentürchen meckerte unten im Wind ; schnell noch in Sachliches ausweichen : a) » Was wird mit meiner Wäsche ? « : » Oa : kleine mach ich selber ! «, und wir atmeten, nüsternweit : neue Wege der Erotik ; in warmem Wasser, die Fingerehe, enthärtet, mit Henko, am Zwickel : ihre vollen Füße galoppierten strammer auf der breiten Pedale).

» Och, Sie sin auch so ain Lövenix ! – : Ja : die Chronik von Ahlden leg ich Ihn' heut mit raus. – In die Schlenke müssn Sie ma gehn : wo die Reiher sinn ! – : Mmm ! : Wiedasehn ! «. (Langsam und zeithabend : laß sich die Drüsen ruhig füllen !).

Oben : nachsehn, wie ich ausgesehen habe (im Spiegel !). Und pfeifen, quer durchs Köchel=Verzeichnis : ich Dich entehren ? : wofür ? ! (Für n Jansen natürlich : sie war so naiv doch nicht).

Baden gehn : ein langer Teich hatte sich an den Baumrand gelagert, und sonnte seinen grün behaarten Bauch. (Der erste Wolkenzeppelin schob sich hinterm Schloß hervor) : warum sollte ich nicht auch nackt sein ? ! (Eine Anzahl Köpfe trieb senkrecht darauf herum).

Die Rote : auf starken weißen Beinen ! : Sie sägte sich mit der Handkante die Leistengegend, und besah ungehalten die Welt rechts von sich (in der ich mich befand !); knöpfte auch gleich am Achselband und sah herüberherauf : ?

Im Wasser (und ich Unseliger mußte die Brille am Ufer lassen ! !) : bleiche Gesichtsbreite; Schnaufnase; bei harten Augenlöchern. Alle Augenblicke sprangen ihre Arme dazwischen (dann warf sie sich gar auf den Rükken, und ließ sich nur noch von den strammen Brustkugeln über Wasser halten. An mir vorbei. – Nur 1 Fuß traf mich leicht an die keuchende Wade : !).

Schwarze Wolkenvulkane, und ein Wind röchelte in wollüstiger Erwartung : das fehlte bloß, daß Gewitter auch noch stänken ! Muß man wohl gar noch dankbar sein, was ? ! – Beim gelben Blümchen raussteigen (eine menschengroße Bucht; am Rand ein winziges Gelbblümchen : meine Merkstelle !).

Mit langen blauen Augen, und windschiefen Haaren : an einer Seite des glitzernden Gesichts; ein langer Arm floß ihr aus der Schulter ins Gras und versickerte dort bald. (Wir Alle in Zaddeltrachten von Wasser gekleidet). (Und dort : eine Rothaarige, kurze Flammen ums Antlitz, rannte vor dem Wind, und brach lustvoll lachend im Flachwasser zusammen : ein Strudel weißer Glieder). (Der Schöpfer=Eber, oben in den Wolken, grunzte und feuerte aus; forzte und wässerte. Aber drüben im Westen mehr, Rethem : was geht uns Rethem an ? Trotz Mittelhäussers Geschichte. Liegen in grünem Abend, und einer Dämmerung. Bein hochhalten : ist bewußt stören, denn es shakes bekanntlich the moon in her path !).

Anziehen : bis zu einer Hecke trapsen (dann erst suchte ich mir ihn her, lief auch teilnahmslos aus. Man hat nur die Wahl zwischen Explosion und Verwesung !). –

Hätte es nicht die rote hitzige Limousine getan, und der Tollbrägen von Chauffeur, der ausgerechnet neben mir Gas gab : der Gedanke wäre mir nie in den Kopf gekommen – er schnob daher wie ein Blitz : 500 Mark in Hodenhagen an mich einzahlen, um meinen Kredit entscheidend zu erhöhen ! ! (Und schneller laufen, sonst machen sie den Laden noch zu ! – ‹ Eickeloh › : solche Trollnamen hats nur in Niedersachsen !)

Der Himmel war in erschreckender Weise gealtert : ergraut ; Faltengebreite ; ichhättedichfastnichtwiedererkannt ; Runzelbüschel um einen Einäugigen ; ich versage immerzu.

(Ich fasse nicht genug ! Gemüt zu klein : ne Gemeinheit des Herstellers ! Buntsandsteinflöze der Wolken. Dazwischen, ganz hinten, ein schielendes Blau geschlitzt).

Postamt Hodenhagen : Die Motorrollerin mit hellgrauem Sturzhelm ! : Sie schlürfte kühn in ihren schlotternden Knöchelhosen zum Geldschalter ; eine Hand in der Ficke ; zäh hing ihr der wohlberiemte Packsack über die Schulter. Ein kalter Taxatorenblick : – – : dann trat sie ohne weiteres vor mich ; schob auch die andere Hand in die Hosentasche, und wartete ausdruckslos mit. (Was mag nun ihr Urteil gewesen sein : ‹ Kavalier › oder ‹ Trottel › ? – Nu, vielleicht hat sie's ja wirklich eilig. – : Also Trottel ! – – Zurück).

Der Auftrieb der Sterne. Der weiße Schriftzug des Mondes.

Die Riesenspinnen : in den Winkeln der Allerbrücke, der Eisenkonstruktion (und unten schwamm Einer, etuihaft, ichhabeebenausgelernt, bis Verden : Blutbad 782. Die Nacht zeigte stolz ihren einen Goldzahn. Bloß ‹ Zuhause ›.) –

Fensterladen zumachen ? : watete ich – also doch Kavalier – ums Häuschen (und konnte sogar oben zuhaken, weil ich ‹ so groß › war ; drinnen lobte sie mich dann, befriedigte Trägheit, sehr. Und hatte mit Jacutin geräuchert : vergiftete Fliegen schnarchten und kreiselten in allen Ecken).

Aber hausmacherner Schinken ! : ein Telegrafenmast hätte sich nach ihm hingebogen. Und Ölsardinen, die man ohne Bedenken einer Undine vorsetzen könnte ! (Die erste neue Fliege war auch ganz aufgeregt über so ein Abendbrot).

» Gute Nacht ! « (und noch kunstvoll gezögert, als ob mirs schwer fiele).

Zum Klo : Nachthimmel mit dünnen Fugen aus Gas ; Fingerrollen, in knittriges Zeug gewickelt, bedruckt und voller Kommabazillen : ‹ Elisabeth geht mutig ihren Weg › ; ein abgebrochener Hornlöffel steckte ; im steifen Himmelsbrei (= Mond).

Oben : mein Tisch beinte also 5.847.884 Meter vom Äquator entfernt. (Wenn der Pol nicht grade wieder schwankte, heißt das !). Von Diamantkettchen der Sterne umwunden (die fette Nacht). Mitte 1954 war die westliche Nadelabweichung etwa 4,2 Grad gewesen.

Hin und her : Zähne bürsten. (Und kniete dabei schon vor der morgigen Kiste. Umgeben von Gedankenrotten. Symplegaden von süchtigen Einfällen).

Taubildung wird durch Mondschein befördert : am Horizont begann ein Stern zu blinken : kurzkurz : lang : kurz / Lang : kurzkurz ! (Also ‹ F › und ‹ D ›, wenn ich nicht alles vergessen habe ? – – Aber ich gabs dann doch bald auf ; s kam nischt raus ; und der dicke Bursche flitterte geschäftig weiter. So für sich. Jom kam der Tag, Leila die Nacht).

Demnach müßte sie 40 sein ! – Dem Mond hing ein Eichenblatt ins wirre Gesicht. Moi nahm sich schläfrig in die Arme : so ne Villa drüben wär gar nich so dumm : gar. nich. dumm. –

Meingottebenerstvier! : und ich konnt' und konnt' nich mehr schlafen! Jeder Hund blaffte Flecke in mein Gedöse. Aus schlappohrig huschendem Grau. Ein Motorrad schleppte Schallkugeln vorbei; in der Mitte zürnend große, die sich ineinander schoben.

Eine Stimme flog ans Fenster und log moussierend : »Wir wollen immer recht zusammen halten!« : Dabei ist Graham Greene die Einreise nach den Vereinigten Staaten nicht gestattet worden : aber die Tochter Francos wurde im Weißen Haus empfangen!

Der rosige Morgen schwebte überm Wasser hin und her. – Zum Giebelfenster : war alles noch weißgrün und frisch. Laub tat erst dumm und plapperte dann erschreckt los. (‹Paralipomena› nach der Melodie von ‹Heil Dir im Siegerkranz› denken).

Leise ankleiden : lautlos weiter pfeifen : ‹Tinker, tailor, soldier and a sailor›. Holberg=Suite. Tochte-herzie-onn : frohohohoheuedich. – Blick auf die Uhr : verfluchter Mist; also weiter : ‹Lafayette aux cheveux blancs›.

Die Straßenlaternen kann ich in meinen Stadtplan einzeichnen! Als kleine gelbe Kreise (notiert hatt' ich sie mir gestern).

(*Am besten wohl :* so tun, als hätt ich gar kein Int'resse an Büchern! – Falls wirklich was da sein *sollte!* Einen Teil kann ich immer bei Antiquaren loswerden : Dörling. Kinderkinder : wenn bloß n paar fehlende Jahrgänge Staatshandbücher drunter sind! Daß ich endlich mit der Kartei anfangen könnte! – Das heißt, wenn noch ihr Vater sich leidenschaftlich mit der Materie befaßt hat, kann der alles Mögliche gesammelt haben! Und ich fluchte inniger auf die sonntagsfaule Morgensonne).

Die ‹ gute alte Zeit ›, der idealische Zustand, rührte nicht wenig daher, daß die Dichter damals die großen Leiden ihres Volkes überhaupt nicht kannten (hätten sie sich lieber darum gekümmert, warum *dieser* Laokoon nicht schrie ! !). Zum Beispiel die Qualen der ‹ Allgemeinen Wehrpflicht › : die Regierenden um 1750 waren durchaus nicht dumm oder allzu rücksichtsvoll, wenn sie die geistig Schaffenden grundsätzlich vom Militärdienst eximierten : die wußten genau, was sie taten ! : zu gerissen waren sie, um dem alalischen Volk zahllose Sprachrohre zu geben ! Sonst hätte man schon aus jenen Zeiten die verzweifelten Flüche gehört, die heute angeblich nur die effeminierten, wurzel= und vaterlandslosen ‹ Intellektuellen › ausstoßen ! : stellen S'ich ma Hölderlin als Rekrut auf m Kasernenhof vor ! (Oder Faust ; oder ETA Hoffmann : warum hat wohl Herder stets, abscheugeschüttelt, vom ‹ Roten Halsband › gesprochen, das ihm schon in die Wiege gelegt worden war ? Warum hat Chamisso den edlen Wehrdienst ein ‹ Métier › genannt, ‹ das Herz und Geist vertrocknen macht › ? !)

‹ Wehrmacht › ? : das ist etwas, was nicht zu sein braucht ! Merken Sie sich das !

‹ Es ist immer so gewesen ? ! › : Dann wirds ja Zeit, daß der Unfug mal aufhört ! Wozu haben wir etwas mehr Vernunft als die Tiere ?

Achso Sie nicht ? ! – Dann allerdings !

Aber die Herren vom christlichen Gewerbe : sitzen auf Weltkirchenkonferenzen herum, etablieren sich als Päpste, halten dicke geschäftige Reden : anstatt vermittels Himmel & Hölle, Zuckerbrot & Peitsche, vor allem dafür zu sorgen, daß die Uniformen ausgezogen und die Waffen weggelegt werden ! (Wenn mir Niemand anders twiddel=diddel zuruft, muß ich's ja wohl endlich selbst tun.)

(*Halt ! :* regte sich unten nich was ? – –)

Wenn man Lessing verachten lernen will, muß man den Laokoon vornehmen : » Der Endzweck der Künste ist Vergnügen. Und das Vergnügen ist entbehrlich. Also darf es allerdings vom Gesetzgeber abhängen, welche Art von Vergnügen er gestatten will. « Und das ganz im tierischsten Klassikerernst : das waren ooch dolle Hähne ! !

Jetzt, endlich, lief Wasser unten ! (Ein Becken hatte die Frau : zum Küssen !).

Die Schweizer ? : sollten lieber ihren Frauen das Stimmrecht geben ! Zustände sind das, wie in Innerafrika : und das will n besonders fortschrittliches Völkchen sein ! : sparkassenhaft zurückgeblieben sind se, dem übrigen hochgequälten Europa gegenüber !

Gings nicht übern Hof ? : gleich zum Fenster ! – – : Richtig : ein Kopf mit einem Weib dran : also runter !

» Morgen ! « : ihr neugieriges Gesicht, mit roter Mundschleife locker zugebunden. Wasserstreifige Wolken, gelb getränkt ; und scheinbar war uns Beiden süß und aquarellen zumut, so nuschelten wir : das breite Schlangenpaar ihrer Arme ! (Knotete sich langsam. Es schwankte zur Wäscheleine, und meine Augen wohnten lange : in Achselhöhlen.)

» Och mein Mann kommt'och um 11 : da will er immer gleich essen. Unn schlafen gehn ! «

Ich ergriff ihre Augen mit den meinen : ich sagte eifrig : » Ich mach uns was zu Trinken, ja ? « (Rauf und runter !).

» Kenn' Sie das nich ? ! « : eine große Tasse guten Kakao – mit Milch gekocht : hm : geht. : Und jetzt anderthalb Löffel Jamaicarum, 86 proof, rein ; in jede Tasse ! Abschmecken – – ; – : ! ?

Sie kostete erst widerstrebend. Noch ein Löffelchen. Versuchte, sachlich zu schmecken – : na ? – : und nahm endlich tiefaufatmend ein derbes Schlückchen : gelt, das iss was ? ! (Und kicherte unschuldig=hingebend : » Osie vefüan mich immer – mit Ian eksodischn Getränkn. «). (Dann noch eine gänsehäutige Apfelsine schälen : unsere Hände glitten übereinander ; bis es unten klebrigte, und wir die Schnittchen schneller preßten und würgten).

Rotkohl schneiden : » Och wenn *Sie* helfen, gehts *viel* schneller ! « Die prachtvollen Querschnittmuster des riesigen Pflanzenleibes. (Und er muß 1–1½ Stunden dünsten. Im ‹ Backofix ›. » Och ; nachher könn wir ma raufgehn « .)

Raufgehn : ihr hübsches Gesäß stieg vor mir stufenauf ; die kräftigen Schenkel arbeiteten irdisch : Schlüssel zu einer Bücherkammer *und* ein strammes weißes Weib : was will man mehr als Mann ? !

2 Kisten ! : die Dämmerung machte ihre Warrochhöhle um uns. Die Deckel gingen in Streifen ab.

Erste : eine Bibliothek um 1850 : auch die hier war wieder so verrückt, wie man es nur in entlegenstem Privatbesitz antrifft !

Flinders : ‹ Voyage to Terra Australia ›. Vor 150 Jahren. (Hatte der nicht den Erfinder der Brownschen Bewegung an Bord gehabt ?). Prévost : ‹ Histoire de M. Cleveland ; Le Doyen de Killerine ; Mémoires d'un Homme de Qualité ›. 6 entzückend eingebundene Schartekchen von Arnaud de Baculard (sind gar nicht mal schlecht, ich kenn ihn : düster und platt). – Brokkes : welche Verdienste um Sprache und Fixierung von Naturbildern ! : 9 Bände.

» Hier : Willem Busch ! « sagte sie angeregt, the Big Serpent, und bot mirs an : Berlin 1848 : ‹ Über das Gehirn der Selachier › ? ? : das war doch bestimmt n Anderer !

Sir Walter Scott, dies wundersame Gemisch von Oberflächlichkeit und Tiefsinn. Cervantes' Fehler : daß er den Don immer bezahlen läßt : wie viel witziger wäre es gewesen, wenn Sancho Pansa der Reiche gewesen wäre ! (vgl. Schmidt, Pocahontas ; wir heute könnten den Quijote besser schreiben !). Natürlich auch Schulze aus Celle : ist auch bloß 28 geworden, der junge Wohlklang (und ich blätterte pietätvoll ein bißchen in der Cäcilia Tychsen : nichts für mich !).

Heeren : ‹ Ideen über Politik / Verkehr und Handel / der vornehmsten Völker der alten Welt › (und sogar die 4. fünfbändige Auflage von 1824–26 !). Mädler ‹ Allgemeine Selenographie › ; 2 Bände mitsamt der großen Mondkarte in 4 Blättern : das ist allein 100 Mark netto wert ! (Wenn er auch zu geringschätzig über den alten Schröter in Lilienthal geurteilt hat. Und sogar die Produkte seiner schöngeistigen Minna, achdudonau !).

Jules Verne : die komplette ‹ Illustrierte Pracht=Ausgabe › in Quarto ; bei Hartleben in Wien, Pest und Leipzig (der Stifter zuerst rausgebracht hat !) : rund n Dutzend hatte ich ja gelesen, auch unbekanntere, so ‹ Das Land der Pelze › oder ‹ Schwarz=Indien › auch den ‹ Grünen Strahl › ; aber die Mehrzahl war doch selbst mir (und das will schon was heißen, messieurs !) nicht mehr geläufig : ‹ Robur der Sieger ›, oder das hier : ‹ Mistress Branican › : die muß ich alle mal schmökern ! (‹ Die Propeller=Insel › : doller technischer Optimismus !).

‹ *Engelbrechts, eines Tuchmachergesellen* zu Winsen an der Aller, Beschreibung von dem Himmel und der Hölle ›. (1 Zimmer Felle sind gleich 4 Decher : man hat tatsächlich keine Ahnung von Deutsch !). – (Marschall Davoust ließ 1811 Stangen als Wegemarken in der Lüneburger Haide einschlagen, staked plains, llano estacado ; die dann manchmal von Partisanen absichtlich versetzt wurden : ne Geschichte draus machen !).

Die zweite Kiste : Hier ! ! ! : Ich sah ihr so glücklich ins Herrinnengesicht, daß sie gleich wieder weich wurde : ein Blick genügt : Geographen (hannoversche); Staatshandbücher; Jansenjansenjansen ! (Ein Original der großen Topographischen Karte des Kurfürstentums Hannover, 1764–86, in 165 Blättern ! ! !)

Ich raffte uns auf; ich sagte (gleichgültig; an ihre Doppelbrust) : » Tja. – « (Hand langsam über die Stirn). » Tja, Frau Thumann – : Ich empfehle Folgendes : stellen Sie mir die Kisten mal rüber. In meine Stube. Ich sehe dann in Ruhe Alles im Einzelnen genau durch : also für-ä « (aber jetzt vorsichtig ! für-ä) » na – rund : 300 Mark ! Könnt ich fast garantieren ! « – Sie horchte kritisch (aber hoffentlich nicht abgeneigt !); sah die Kisten an; dann mich (mit einem Blick, dessen Eintauchtiefe mir nicht ganz gefiel; dann, auch sehr geschickt : » O : main Rotkohl unn' ! «).

(Also zuschließen; und wieder abwärts : muß ich wohl jetzt spazieren gehen !).

» Och Hä-Eggers « (mit großen erschreckten Augen, überundüber) : *» Könnten* Sie woh heut um 11 schon mit essen ? ! « flehend; und dann erlöst=leer : » Ach ja ! «. (Beide kokett : » Auf=Wiedesehn ! «).

Und die Culdees heute ! : der werdende Vater führte verlegen die baldige Mutter am Arm (in die viereckige Kirche; daran die Ehrentafel für die 1914–18 Gefallenen : Christus oben : *zu seinen Füßen gekreuzt Stahlhelm und Schwertmitlorbeerkranz ! !* Und ich grinste höllisch amüsiert ins Halbrelief : so deutlich wärs gar nich nötig gewesen ! : Thron und Altar : das iss schon ne Allianz ! !).

» Haa – lee – luh : ja ! « (Hallelu : nein ! – Und der ‹ Lev aus Judas S-tamm › fehlte auch nicht : wenn man bloß endlich mal Einen träfe, der *nicht* Gottsucher ist ! Und

ich erdachte schnell die Verfügung, in' Nachrichten müßte sie kommen : » Gegen die Stimmen der Koalitionsparteien wurde vom Bundestag ein Gesetz verabschiedet . . . . «. Die Unterschrift des Bundespräsidenten stand allerdings noch aus; war ja auch keine EVG; hätt ich mir eigentlich denken können : die wollen höchstens die Zivilehe aufheben. Gottlose und nichtswürdige Subjekte sind für diese umbrella-people dasselbe !).

(Vielleicht sind sies ja auch ? !). –

Vornehmer Gruß (im Schloßhof) : wir nickten uns steil mit den Köpfen zu, als bejahten wir etwas; mit Einschluß von Hut und Sandalengelb wog die dürre Figur schwerlich mehr, als die Luft, die sie verdrängte. Von unheilverkündender Korrektheit; und unaufhaltsam nach Bewunderung strebend. Ich machte, um ihn anzulocken, mit ernster Miene eine Notiz, und schritt eine raffiniert sinnlose Diagonale im Schloßhof ab (den letzten Schritt spinnenhaft weit : und gleich wieder notieren !) : dem konnte er nicht widerstehen ! : » Doktor Hoppenstedt ? ! «

» *Zweimal war die Prinzessin* während der 32 Jahre doch für längere Zeit von hier abwesend ! « und blickte superklug an mir vorbei auf lauter sonniges Fachwerk. » Jaja « bestätigte ich aus Gedankenfernen : » vom 15. Juli bis 10. August 1700 in Celle « (weil dänische Partisanen bis Gifhorn streiften) » und vom 5. Juni bis Anfang September 1705 « (im Amtshaus Essel; da hier in Ahlden Umbauten und Reparaturen notwendig geworden waren. Wir wandten einander sofort die Köpfe zu, und sahen uns eine Weile seltsam an : Zwist unter Zauberern. – Dann Klärung : wer weiße, und wer schwarze Magie; er war Jurist : buh !).

2 mal 2 (und er wurde beim bloßen Zuhören so wütend, daß man ihm bläßlich gut sein *mußte* !) : » Der Lügner würde behaupten : 5 ! – Der Neutrale : weder 3 noch 6. « – » Und sonst kennen Sie keine Alternative ? ! « (erstickt ; die bessern Kreise). » Doch « sagte ich nachdenklich : » soo – der vorsichtige Esoteriker würde sich etwa äußern : Logarithmus 10.000 oder so. « » Und ? : Wie wäre es mit 4 ! ? « schlug er verächtlich vor. » Ja, das sind die ausgesprochenen Fanatiker ! « lehnte ich sofort ab : » Denken Sie doch an Ihre eigene CDU : die deklamieren auch nur vorsichtshalber von abendländisch=christlicher Kultur, diesem moro bianco ; anstatt die Wähler simpel zu fragen : ‹ Na wie iss es : wollt Ihr wieder auf Kasernenhöfen liegen, mit der Schnauze im Dreck ? › – – Neenee : gehen Sie mit Ihrer 4 weg ! «. Ich trat ihn dann noch ‹ aus Versehen › auf den Drudenfuß, ‹ Amelung soll den Ambtmann Witten in meinen Namen sachen › (Brief vom 19.6.1715), und weg waren wir : Zeuch, Fahler, zeuch !

Unds wurde schon wieder warm : Hundesperre (wegen Tollwut unter den Füchsen) war auch im Kreise ; na, vor Gott sind wir Alle gleich (wie wiederum die CDU behauptet ; s Parteibuch muß man aber wohl doch haben). – Zum Bahnhof könnt ich gehen ; die Züge notieren.

Schon stand er da ; rot, und innen blaugrau gepolstert : der Schienenbus, 9 Uhr 56 nach Verden : sind ja scharmante Dinger ! (Und über Verden mußte ich ohnehin, wenn ich mal nach Rotenburg wollte, in'n Kirchenbüchern nachsehen).

» *Könnten Sie mir mal* das Kursbuch leihen ? N Augenblick nur ? « : fahrplanen besah er mich, aus flachen Farbringen. Und entfernte sich pochend durch blaßblühende Ticketbeete, schwarzröhrigen Ganges, in seiner Vegetation von Stühlen und Rollschränken. (Im Fenster ergraute das Goldfell des Weizenackers : also Wolken über uns, Lukiluki).

» Danke Schön! « – –

Zementpfosten mit Maschendraht, 2 Meter hoch, um den Sportplatz : Fußballer in flammicht gemaltem Dreß, mit Brustschildern von gräulichem Ansehen und fürchterlichem Umfange. Größe zwischen 1 bis 3 Meter (so sprangen sie !) ; Haare : fliegend, und 2 Fuß im Durchmesser.

Wieder n Kriegerdenkmal : für 1866 und 70/71 : es enthielt nicht nur die Namen der Gefallenen, sondern auch noch die sämtlichen ‹ Teilnehmer › jener verschollenen Belustigungen ; so daß ich sofort den Block zog, und mir die angemessen=eiserne Tafel kopierte : Dageförde und Bösenberg. Alles ‹ Unter den Eichen ›.

Interessant auch die Scheunenviertel rechts ! : ganze Blocks, durch grünbewachsene Straßenzüge abgeteilt, und 40 Gebäude : iss doch merkwürdig ! (Erst später erfuhr ich, daß man nach dem großen Brande von 1848 diese Anordnung von gemeindewegen getroffen hatte : gaa nich ma dumm !). Ein Vogel faselte süß und oh !, , , , . Dann wieder ein Gehöft mit übergroßem Tormaul ; bereits machte das Spritzenhaus seinen langen Hals (und drinnen stand der Leichenwagen !). – » So : da bin ich wieder ! « – » O s dauert auch nich mehr lange « : sie, weiß & rot erhitzt, inmitten von Musiksplittern und gebrochenen Worten : bescheiden=bösartig funkelte die Senderskala.

» O könn' Sie ma n Au'nblick aufpassen ? : Wenns kocht : ain=fach=beiseideziehn ? – Ich faa bloß ma eem . . . . « schon zog sie Gummistiefel an : sogleich wurden ihre Beine plump=vergnügt ; schwarz trumpfte's auf (daß der Rocksaum breitmäulig schmunzelte. Rasch noch die Schalaune . . . .)

Beim Aufsteigen (auf s Fahrrad) : wieder der kräftige Rükken ; das hübsche breite Gesäß, an dem die Schenkel stark und elastisch hebelten : ich legte die Augen um das feste Fleisch, und streichelte es so anerkennend, daß sie nickend zurücklachte. Gleich darauf glitt der schwarze Eisenrahmen mit ihr weg. (Nachher: ‹ Hedewichs › sind ein rundes ahldener Gebäck ; Spezialmilchteig mit Rosinen).

Beim Raufgehen : ich preßte das Gesicht (ach was : den ganzen moi !) gierig an die Lattung, Erstürmung der Bastille : da standen die Kisten, voll des Lebenswertesten : wenn man n Eisenhaken hätte, könnt man sie ranziehen ! : Konnte ich eigentlich mit der Hand durch die Zwischenräume ? : Ich würgte sie bis zum Gelenk –, – : und drüber : rein – – : konnte aber doch nur den Kistenrand erkratzen (was mag der Dicke da sein : der Reb Mausche ? !).

Vorsichtshalber noch mal rasieren : die ewigen ‹ Marienerscheinungen › der Mönche (oder die parallelen Spielereien mit dem ‹ Seelenbräutigam Jesus › bei den Nonnen) sind letzten Endes doch weiter nichts als erotische Verdrängungserscheinungen : wenn ich mal 8 Tage lang nicht habe, erscheinen mir nachts ooch alle möglichen braunen Madonnen !

Wenn ich schon immer Bücher lese, wo 2 Männer um 1 Weib ‹ kämpfen › : soll wohl ‹ primitive Kraft aus Urtiefen › oder so sein ? : Achduliebergott ! Kennen die Leute denn nicht die glasglühenden Leidenschaften des Geistes ? ? : wenn ich dem Bruder Jansen, dem statistischen Zahlenriesen nachspüre ? noch halte ich seine Arbeit von 1824 in der klapprigen Hand ! (Und unten sitzt seine Enkelin, bereit und mit weißem Leder überzogen : in was für einer Welt leben wir eigentlich ? !)

Ah : jetzt war er angekommen : sprach den Begrüßungsfluch (und dann vieles Schwätzen, laut und leise). – – : » Hä-E-ggers ? ! «

Erez tappuchim (= Erdäpfel); das Bratenstückchen ; zum Schluß schluckten wir langsamer den süßen weißen Schlamm (eines Griespuddings. Querder ohne Kopf in Weinbrühe, Butter und Zitronensaft gekocht : also lüneburger Bricken).

» Sie sehn aber abgespannt aus ! « ich, teilnehmend ; und der Chauffeur machte sofort ein noch überarbeiteteres Gesicht : dunkle Ringe um die Augen ; Müdigkeit in Faltensäckchen. (Sie murmelte mit hochgezogenen Brauen in unser Bedauern).

» Jaja « beteuerte er fromm : » mal ein' Augenblick nich aufpassen – und schon iss' passiert. « » Sehr richtich ! « bestätigte sie anzüglich : » Einma nich aufpassen : da kann man dann jahrelang abbezahln ! « –

» Gleichberechtigung der Frau ! « sagte sie bitter und hoheitsvoll zwischen Essenresten : » Wenn Ihr morgen aber nich satt werd't . . . ! « (Verzweiflung und Drohung : » . . . unn jetzt noch apwaschn ? ! « und richtete weiter kleine graue Worte auf uns, die aber, wie fallende Nähnadeln, nicht weh taten ; dennoch verzogen wir uns hinters Haus ; Stimme von drinnen verhallend : *» Ainmal-bloß* als Mann auf'e Welt komm ! ! «. Da gingen auch wir nachdenklich auseinander).

Seine Losung : sie hatte die Form eines Helmes und rauchte noch. Irdisches Vergnügen in Gott.

An ihrer Tür vorbei : sie sprach ; er antwortete ; sie entschied : ♯ (Erhöhung um einen halben Ton !) ; er schloß noch die Haustür zu : also Signal zur allgemeinen Bettruhe.

(Träumen : Dr. Geister erklärte geduldig uns Schülern ein Englisch ; wir waren Alle wieder beisammen ; auch die Toten lachten munter mit, Reinsch ; anschließend sollte ‹ Turnen › sein. / Ein Hallenbad : der schlaue Impresario vermietete Gucklöcher unter Wasser ; wir sahen die

Mädchen herumschwimmen, und untereinander allerlei Erotica begehen. (Dann kamen gar noch Männer dazu, und nun wurde s verrückt. – Eine, die mich anlachte, in seegrünen Höschen, hatte doppelte Zahnreihen und einen Bart wie Julia Pastrana). / 3 Polizisten stellten bei mir Haussuchung an ; verschlossen von innen und murrten lange. Dann standen natürlich alle Möbel anders : hatten mir die Schweine nicht sämtliche Staatshandbücher beschlagnahmt ? ! : ich stürzte kreischend hinter dem Volkswagen her ! / Undsoweiterundsoweiter.)

Entrüstet erwacht : Ernst Kreuder fiel mir ein : der Leser sollte auf den Knien dankbar sein, daß die Schriftsteller so für ihn leiden ! (Und unten grunzten sie immer noch ! Wetter scheint auch langsam schlechter zu werden : iss ja überhaupt n Wunder, daß' dies Jahr mal zwei Tage hinter'nander schön war !).

» *Essen Sie n S-tück Kuchen mit ? – :* Wir könn dann ja ma zu unser' Wiese gehn : ? « (Hat sie also mit ihm gesprochen ; außerdem nicht ganz durchgebacken, und ich kaute gedankenvoll den süßen Lehm, Gelb & Sepia : Marmorkuchen ; die leer getrunkenen Tassen gafften weiß an).

Der Chauffeur ging neben mir, und blähte lustig im Wind. Hinzu kam das Treiben der Wolken ; und die braunen Blöcke der Kühe (sieht schön aus, diese einzelnen Bäume auf den endlosen Wiesen !).

» *Trächtige Kühe* dürfen nich auf'e Nase geschlagen werden : sons komm Fehlgeburten vor ! « erklärte sie vergnügt ihren beiden Männern. (Wo vorher Schweine geweidet haben, grasen weder Rinder noch Pferde mehr : muß man alles berücksichtigen !).

‹ *Grundröhring* › *:* das wußten *sie* wieder nicht ! : » Wenn früher ein Wagen umfiel, gehörte er dem Besitzer, auf dessen Grundstück er zu liegen kam. « (Also ein

Strandrecht zu Lande. Er dachte sofort an seinen Lastzug, und lehnte es ab).

Tja die Wiese ! : die Hadeshecke schwirrte und wisperte neben uns entlang. Laubumschwärmt 1 Stamm. Die Hochspannung zog 4 finsterfeine Raster über uns : 15000 Volt bin ich !

Ich suchte den Fleck erst einmal auf meinem Meßtischblatt, visierte und lippennagte. (» Nee. Das Dreieck hier anne Seite gehört n Nachbahn – : der verkauf'as aus Bosheit nich ! «). (Erst mal ziemlich abschätzig behandeln, damit sie als einziges Positivum die Bücher erkennen lernen !). Also : » Tja. – : Iss schon etwas abgelegen, nich ? « Scharf : » Gehört das Stück Allerufer mit dazu ? ! « : » Jawoll, jawoll-ä – : « er wies es dienstfertig, und das trübe Wasser schob mächtig an uns vorbei. » Viel zu viel Strömung zum Schwimmen ! « Druckte dann aber zum Trost der Geknickten doch sorgfältig auf das Kartenfeld ‹ THU=MANN ›.

Schäfereien (unds braucht demnach durchaus nicht der Lignon zu sein) : Heidschnucken von düsteren Farben, blaugrau und mit schwarzem Gesicht. : » Die Lämmer sind an' ganzen Leib an : pechschwaaz ! « So dürftig war die Weide, daß man früher von 2 Neugeborenen zumeist 1 schlachtete, und das Übrigbleibende von 2 Müttern säugen ließ : das reichte dann leidlich aus. (Und die Beraubte wurde dadurch getäuscht, daß man dem Kleinen für eine Nacht das Fellchen des Getöteten überzog – biblisch=kindlich und =wahnsinnig !).

Trunkenbolde giebts unter den Schafen : die fressen hemmungslos Brahm (also den Besenpfriem ; Ginster) und geraten dann in einen Zus-tand von Aufgeregtheit, dem völlige Bewußtlosigkeit folgt : so sind schon viele Füchsen oder Krähenschwärmen zum Opfer gefallen ! (Später nachgeprüft : tatsächlich : auch Hahnenfuß,

Wolfsmilch, Zeitlose, Schachtelhalm, Fettkraut, Binsen sind Schafgifte).

» *Überzählige Böcke werden ‹ gemüht ›* « *wußte er.* (Das heißt, man bindet ihnen die Hoden ab, und drischt mit'm Knüttel drauf rum : da sind sie für die betreffende Saison zeugungsunfähig).

» *Inner Nähe von Tetendorf* « (bei Soltau) : » s-teht heute noch das Kreuz : « und sie erzählte volkstümlich : ein Schäfer hatte, an eine Birke gelehnt, sich der Ruhe hingegeben : der Herdbock verstand das Nicken des Schlafenden als Herausforderung zum Kampf, und stürzte sich auf den Mann, der mit zerschmettertem Schädel zusammenfiel ! (Daher also hats Ambrose Bierce gläubig entgegengenommen ; ist ergo auch nicht, wie Professor Bense meinte, kosmischer Symbolik voll, sondern durchaus tellurischer Provenienz. Terrestrische Refraktion. – Dann Buchweizen ; Bienenzucht ; Hünengräber).

Ein Hinkender : sein Körper nickte lange vor uns her ; ein neuer Weg spaltete 2 Wiesen ; Hecken machten Drahtverhaue. (» Wills' n Stück Brot dazu haben ? ! « zischte sie giftig : weiß Gott, es stank schon wieder um ihn ! Und er wedelte sich nur mit satrapischer Huld. Der dunkelrote schwere Wolkenvorhang streifte die Erde ; manchmal bauschte es dahinter wie große Gestalten ; einmal glitzerte unten der Saum golden).

Der Alte vor uns hatte wirklich denselben Weg : Wortschatz 500 und ein Filz dumpfer Gefühle. Er hob seinen Krückstock vor die Augen und kauderte streitsüchtig mit ihm. Die Spitze des Mondkeims brach dick und weiß aus grauen Wolkenschollen.

» *Eine Bitte noch : –* « (sie sahen Beide her) : » Sie sprechen nicht weiter über dies-ä : Bauprojekt. : Sonst steigen die Bodenpreise unnötig ! – Aber die Namen der Besitzer an dieser ‹ Alten Leine › drüben könn' Sie mir ma ansagen, ja ? « (Kann ich mir getrost auf meiner Karte eintragen : iss ja historisch interessant. – Und ne prima Gelegenheit, aufs neue zärtlich mit ihr die Köpfe zusammen zu stecken !).

Aber die Bücherkisten : » Stellen Sie sie mir, wie gesagt, doch mal rüber. : Also für 300 Mark möchte ich garantieren ! «. Sie zögerte wieder (aus mir unbegreiflichen Gründen !); er war sofort dröhnend einverstanden : » Mänsch, Frieda : 300 Eier ? ! : dass iss n Kostüm *und* n Wintermannel für Dich ! «. » Keine Sorge um *mich* « erwiderte sie schnippisch genug : » letzten Endes sparst *Du* Dir ja das Geld ! « ; aber sie wurde dann doch etwas heiterer, wahrscheinlich bei Visionen von Rotkariertem, oder schwerem schickem Winterfischgrat. Manchmal taxierte sie aus festen Augenwinkeln zu mir her ; blieb auch einmal etwas zurück (griff sich dazu pro forma an die Strumpfhalter), und kam dann resolut zwischen uns Männer, Gräfin Frieda von Gleichen.

Ihre Hand strahlte breit und energisch aus der gelappten grünen Manschette : » Wolln wir uns noch n büschen raussetzen ? « und zog eine liebe Schnute, als ich das Détachement ihrer Finger einfing. (Allein im Haus, während er schon die Korbsessel hinauswälzte. Für sie storchschnabelte ein Liegestuhl).

Hellgraue Steppdecke des Nachthimmels. Die Lampe machte ihr O aus Licht. Wind schwieg ein bißchen ; verfangen ; der Grünspan des Mondes erschien ab und zu über der Bohnenwand.

Der Chauffeur lagerte schon breit im Weidengeflecht : Breeches, zweideutige Strümpfe, Pantoffeln, weit auseinander. (Die Absätze außen vollkommen schiefgelatscht : Beweis für die Kugelgestalt der Erde). Er hatte die große Flasche vor sich, Mampe Halb & Halb, und schenkte ein. Sich. Sobald sie (oder ich) den Kopf mal wegdrehten (und ich tats oft : hellblau ist schön; dunkelblau zumindest jetzt ganz unangebracht ! Und in Ostberlin kriegt man die Dreiviertelliterflasche für 2 Mark West !).

Tales of my Landlord : » Wie sind Sie eigentlich nach Irland gekommen, Herr Thumann ? «. Er hob das (extragroße) Tummelchen, schnalzte und wunderte sich staunend : LKW=Fahrer ; Geleitzug ; langsamstes Schiff ; minisch abgedrängt in Nacht & Nebel : Cork angelaufen : interniert ! Freiwillige Landarbeit (auf m Traktor). Hübsche geflüsterte Lassies, rothaarig rundherum, Ftft (und sommersprossig am ganzen Leibe : » also wie die Schleien ! «). : Einschenken. » Die nächste größere Stadt war Limerick «. » Am Shannon unten « nickte ich ; und er schlug begeistert die Lehne : » In dem ham wir immer gebadet ! « (‹ Pallaskenny › hatte das Nest geheißen. In nahen Gärten prügelten sich geile Kater).

Die Lichtzipfel ihrer Finger hingen unbeweglich vor dem Pflasterhintergrund. Ein ‹ nackter › Arm. (‹ Clitoris › als Mädchenname ?).

Tales of my Landlord : das rostrote Gebräu verschwand in seinem Cordinneren : » Als ich einmal durch die Schwarzen Berge fuhr . . . . « (schon sagte er statt ‹ Subjekt › : ‹ Jupp-Sekt › ; we of the Never=never ; ich sah ihn aufmerksam an, wie die Laterne Gelb über ihn schlenkerte : Windstöße also). Dann die Gesellschaft am Straßenrand ; die Lieder der Geister hinten : Abladen : bei den ‹ Sickenhäusern › vor Schneverdingen. (Also ‹ Pest › ? ! : das iss ja intressant !). Ein Buch blieb im LKW liegen : feuerrot der Einband (also wahrscheinlich ‹ Printed in Weilaghiri ›) : » Ich hab nie reingekuckt : muß noch oben sein. « Und als ich schneller horchte : » Das kann's haben ! « (Haben sie's doch schon gemerkt ? !).

Krach draußen von besoffenen Fußballern : einige brüllten wie die Bullen; andere heulten und bellten gegen den mitternächtlichen Mond. Eine Trompete, oder sonst ein Strahlgebläse von durchdringend scharfem Klang, übte in der hinteren Nachbarschaft. Auf ein gegebenes Wort löschten sie gleichzeitig ihre Augen, und zerstreuten sich in den Häusern : sofort wurde die Bretterwand des Himmels graugelb; platt drauf geleimt die leere Miene des Mondes; Dachtrapeze; und drumgebunden meine Brillenschlaufe, was ? – Wir drückten unseren Abscheu vor so Betrunkenen aus, und schritten ehrwürdig zurück : Schenk ein ! (» Ä : Moment ! «).

Es sprühte mir aus dem Leibe, quer durch die Bohnenwand, staatshandbüchern (das heißt tropfenzahllos zerfallend : wieviel Worte mag mein Maulgeist so im Leben ‹ gebildet › haben ? !).

Stolz & steif zurück : Rex de Erica : da soffen die Beiden, Mampe Halb und Halb, an ihrer Ellipse. Ich fällte meine Begierden mit ein paar axtigen Handbewegungen, und nahm graziös Platz (bildete ich mir ein).

» Blitz, was juckt mir die Kimme ! « rief der Chauffeur betroffen, und kratzte sich mächtiger (Komparativ à la Klopstock; bei dem denkt der Seraf ooch immer den ‹ tieferen Gedanken ›. – Dann Brüderschaft mit ihm trinken, ja » Ick seh Di ! «, was tut man für Jansen nicht !).

Dann Politica : » Ich ? ! : mein Geld uff de Sparkasse schaffen ? ! : Ich unterstütz doch *die* Regierung nich ! : Eh ich Jesuiten und Generäle finanziere . . . . Nee ! ! «. Er knurrte zufrieden.

Was ‹ Solidarität › eigentlich genau heißt ? ! : » 'Tis a greek invocation to call fools into a circle ! «.

EVG ? ! : (an seinem Mund blühte ein weißer Rauch) : » Wer aus jedem Stück Papier n Tausendmarkschein machen kann, wird wohl auch mühelos ne Armee finanzieren ! – Lies mal die neuen ‹ Deutschen Soldatenzeitungen › : da siehste die alten Scharfmacher wieder bei der Arbeit ! Die Heldendichter à la Zillich ‹ Die goldene Tapferkeitsmedaille › (und er schämt sich nicht, die Belohnung für fleißiges Töten der Gebärerin zu weihen ! !) : daß *die* sich wieder rühren dürfen – mehr noch : daß die *ermuntert* werden ! – das haben wir unter anderem auch unserem herrlichen eisernen Bundeskanzler zu verdanken ! «

Eine Sternschnuppe (mit einem Rauchstrich, etwa 3 Vollmondbreiten lang ; der noch 2 Sekunden stand) : der Chauffeur begann sogleich zu wünschen : ! (Aber sie plättete schon ängstlich=entrüstet mit der Hand über sein Lästermaul ; man verstand nur: » . . . denau . . . . . Durchfall . . . «).

Wenn die Rückenhaut kribbelt, nennt man das ‹ Ameisenlaufen › : wir sahen vor lauter Nichtsnutzigkeit gleich im lächerlichen 1870er Lexikon nach ; im bunten Sargassofilz von Flachwissen und veralteter Bebilderung : –, –, –, : » . . . . geht besonders Schlagflüssen, Lähmungen, Krämpfen voraus . . . « das Ding war doch boshafter, als wir gedacht ; und wir schoben den würdigen grünen Band behutsamer in seinen Schlitz. Lieber den nächsten ma :

‹ *Der heilige Thomas von Aquino,* beim Seesturm Vertrauen auf göttliche Gnade predigend ›. (Hatte Irgendjemand gemalt) : ‹ Die letzten Soldaten der Besatzung von Missolunghi, im Begriff, sich in die Luft zu sprengen ›. : » Faust, im Begriff, Gretchen sein Ding zu zeigen « erfand er hurtig parallel, ohAbällinoabällino ! , und wir begaben uns wieder zu ihr : er schenkte sich sofort ein und kippte's. (Uns gottlob nicht, und mir wars sehr lieb).

Er dehnte schwarze rauhe Eberglieder (und auch sie füllte sich mit plötzlichem stirnrunzelndem Entschluß gleich zweimal nach. » Vorsicht ! « bat ich mit Augen, und Lächeln lief ihr mehrfach übers geräumige Gesicht. Wir lehnten, verwachsene Wolkengestalten hinten zwischen uns, still in der Luftarena).

» *Bes-tímmt'u ? :* Dreihunnert Maak ? ? – : Ich s-tell Dir die Kisten jetzt'ofort noch rain ! « . Er torkelte auf, vergeblich von uns angeschwichtigt. Sie überlegte sichtlich dabei ; ließ ihn aber endlich langsam los : rüberschaffen iss ja noch nich verkaufen (oder will sie mich erst richtig scharf auf die Sachen werden lassen ? ! – Wir setzten uns lauernd wieder).

Sie legte die Arme über sich : nahm sie noch einmal herunter und schenkte mir ein (zwang mich auch durch einfaches Kinnanheben zum Austrinken); dann zeigte sie wieder den Brustansatz und andere Kaufpreise (und jetzt drehte mir der Schnaps den Kopf doch auch einmal rrundherrum : polterte und schleifte es nicht oben ? !).

Ich hob mich bis zum Stehen; nahm sie (vorsichtig !) bei der massiven Schulter, und wir gingen schweigend vors Haus : jetz muß *sie* aber mal gehorchen !

Die Telegrafenstange stand auf der Erde : Rührt Euch ! Die steife Porzellandolde, oben, verhakt in einer Art Himmel : ! – Sie legte gehorsam das weiße Ohr an – ? ? (sofort ging ihr der Mund angestrengt auf ; man johlte wohl drinnen ; geisterbusiness und monochrom).

Zurück (oben schwappten Türen !) : sie trat erst nicht mehr an mich ; wir waren ohnehin entschlossen, einander zu erobern.

Zu ihm in die Küche : er mahlte sich eben ein Maul voll Kaffee durch ; kauend : » Da wirss' wieder gescheut. – Och, wir könn ja morgen ausschlafen ! « . Unvermittelt fügte er noch hinzu : » Heirat' bloß nich ! «

Meerleuchten der Sterne, und die Erde segelte schief hindurch, with her helm lashed aport. Im Obstgarten hingen Zweighaken von der geflochtenen Decke : alle in mein Haar. Ich griff moi am Schwanz und Wasser lief aus ihm heraus : roch nach Kaffee und Büchsenfleisch (Technik, ihn durch Speisen zu parfümieren, wie bei den ollen Römern; noch ein paar volle strömende Rülpser erledigen. – Ein Haufe spitzgliedriger Sternbilder hockte zitternd am caven Horizont : wenn mir der Mond wie ne Aspirintablette vorkommt : bin ich daran schuld, oder Bayer=Leverkusen ? !).

Die Flasche stand fast leer : er griff rasch danach, und ließ sich vorsichtshalber den Rest gleich einlaufen. Während ich ihr erklärte, geregelt sausenden Gehirns und sorgfältig stammelnden Mundes : daß wir Alle doch irgendwie verloren seien ! (Und sie nickte finsteres Einverständnis. Ein raffiniert geformtes Gefäß voll mefitischer Dünste).

Der Chauffeur war so weit, daß er überall gelbe Radlerinnen ahnte; er lächelte überlegen ob seiner unscharfen Sicht, und behauptete mehrfach gröhlend, daß einer ‹ richtigen Frau › Alles zum Bett würde; noch entzückter : » Die kann aus ner Harke n weiches Bett bereiten ! «. Er summte unerkennbare Melodien nach Osten : –, –, : wir verständigten uns durch Kopfzeichen, und räumten die Sachen rein.

» Es riecht « (mit lehrhaft erhobenem Zeigefinger) : » es riecht nach : schweren : reifen : . . . . . « sie schob ihn vorsichtshalber an und er ging im Marschtritt ins Haus.

» Gute Nacht – – : Frau Frieda ! « : sie schob spitzbübisch den Mund vor, und wiegte den Kopf; dehnte sich studiert in die leuchtende Küchentür : » Nacht Hä=Eggers ! « – (Erst beim Treppenraufsteigen merkte ich

richtig, wie fett auch ich war, denn die Tür wich mir aus ! – Bloß die Trittlinge runter !).

Da standen die beiden Kisten : zum Drüberstürzen ! (Und ich tats ein paar Mal, aus purer Lust : drüben das Bodengatter war auch noch offen !) : ich mußte mir aber tatsächlich laut vorsprechen, was jetzt zu geschehen hatte : jetzt. Nachts um 2.

Kaffee : starken Kaffee also ! : ich entfaltete die Blechschachtel ; legte Tabletten aus Hartspiritus hinein ; über die Flamme Wasser : in dieser Konservenbüchse. 3 dicke Eßlöffel für ein' halben Liter : scheiß aufs Herz ! Und gut kondensierte Milch rein. Wenn möglich das Haus *nich* anzünden. (Was werd ich mal in der Hölle sammeln ? : vielleicht Hufabdrücke der Teufel. – Und das Zeug schmeckte dann doch fast zu fett ; war ja auch ne viertel Büchse Milch drin ! –).

Schon wurde es klarer vor meinen Augen ; auch dahinter (und das Licht immer kleiner ! : Na, 2 Stunden wirds wohl noch reichen. Pinsel hinlegen. Lupepinzetteschere. Bleistift und Notizblock. Ausziehtusche und spitze Spezialfeder. Die flache Elfenbeinklinge ; zum Glätten biedermeierlicher Eselsohren. Uhuradiergummi.) Den winzigen Tuschkasten nur der Vollständigkeit halber : dazu iss jetz die Hand nich ruhich genuck.

‹ *Statistisches Handbuch / des / Königreichs Hannover. /* Von / C.H.C.F. Jansen. / Hannover, / in Commission der Helwing'schen Hofbuchhandlung, / 1824. › : Curt Heinrich Conrad Friedrich : genau wie mein Exemplar zu Hause ! : Das weiche graue Papier ; die schönen alten Zahlen (und so charakteristisch geschnitten, daß man selbst nach Jahrhunderten und leichter Beschädigung noch fehlerlos ablesen konnte). Collationieren ein ander Mal. Und prachtvolles Vorsatzpapier : kaffeebraun mit schwärzlichroten Schlieren um hundertfach vergrößerte Stärkekörner. – Nicken : das Nächste :

Nanu ? ! : da capo al fine ? ? : wieder derselbe gelbbraune Halblederband ! Und noch einer ! Und nochmal ? ! –, –, –, :

9 Stück im Ganzen, und brandnew dazu ! : das waren demnach welche von seinen Freiexemplaren ! Bei den meisten klebten die Seiten noch heute oben am Schnitt aneinander, und zogen sich mit feinem Reißen auf : schönstes Gewisper der Welt !

Die fleischfressenden Namen; einstelliger Höfe : Gelbenschule / Schatthaus / Krähenmühle / Grüner Jäger / Spiegelberg / Aschenkrug / Schierholz / Loge / Kanalhäuser / Messinghütte / Palsterkamp / Voßhöhlen.

Inmitten : Hölzerne Klinke / Im Sunder / Vorwerk Uhlenbruch / Waldseite / Beim Goldberg / Entenfang / Hungriger Wolf / Modermühle / Rathsziegelei / Hirtenhäuser / Im weißen Moor.

Gesprengt von Ortsnamen : Koke / Erdhütte.

Roode Schuur : Dodshorn !

Bis mich schauderte : zur Brust im Bildsumpf eingesunken. (Bloß schnell als flachen Block auf den Tisch bauen. Und taxieren : daß ich wieder rausfind' ; wird ohnehin noch angreifend genug werden. Noch völlig unzerträumtes Material : ich habe die Gabe, über Statistiken wahnsinnig werden zu können ! – : 10 bis 20 Mark kostete s Stück beim Antiquar ; also zahlt der höchstens 4 bis 5, sagen wir 3 ; um ganz sicher zu gehen. 9 mal 3 macht 27 : also rund 30 : iss natürlich herzzerreißend, daß man die unschätzbaren Stücke so verschleudern muß !). (Aber sein Handexemplar war doch nicht dabei : schade : dafür hätt ich sonstwas gegeben ! Der Wald der stillen Wege.)

Aha ! : auch von seinen ‹ Erläuterungstabellen über persönliche direkte Steuern ›, Celle 1835, bey Schulze, waren noch 4 da; und ich nickte bittersüß, mit rechts bedauernd grinsendem Gesicht : kenn ich.) (Auch im Briefwechsel Schumacher-Gauß, spring 28.)

So; jetzt kamen die Staatshandbücher ! (die Jahrgänge natürlich unordentlich durcheinander : hab ich gar nich anders erwartet ! : Mensch, wenn bloß meine fehlenden dabei sind ! ! – Nischt; nischt. Nischt. – –)

Da ! Und ich rieb mir die Handwurzeln zwischen den Knien, bis sie glommen; der Mund ging mir wolfszähnig auf; zischend lachen :

1843 ! ! !

Ein kalkblauer wachsiger Pappband : Archipele weißer Abnutzungen auf den Deckeln; über den Rücken 4 dünne Goldstriche, und die handgearbeiteten schiefen Zahlen ! (Drüber pusten; den glänzenden Schnitt pinseln : unten war er noch blutrot ! Wie Friedas Bohnerwachs ! – Und lag tatsächlich wie eine schwere Paraffintafel im Griff. Handflächenglück. An zehn Fingern : Ballenseligkeit).

Dann erst öffnen : links eine Buchbindernotiz in schwarzem Kleingekritzel. Rechts, um ein aufspringendes Pferd, der Rundstempel ‹ Officier=Bibliothek / VII. Regiment ›; und daneben in einer langen fliegenden Handschrift, das schön gebräunte Gemisch von Antiqua und Fraktur : ‹ Geschenk des Herrn Oberstlt. Brandt ›. (Nachher also feststellen, wer das war). Ansonsten prächtig erhalten. Die Ehren=Staats=Damen (hätten eigentlich unter ‹ Marstall › gehört). Die Ritterscharen des Guelphenordens;

Halltt ! . – : der ganze ‹ Militair=Etat ›, Seite 134 bis 192, war mit Schreibpapier durchschossen ! Und gleich gingen die handschriftlichen Anmerkungen los : die Aufschläge bei den Generalstabsoffizieren waren ab 16. 2. 1843 nicht mehr scharlach= sondern vielmehr carmoisinroth zu tragen : so beschäftigt man die Soldaten aller Zeiten ! Mit so kleinen intim=wichtigen Stickereien und Litzchen : muß man *dazu* blöd sein ! ! (Und der Staat raffiniert, der die unzulänglichen Gehälter durch hochgezüchtetes ‹ Ehrgefühl › aufbessert ! Ein ‹ guter Soldat › ? : das heißt ‹ ein schlechter Bürger › ! Und umgekehrt. Wenn sich die Regierungen auch einbilden, man könnte das periodisch nach Belieben umschalten. – Na lass'e. – Von den rund 800 Seiten fehlte – scheinbar – – keine : wunderbar !).

(*Natürlich Versetzungen und Avancements* waren mit religiöser Sorgfalt nachgetragen. Gähnen : aber gleich besonders legen !).

Jahrgang 41 : den hatt' ich zwar schon : aber der hier war fantastisch eingebunden : Halbleder mit rotgoldenem Rückenschildchen (auch 2 goldene Kräuter eingepreßt. Der Schnitt lindes altes Gelb : wie die Staubtücher vieler Haushaltungen : genau die Farbe). Drehen, unschlüssig. Na, ich kanns ja ma – hm.

Staatshandbücher als Geschichtsquellen ! : nirgends anders sonst findet man Jansen, diesen Brandt ; den Nolte : der mit Fouqué korrespondiert hatte. Kurvenscharen von Schicksalen : man schlug einen Namen auf, und verfolgte ihn durch die Jahrgärten : 1840 Collaborator in Hildesheim. Subkonrektor. Konrektor. Rektor in Emden. Direktor : gestorben spät in Hannover : exit Regel, Herausgeber des 1. Bandes der 5. Auflage von Dörings Horaz. (Und alle ‹ Druck und Verlag der Berenbergschen Buchdruckerei ›).

Nischt ! – Nischt ! – : Fuffzich hab ich auch selbst. (Das Licht war zur Hälfte verschwunden : verschwunden ! : das muß man sich mal richtig vorstellen : hat zuerst als draller Wachsleib dagelegen – und ist dann simpel ‹ weg ›).

1844 ! ! : Three cheers ! : die rehbraunen Pfauenaugen äugelten mich futuristisch verliebt an. Die grauen lockeren Schichten der abgenutzten Pappecken ! – (Und auf hinreißend schlechtem Löschpapier : auf 616/17 legte ich mir sofort einen Zettel : wie da der Druck der Gegenseite geheimnisgelbgrau durchschien : gegen dergleichen bin ich wehrlos ! Ihr Papiertafeln !).

Look here ! : hier war auch der ‹ Brandt › von vorhin. Adolph ; 44 noch Major im 7. I.R. ; und n Freiwilliger von 1813 (sieht man an' Orden).

Und gleich anschließend 47 ! ! : jetzt hab ich sie fast komplett von 39–62 ! – (Pappe: rosa Stranggewebe auf Protoplasmagrau ; nicht ohne Zellkerne).

Gleich Seite 446, die ‹ Societät der Wissenschaften zu Göttingen › : wen kenne ich noch davon ? ! (Und s waren ja alles mal berühmte Leute gewesen !). –

(Na, interessiert Sie wohl nicht !) – (Immerhin : etwa 20 Prozent kannte ich noch auf Anhieb. Und bezweifle, daß Sie mehr gewußt hätten !).

Das also Jahrgang 47 und ich drückte ihn befriedigt auf das kleine Häufchen links. (Augäpfel mit den Fingerspitzen massieren : der Kaffeerausch war verbraucht ; der Docht wand sich auch schon gefährlich in seiner bleichglänzenden Suppe. Gleich würde mich. Schwarzer Gestank. Einmummen.)

Also Hemd hoch, Hose runter : ich kann nicht einschlafen, wenn mein Kopf nicht unter der Decke steckt. (Licht= und lautempfindlich ; darf keine Uhr im Zimmer gehen).

Dann nur noch als graues Viereck existieren : in 52 sind die Flächeninhalte sämtlicher Ämter drin ; und meines ist doch verdammt locker. Der Buchblock im Einband. – –

Traum (etwa Nr. 14 heut Nacht) : Neben H. gebückt vor einem Schneesturm dahergehend ; ein Waldstück stand und grollte oben. (links noch was Unscheinbares Freundinniges ohne Gesicht; also wahrscheinlich G.). Vor einer Verladerampe, die Kühler zur Ziegelmauer, war eine Anzahl Kraftfahrzeuge abgestellt; wir krochen in den modernen Hinteneinsteiger (der im Windschatten des felsigen Möbelautos stand) und zerrten klappernd am Klinkengeschnappe. Zu. G. rollte sich wortlos auf einer Decke zusammen; ein dünner biegsamer Arm wuchs seufzend (seefedern) aus dem Hundeschatten, knusperte nervös giraffig, und wölbte die Deckenkuppel über sich (die sich nachher immer flacher ausplättete). Wir prüften verdrießlich rasch die Musterkoffer. Die sklavischen Stromschnellen des Schnees. Schon machte es unsere Atemheizung wärmer. Sie legte sich auf die Lederbank an der (linken) Längsseite; die Fernlastzüge der Böen grollten regelmäßig hinten vorbei; sie sah mich mehrfach aus dem kalten Profil an, und zeigte endlich mit dem Kinn kurz an sich herunter: ! – –

Oweh: schon 10 durch!: Zähneputzen. Rasieren. (Dann nochmal Zähneputzen; der Geschmack war zu faulig; gummigutt). Dann neue Einlegesohlen aus Wellpappe schneiden (und auch bei mir scherte der Unterkiefer im Takt mit, bis ich es merkte und ihm untersagte).

Jetzt noch flink den Rest: 20 Staatshandbücher im Ganzen. (Riechen an einem Band: seltsam: jede Bibliothek hat ihr eigentümliches Parfüm, jedes Antiquariat, an dem mans sofort erkennt; ich mache mich anheischig, Gsellius sofort zu wittern!). – Handschriftliches leider gar nicht. Schade. War also von unwürdigen Nachkommen langsam vermacht worden. (Maneckes Nachlaß, des großen Salzzöllners, den seinerzeit der Herzog von Cambridge erworben hatte: zu dem müßte man Zugang haben! Wird wohl irgendwo in ner englischen Schloßbibliothek schimmeln).

Die Böhmersche Karte der Landdrostei Lüneburg, von

1833, in 4 Blättern; Maasstab rund – mit der Spanne messen – na : 1 zu 200.000 : die war unter Brüdern auch ihre 20 bis 30 Mark wert ! Ist auch nicht sonderlich alt geworden, der Wilhelm Böhmer : damals war er Premierleutnant im 5. I.R. ; nachher Gefängnisdirektor und Inspektor am lüneburger Kalkbruch. Na ja. (Was das Herzogtum Verden damals noch links an der Seite für n Loch rein machte, nich ? ! Und die schönen müden Farben der Grenzkolorite).

Und der letzte Band – – : (Was ist los ? : – » Härr Ä-ggers ! – : biddeessnkomm' ! « – Also flott !).

Und las mit erschrecktem Kitzel diese eigenhändige Widmung : ‹ Seinem Freunde / Karl Bode / der Verfasser › : Hermann Guthe, Topographie der Lande Braunschweig und Hannover ; die Musterarbeit.

Jetzt mußte ich diesem Bode wieder viele Jahre lang nachspüren ! Denn ich war, präziser Abergläubiger, viel zu sehr von schicksalshaften Verflechtungen gemäß Satz vom Grunde, Paragraph so und so, die Stelle wo es steht, überzeugt, als daß ich solchem Auftrag hätte widerstehen können. (Hinzu kam noch meine wahnsinnige Lust an Exaktem : Daten, Flächeninhalte, Einwohnerzahlen ; die sich also vermittels meiner in nochmals Wirkendes umsetzen wollten : so hätte ich früher gesagt : heute etwa : Wer die Sein=setzende Kraft von Namen, Zahlen, Daten, Grenzen, Tabellen, Karten, nicht empfindet, tut recht daran, Lyriker zu werden ; für beste Prosa ist er verloren : hebe Dich hinweg !).

Also angenehm stöhnend oben auf ein Blättchen schreiben : ‹ Bode › ; mit einer Wellenlinie unterstreichen. – (Dann den Band nach links legen und runter !).

» Und ? Wie iss' werte Befinden ? ? « : er grüßte angegriffen mit Haupt und Hand ; gab auch Knurre von sich, Selbstbemurmel und andere akustische Ausscheidungen. (Also

noch leicht halitös; wir stachen wortlos unsere neusilbernen Spaten in den verfluchten Pemmikan von gestern. Sie war weit schneller fertig, und kam schon wieder von oben: » ... Betten rasch ausgelegt ... «).

» *Na? :* hass' bei dem Tinnef oben was Namhaftes entdeckt? « fragte er meinen halbleeren Teller; und ich, heuchlerischer Ablehnung voll: » Muß erssma nachsehn: denkste, ich hab gestern Nacht noch drin gewühlt? «. – Sie sah mich teilnahmsvoll und aufgeräumt an: (verflucht! : sie hat doch oben schon alles sortiert gesehen! Ach, bin ich blöd! – Noch schnell den Rettungsversuch): » Ich habs erstmal aus den Kisten rausgenommen: heut im Laufe des Tages mach ich die Liste; und morgen könn' wir dann – « zerstreut die Stirn reiben; abwesend vollenden: » – Alles besprechen. – : Giebts eigentlich ne Schreibwarenhandlung am Ort? «. » Och « sagte ihr Apfelmund zögernd: » ja so – für Briefpapier, nich? : Oja, da iss auf'e Büntes-traße wohl Einer. « – » Ja, bei Rathge « bestätigte er, mit einem schmerzlichen Ausdruck, der ihm sehr gut stand; und bat gedämpft: » Hass'u noch ma etwas Aspirin? « (Hieß nicht so Attilas Gemahlin? Im Waltharilied? – Ich weiß es nicht mehr!).

» *Sauf lieber nich immer so viel!* « ausforderte sie giftig; er erwiderte einiges Passendes; sie stemmte sofort den Zeigefinger an die Stirn und begann den nächsten Satz mit ‹Blödmann›; ich entfernte mich diskret aus der hell möblierten kleinen Privathölle, wo schwere und behende Stimmen ihre Schicksale beklagten (muß aber im Haus bleiben; falls nachher der Geldbriefträger kommt!).

(*Wenig später :* Chauffeurschritte treppauf; noch rief er hinunter: » Mach Mocka um 2 : wenn Mocka fertich iss, ruf Männe «. Richtig, um 3 muß er ja weg. Aber

‹Männe› war zu viel Hohn : sie schrie unten vor Wut auf, Blitz, und peitschte die Küchentüre zu : Donner! Erste Korinther, 7 Vers 38). –

»Hä Eggers! ? – : Poss für Sie daa – – !«

Unten wartete zugeknöpft der Postmeister. Ich präsentierte Paß und Personalausweis, die er filologen prüfte (und sogar auf Textvarianten hin verglich!). Dann zählte er die 500.– D-Mark nebeneinander auf ihren Küchentisch. (Sie war sichtlich beeindruckt; auch der Beamte grüßte respektvoller : ein gutes sicheres Haus, der Eggers! : »Und recht schön' Dank, ja?!«. – In 14 Tagen das Manöver also nochmal. Falls ich dann noch hier bin).

Noch etwas zögern; dann : »Ä – Frau Thumann? –« (sie sah widerspänstig herum : ?) : »Darf ich also an einige Stellen schreiben? Daß die uns dann gleich Angebot machen können – ? –«. »Jaaa – wenn Sie tatsächlich mein'« sagte sie kühl; besah mich durch ein wild gepreßtes Glas und fügte sehr geschäftlich hinzu: »allerdings behalt ich mir die Einwilligung zu jeden einzelnen S-tück« (hier schien etwas Staub in der schillernden Kerbe zu sitzen; sie wischte und prüfte das Spektrum; gegen s Fenster sprechen, wie abwesend) : »aus-drück-lich-vor –«. Stellte den Becher hinter sich; lehnte ruhig am Küchenbüfett – – – (und begann plötzlich ihre Wand gegenüber so listig und hinreißend anzulächeln, mit ihrem verruchten Tortenbäckergesicht – – –)

Die Briefe ostentativ in der Hand tragen! : Sie stand schon unbeweglich in einem Busch am Zaun : »Nich zu lange weck sein« sagte sie lakonisch zum Zaun. – (Umsehen : ? : nur die Hand nickte mir einmal klug und finster nach). – Wolkenrotten, und der Wind bemerkte unangenehm dazwischen.

Also erst mal zur Post : beim ‹Deutschen Haus› um die Ecke (das sah abends immer hübsch aus, mit den stillen

Lichtern durch die Linden. Lindenstille.). Dann nach links:

Sommerschlußverkauf bei Gellermann: 2 riesige Stoffschmetterlinge blähten die süß punktierten Flügel; über blaupapierne Felsenstufen schäumte der übliche Katarakt von Waschkleidern, ‹wo Katadupens Volk den Fall des Nils nicht hört›; auf einem Schild die Jataganrosette aus Schlipsen (Wer hat eigentlich das Wort ‹Selbstbinder› erfunden? Beziehungsweise: wo kommt es zum ersten Mal in der Literatur vor?). Aus der Wand tillerte, Passe-Muraille, das Girlbein: Anlaß für Perlons (ganz oben mit einem die Fantasie weiter lockenden Spitzenkrägelchen umgeben. Feldschlange; Coulevrine). Gelbseidene magere Handschuhe tasteten in gieriger Impotenz an Schlüpferzwickeln. Ein violettes Kleid schritt mächtig im Hintergrunde (über gefallene Blusenbusen). Oh getupfte und beblümte Dirndltümlichkeit!

Briefe in' Kasten, und vorsichtshalber noch n paar Postkarten gekauft. Weit drüben das ‹Büchtener Holz› (wohin die Prinzessin immer am liebsten gefahren war; in ihrem selbstgelenkten ‹Carriolchen›: einmal war sie mit ihrer Dragonerwache um die Wette gesaust, und 100 Meter vorher im Schloßhof angelangt – was natürlich wieder endlose Untersuchungen wegen ‹Fluchtverdachts› zur Folge hatte. Mehr als der Umkreis von ¼ hannoverscher Meile war out of bounds gewesen. Zuerst war sie nur auf das Schloßinnere beschränkt worden; dann waren Spaziergänge auf dem Wall, aber noch innerhalb der Palisaden, erlaubt; erst seit April 1696 diese Ausfahrten. Zuerst unter starker Bedeckung; dann, von 1718 an, nur noch in Begleitung von 2–4 Dragonern). – Also wieder mal zum Schloß; aber der Abwechslung halber hinten rum, Meierkamp lang.

Ach, hier war auch ein Zahnarzt : ‹ Dr. Schütte › : muß man alles wissen. Und drüben die Polizei.

Aber hier ? ! : Der Neubau ? ? ! ! : der war doch tatsächlich auf meiner Katasterkarte nicht eingezeichnet ! (Sonst stimmte sie allerdings wunderbar !). Und ich schlenderte gekonnt auf und ab und auf und ab, froh des entdeckten Fehlers ; lugte auch scharf mit der Strichteilung im Auge – die Längsachse des Schuppens hinten also senkrecht zur Straße : so ! – und zeichnete Alles hübsch ein. (Neben das amtliche Symbol des Laubbaums : so ! – Zuhause dann noch fein mit Tusche nachziehen).

Gottsucher Hoppenstedt : er trat aus dem Portal auf die Treppe : sogleich zog die Schnur Höflichkeit an uns, daß wir eckig nickten und die Zähne spreizten (und unwillkürlich ‹ Gutentag › dachten ; oder gar flüsterten : Zauberei !). Er hob den Hut und grüßte aus einem Konsonantengestöber ; ich war dagegen im Stande, sarkastisch und atheistisch zu lächeln, und unsre assessornen Klänge promenierten mehrfach in der heillosen Beleuchtung (auf dem Schloßhof herum ; nämlich oben stießen schon die Symplegaden der Wolken aneinander).

Wenn wieder Wäsche den Ausblick hinderte : » Iss ja unsagbar traurig « bestätigte er mit vornehm angeekelter Grabesstimme.

» *Gewiß : drinnen ist noch* die Stelle zu sehen, wo die Schloßorgel stand : sie durfte ja bekanntlich nicht den öffentlichen Gottesdienst in der Ortskirche besuchen. Der Pfarrer hatte den Schlüssel zu einem separaten (unkontrollierten) Eingang. « » ‹ Seelhorst › « murmelte ich träumerisch (aber mit Gott ist man immer im Zentrum ; er gab keine Ruhe. Wollte mir jedoch ‹ bei Gelegenheit › auch mal das Innere vorführen).

» *Erlauben Sie mir,* ein System abzulehnen, das unter anderen fundamentalen Institutionen auch ein Super=KZ vorsieht! « (Der ihre ‹ Ewige Hölle ›! : welches Verbrechen, das Menschen überhaupt begehen können, wäre so groß, daß es ‹ ewig › bestraft werden müßte?! Wenn überhaupt Einer rein gehört, ist es Gott : wegen seiner feinen Schöpfung!)

» *Gott verflucht Adam :* Warum? : Weil er Obst gegessen hat!! : das muß sich Einer mal vorstellen! «. Ich bummelte entrüstet hinter moi her, und raus ausm Schloß : iss ja unsagbar traurig!

15 Uhr 20 : Adenauer : der Vater Europas, der Stiefvater Deutschlands. (‹ Stiefbruder › : die Engländer könnens sprachlich noch weit präziser unterscheiden : ‹ uterine brother › ist von derselben Mutter!).

Vorm Haus : die geschminkte hausierende Fünfzigerin; ein Eis in der Hand und mit goldzahnigem Lächeln : » Wir haben schöne Wäsche ......? «. Also gekonnt abwinken, verneigen (sie vergalts mit einem fluchenden Luftstoß durch die Nase, und wegwatschelnder Verachtung. – Ruf von drinnen : » Schließen Sie das Gaatentoa man gleich ap! «).

Drinnen wartete sie schon an der Küchentür (steckte nikkend den Schlüssel ein, den ich ihr stumm hinreichte; die Starke, Weißbehautete), in der neuen scharffaltigen Kittelschürze, hübsch gemacht und gut nach Seife duftend.

Sie ergriff meine Augen mit den ihren : » Ich komm jetz rauf « kündete sie dumpf und trotzig an.

Vor meiner Tür : wir zogen uns an den Armtrossen zueinander; sie ergriff meinen Mund mit dem ihren; unsere Herzen polterten.

Die Schlangentochter : wir würgten unsere fleckigen Häute, hupten an schönen Beulen und langen Wülsten, überall : war sie starker Locken voll, schlitze-umgafft, die schnalzten. (Ich nahm eine Brust und küßte sie, bis die Spitze wie ein Fingerhut war).

Im Wassersturz ihrer Hände : sie rüttelte schaudernd einen rosavioletten Zapfen (während ich ihre weißbreite Verwirrung betastete) : » Ku'mma : der s-piegelt richtich « (and she had the finest fingers for the backlilt between Berwick and Carlisle).

Schnallten wir uns also mit Armen aneinander, setzten die Saugnäpfe fest (und ihre Beine langten gewaltig zu. Moi raste. : Auf ihr da hin).

Sonnebeschienen : die breite goldene Wüste ihres Bauches; über die meine Hand karawante (dann knöcheltief in der trockenen warmen Vegetation waten : *Timbuktu.* Sich wälzen : *Bloemfontein*). » Du, das iss schön : so in der Sonne ! « (murmelte sie eifrig, machte aus Knieen und Brüsten eine Sierra, tale of the ragged mountains; Arme und Beine flossen ab; um schwarze Waldkessel).

Nackte Gymnastik : Buchstaben machen : sie machte ein T aus sich, ein X, ein Y; kniend ein Z (und auch ganz neue, cyrillische : die Füße bekamen jeder einen eigenen Namen zugeflüstert : ‹ Übermut › und der rechte ‹ Tunichtgut ›; gemeinsam das mnemotechnische ‹ ch › drin. Die Uhr unten begann tönend zu gähnen; 2 Schallschlieren schwebten maulend davon, hinter'nander (dann, im Abfließen, glitschten sie schnell übereinander; so dünne Platten)).

Ihr moi kniete nackt auf dem Stuhl, und besah mich (und die Staatshandbücher) aus buntberingten Scheiben : weißer Torso, lappige Blätterhand. Sie rieb gespannt und jagdhunden den Daumennagel an den Oberzähnen : » Jeden Sonnabend krixu eins davon « entschied sie.

Dieses Abenteuer von einem Weibe ! ! : da stand sie; nackt; meine Staatshandbücher unter dem Arm (so daß die linke Brust zum Teil drauflag : auf dem kalkblauen Jahrgang 1843 ! !) : oben ein kaltes Lächeln, unten Pantoffeln. Reichte mir auch vornehm die rechte Schulter zum Kuß vor : ! . Ich zog diese Seite an mich (vorsichtig ; um die Bücher nicht zu beschädigen !) ; sie atmete zitternd hoch, so mächtig, daß ihr der Kopf zurückfiel : – – ! – Dann schlug sie die Stirn hingebend an mich : » Heut Abend komm ich : die ganze Nacht'u ! « (Und töffelte kräftig und glücklich von dannen).

(Nachdenklich waschen). –

Im Schürzenpanzer (oben senkrecht, unten quer die Farblatten) schritt sie anklagend dahin ; in der Hand die Besenlanze, links den durst'gen Eimerschild ; um den Kopf starrte der Hexenturban : » Weck ! « und keifte ungeduldig : » Du sollssie nich immer so lang ziehn ! « ; mächtig drohend : » O *Ihr* müßtet ma Hausarbeit machen ! ! « .

» Wo iss denn – – : mein Handfeger ? ! « verzweifelte Kreisblicke und Herumirren : » ich hab doch eben . . . . « (also vorsichtshalber aufs Klo verdrükken).

(Je älter man wird, desto widerlicher : so stinkig hab ich doch früher nich geschissen ! Brauen heben und bekümmert den Gedanken wegschütteln).

Vorbeischleichen : sie raffte süchtig in schwarzem Wasser, und würgte die Hadern mit beiden Fäusten ; klatschte den jutenen Leichnam auf die Diele und überfuhr ihn : platt wie Schlemihls Schatten klebte der Unselige am Ende seiner eigenen Bremsspur, hit and run. Alles in ihrem Beingiebel zu sehen : schöner Riesenfirst !

Bohnern : sie lehnte wild am Türpfosten, auf den Besenstiel gelümmelt (unten war ein blauer Lappen um die Bürste geknotet), und entwarf : » Maschien' ! : die das selbstätich machn ! « – (bis ich ihr endlich zähnefletschend das

Gerät aus der Hand nahm, und es, mürrisch gebückt, ein paarmal durchs Zimmer stieß : –; –; –; –; – : ? Sie, hoffnungsvoll : » Sieht schon ganz blank aus, was ? ! «. Wir spähten scharf geduckt über die Dielen, so lange, bis es auch mir schien, als ob – die eine Stelle – – etwas Glanz – ? : ? ! : ! : » Klar ! « entschied sie, so hoch aufatmend, daß ich vorsichtshalber die mächtigen blau gegitterten Halbkugeln auffing, und wir zogen uns befriedigt daran zurück).

(*Auch Kochmüdigkeit der Frauen :* zugegeben : s iss ja ne unsinnige Arbeit ! Und Verschwendung dazu ! Gemeinschaftsküchen müßte es in jedem Ort geben, so Kantinen für sämtliche Einwohner ; aber mindestens 2 : Konkurrenz muß sein ! – Sie nickte süchtig).

Im Garten hinten. Wir Beide. Sie rannte aber bald wieder hinein, ‹ Kartoffeln abkochen ›, » zum Salat « wie sie hastig murmelte. – Ich zählte noch ein bißchen die Bäume. Der Himmel war meist farblos, ein fahler Strom von Kriegsgefangenen.

Schöner stiller Garten eigentlich ; schöner Rasen : auf zwei Seiten gänzlich frei ; hinten war das Haus ; nebenan nur Schuppen und Scheunen (und der graue Wind floß zähe hindurch. Ihr volles Gesicht wunderte sich von Zeit zu Zeit am Fenster).

Ein verzerrter Mund, aus dem Natron fiel : sie stürmte 2 Schritte zum Wasserglas, soff und ächzte vor Widerwillen (später rollten dann 4 strotzende Rülpser aus den breiten Labyrinthen ihres Leibes ; und sie nickte mir nach jedem erleichtert zu).

» *Halt ! :* S-tell Dich ma *da* hin ! « –

Schwarze Nylons : vom Stuhl hielt sie mir kokett die Beine entgegen : welches war bestrumpft : ? . – Je nun. – : das Eine sah etwas schmutzig aus, und ich riskierte's : ? : » Richtich ! «. (Aber als ich dann mein Kriterium verriet, wars auch wieder nicht recht, und sie geißelte empört die Luft : » Baabaadu ! «).

Schon im Hausflur : » Hier noch ! « rief es hinterher, und fuchtelte schwächlich aus dem Türspalt : ein paar Schreibärmel ! Zum Überstreifen. Oben mit Gummizug – : » Daß Du Dir beim Murksen oben die Sachen nich dreckich machs « . Ich sprengte die Tür ; und sie wich zu ihrem Lieblingsplatz am Küchenschrank. Verschränkte Arme.

Vor ihr : Stille. – Sie besah intensiv das Linoleum um unsere Füße. Ich sagte behutsam : » Hast Dus eben genäht ? – – : Friede ? « . Sie nickte verschämt ; wir bissen uns ; Atemfading ; » Heut Abend, Du ! « ; dann stieß sie mich mit den Hüften zur Tür : ! .

Mürrisch am Tisch (in Schreibärmeln ! Und jede Woche will sie mir bloß einen Band zuteilen ? !) . Dann fing ich aber doch leise an zu flöten.

Collationieren (dabei alte Eselsohren ausplätten) : noch nach 100 Jahren wurden Risse unterlegt, Rücken kunstvoll nachmarmoriert (ich bin ein Daus mit dem Tuschkasten !) ; einem zog ich hinten 3 Kalikostreifen ein, daß der Buchblock wieder fest (und beweglich) am Deckel saß (dann noch neues Vorsatzpapier über die Streifenenden) .

Wilhelm der Soundsovielte, genannt ‹ Die Gotteskuh › ! Jetz iss' aber gut ! ! Ich sah nochmal hin (also der ‹ Fette › oder ‹ Faule › : das waren ja die üblichen Fürsteneigenschaften ; aber das hier ? !) .

‹ Konzertmeister › Satter : weiß schon ! : der hatte dem ‹ Blinden König › angebliche amerikanische Volksweisen vorgespielt – in denen dann Georg entzückt seine eigenen ‹ Kompositionen › wiedererkannte (und bei dem Gedanken herrscherlich erglühte, daß die also vom Delaware bis zu den Rockies pausenlos erklängen) . Dafür

hatte der gekrönte Simpel auch stehenden Fußes den Charlatan zum ‹Konzertmeister› befördert : schon das Debüt entlarvte dann den unfähigen Betrüger, der sich sogleich aus dem Lande drückte (allerdings nicht, ohne erkleckliche Gasthausschulden zu hinterlassen ! – Einen Blinden als König ! ! Das heißt, heute ists ja auch so, daß die Staatsmänner sich mit 80 überlegen, ob sie nicht noch 10 Jahre machen könnten !).

Hoppenstedt : hier ! : 1839, Seite 24 und öfter, hatte es einen Geheimen Kabinettsrath gegeben : ob der mit dem verwandt war ? Eher ja wie nee. – (Gothaer muß man grundsätzlich danebenliegen haben). – (Ob der etwa auch noch Staatshandbücher hat ? ! Und ich stöhnte ein bißchen : jetzt soll ich auch noch mit *Dem* verhandeln !).

Im Tentakeltauwerk der Namen : ich schwenkte meine Zunge ; las Schicksale ab, wie Gedrucktes ; Amtmänner starben, Wehber 24.8.1851 in Rotenburg (und die Schreiber mußten bienig kritzeln ; noch mit Raben= und Gänsefedern. – 1831 die Choleraepidemie : » . . . zum Glück setzte die weglose Haide dem weiteren Vordringen der Seuche ein Ende. «).

Sonnenuntergang in meinem Fenster : mein Gesicht im Rasierspiegel färbte sich zusätzlich bunt. (Bei 2 Jahrgängen waren Seiten rausgerissen ; zum handschriftlichen Ergänzen : solche Lumpen müßte man frikassieren !).

Noch ans reformierte Pfarramt Göttingen schreiben, wegen m Totenschein vom Jansen. Nekromant Eggers. – (» Komm Äss-ssn ! «).

Kräftig kauen in der warmen Dämmerung : » Schmeckt prie=*maa*du ! « . Ab und zu gab Jeder dem Andern blitzschnell ein Wurstscheibchen in den Mund : von seiner Gabel. » Hass'n eben gemacht ? « (Also kurz erklären). » Tja unn weita ? «. Je nun : explicitum est volumen. (War demnach nicht spannend genug gewesen. Sie stülpte hastig die Schüsseln und Tassen in den Spültisch : » Gieb ma den klein' Tella her – ochnein : – da : da drüben den – – : Ja ! «. – » In ner Viertels-tunde bin ich oben ! « vers-prach sie noch).

Rückenschildchen malen : ich ahmte täuschend die Zackenborten nach, den ältlichen Duktus der Zahlen und Buchstaben : » Kuck ma ! «. Und sie kam bewundernd herbei (aber leicht verwirrt, à la ‹ warum macht er das ? ›. Stellte sich auch, nackt und nachdenklich, nochmals in die Nähe).

Wimperntier & Rüsseltier : ich betrachtete uns vorher unten, schüttelte innerlich den Kopf, Haifischeier & Marsflecken : » Komm her, Du Fisch ! « – » Ein Fisch ? Ein Fisch ? « hörte ich sie murren ; und sie kam tappend, auf Pantoffeltierchen, mit scheelen Backen und stapfender Hinterhand ; man schnaubte erwartungsunzufrieden ; schwang sich : (alligatoren klafften Schenkelkiefer ; um ein buschiges Kleinmaul : ihr Körper schnappte zu : ! ! – Über meinem Leichnam knurrend : » Da hassu Dein' Fisch ! «).

(In den Garotten ihrer Glieder). – – –

Nächtliche Frösche : auf dem Rücken lauschten wir unserem Gemisch aus Herzschlag, Atem und Unkenruf. Sie kicherte unschuldig : » Weiss'u was sie sagen ? «. (Und lehrte es mich, bis ich auch das konnte : ‹ Marten ! : Marten ! / Wat wuttu ? Wat wuttu ? / Morgen back ick ! / Ickick ook ! Ickick ook ! › ; und so ging es fort, in sinnverwirrender Rede. Aus den Teichen der Nacht).

Übermut & Tunichtgut krochen herbei ; mißtrauisch ; Zehen wimperten kecker – : und fuhren mir endlich resolut zwischen die Schienbeine. » Wenn wir wirklich an den Büchern was verdien' *sollten* « (zweifelgefüllt) » dann krixu – n Driddel ap ! « profezeite sie schlaftrunken=stürmisch : » Und uns kauf ich n Kühlschrank ! « .

Der Geräuschraster des heimkehrenden Nachbarautos : ein spöttischer Mauerhintern antwortete nah und noch kürzer : ‹ puht › !. – » Och ‹ mein Mann › ? « sagte sie geringschätzig : » Der ? ! : Der kommt alle Vierteljahre ma zu mir ! « .

» Der hat Eine in Berlin ! « – » Och nee : schon seit n Jahr ! : Sein Beifahrer aus Rethem hat da ma'n Telegramm für ihn aufgeben sollen : da trat eben Nachrichtens-perre nach'e Osszone ein : unn da hat der dordige Possbeamte – der uns kennt – mir das einfach zurückgegeben : ‹ Line Hübner › heiss'ie. ‹ Berlin= › unn dann noch irgendwas mit ‹ Adler . . . . › : Ich habs unntn ! « schloß sie drohend. – Dann allerdings.

» Der schafft Alles da hin : hier kann er dann nich ; unn' as Klo benützter ärger als'e Verlorne Sohn ! « . – » Och, ‹ schlecht › iss er nich ; aber eben nich der Richtiege für mich. – Und ich für ihn woh' auch nich « (gedankenvoll. Dann setzte aber wieder so laut das Geplapper des Froschmarktes ein, Vanity Fair, daß wir lachen mußten. Sie krabbelte eifrig hoch : » Ich komm gleich wieder . . . « ; duckte sich giftig : » Nich kucken ! « . Ihr Gesäß begann einmal zu fauchen – ein seitlicher Druck an die Schamlippe (Resigniert : cosi fan tutte. Zum Trost den Unterschied zwischen ‹ ich › und ‹ moi › erklären ; sie akzeptiert es teilweise).

Flüstern ; die Hand im Urstromtal ihrer Schenkel. Sie gab mir das zarte Gebäck ihres Ohres zu essen, flocht auch moi sogleich durch ihre Finger, und lachte, als das Schwierigkeiten zu machen begann : » Ochdu ! : Ich glaub', ich könnt auch *an*=dauernd ! « gestand die Ärmste reuig ; und sah mich doch schon hoffnungsvoll an : ? – : ! .

Danach unter der Steppdecke : meine Hände trampten noch auf ihr herum, bis sie befriedigt blaffte und mit dem mächtigen Gesäß tief in mich rankerte, alle Sinne voll Pralinées.

» *Oss'wind* « murmelte sie aus Schlafkokons : » man hört'n Hodenhagener Zuch : – – « (umsponnen ; im Übergang. Auch meine Finger hatten sich fest botanisiert).

(*Stoisch :* immer derselbe Hahn bezankte seine Fahlnacht. Ihr Nasenatem schlüpfte mir über die Hand, lau:kalt ; lau:kalt. In endloser Gliederung).

((*: Die Enkelin vom Jansen ! :* verrückt ! !))

II.

Rasch gab eine letzte Meldung noch Kunde, wie Reisende im Interzonenzug, ohne irgend Aufsehen zu erregen, erquetscht werden könnten. »O-*habt* Ihr auch Alles ? ! « : Frieda, Gräfin von Gleichen, der Cumulus ihres Leibes hinter einer Zyklopenmauer von Schnittenpaketen (die sie uns scheinbar anzudrehen gedachte). Gewiß, auch ich war nervös ; fast wie damals, in der schrecklichen Zeit, wo ich, wie ich sprach, sogleich horizontal schwebende Leiterstücke sah, Sprossen je nach Silbenzahl des Satzes (und die Haare frisch gewaschen : da sah ich immer wie die Schutzmarke von ‹ Sturmglanz › aus !).

Draußen also verwackelte Wolkengestalten ; drinnen Wortgallen : » Solche Angs hass doch sons nich bei mir « s-tichelte der Chauffeur. Und sie, unbeirrt, mit schwarzer Augenentrüstung : » Ochdu ! ! : Du fährs ja schon jahrelang : bald jeden Tak ! « Während er sich draußen nochmals löste, vertraute sie mir im Hausflur flüsternd den Traum der Nacht : wir hätten uns umarmt, daß ihr ‹ im Rücken was gerissen › wäre ; am nächsten Morgen hätte sie dann einen Buckel gehabt (sic !), und ich hätte nur im Chor gesagt : ‹ take it easy ; mach mir ein freundliches Gesicht › ! – : ?. Das bedeutete natürlich Schlimmes, zugegeben ; und sie flatterte noch empört und ängstlich hinterm Gartenzaun : ’, ’, ’, – –

15 Uhr 5 : wir warteten an der Ecke. Ein verzweifeltes Rind wurde schwarzweiß zum Fleischer getrieben ; und wir betrachteten es mitleidslosen Bratenauges, eckzähnig, wir, Ebenbilder der Gottheit.

Er schlug sich mit den abgebissnen Klauen die Stirn : » Und getankt hat das Aas sicher auch wieder nich ! ! « – : » Ach meintwegen laß Dirs auch postlagernd an irgendein wessberliner Amt schicken; das geht natürlich auch, Schalottenburg oder so –« (aber ich gab ihm meine 80 Dmark dann doch; » und sieh gaa nich erss hin, « empfahl er mir sein Versteck betreffend : » Wassu nich weiss, kanns nich ve-ratn ! «. Recht hat er.)

» Ischias « (und die Hand auf die Lende legen). » Zuviel ges-temmt ! « entschied er brutal=amüsiert : » wirss Dir noch erbliche Hüftverrenkung anbocken ! «, und wir meckerten nervös nach verschiedenen Seiten : » Gemüht müssesdu werden ! « : dies Warten ! (Und ob er was gemerkt hat ? ! : ‹ Dort sind wir allein : / dort will ich Dich morden ! ›, Grabbe, Gotland; in diesem Fall also Ostzone).

Ra : tatta : daddada : Wrumm, wrumm : Alles zitterte, Erde und Luft, vor dem schwarzen Doppeldonner : schon sprang Karl hinein, richtete am Rückspiegel; immer noch; während ich mühsam das Bein zum Riesenschritt aushakte : ! (Am Kühler das Glückshufeisen : » Muß aber n *Rechtes* sein. Linke wirken nich. «)

Wie Heimdall, den ganzen Mund voll Goldzähne : der Beifahrer. Und schnackerte und lullte, ein wahrer Abgrund von Flachheit; ‹ über das Glück auf dem linken Ohr taub zu sein ›. (Aber die Schlafkoje hinten war interessant; und die ungeheuren Milchtanks). Radio; und Karl griff herrscherlich in die Hebelstangen : Zittern durchrann uns unwiderstehlich (also Herr über das Zittern !).

(Er hatte über seinem Sitz 3 bunt gekleidete Mohren hängen, denen er mit großer Achtung begegnete; auch wechselte er bei schwieriger Straße gern einige Worte mit ihnen).

Nochmal die Aktentasche nachsehen : Eben stiegen und sanken wir über die Allerbrücke; flankiert von den Riesenspinnen : eben dieselbe. – Also die Aktentasche :

Die Doublette des ‹ Ringklib ›; 3 Tuben Uhu, der Tuschkasten. 2 kleine Schraubzwingen; das Fläschchen mit Ausziehtusche; die

(zugüberfahren : die Bahnschienen vor uns! Er sprach zornig vor sich hin, mit geblendeter Stirn, aus türigen Güterkiemen : » Du mußt Segmente zahlen! «)

also Lineal und Nescafé-Büchse. Mitten in der westdeutschen Bundesvegetation. (Dionysius von Halikarnassos stellt als Hauptforderungen an den Historiker : keine Religion; kein Vaterland; keine Freunde : das kannste haben!).

» S-taatshandbücher, was ?! « fragte er schlau (und freundlich, wie beim Kinde); und ich mußte ihm erst erklären, daß Ringklib der große Statistiker des Königreiches Hannover gewesen war; der jedesmal, sobald Veränderungen der Inneren Verwaltung angeordnet wurden, andere Amtsgrenzen und dergleichen, eine neue Auflage herausgebracht hatte : die 3. von 1859 fehlte mir : also würde ich meine Doublette der 2. gegen das Exemplar der ostzonalen Bibliothek eintauschen. Par force, mein Fürst, natürlich!

Von hinten erzählte wiehernd der Beifahrer : wie er seinen Kindern mit Erfolg eingeredet habe, die Groschen=Gasuhr sei eine Sparbüchse : und die steckten jetzt religiös jedes geschenkte Geld zwischen die unersättliche Metalllippe! Auch wir mußten angeregt kekkern; » Du biss wohl midder Muffe gebufft ?! « lobte der Chauffeur. (An fernen Hügeln die Fischgratmuster der Tannen).

In der Wandtasche die Lektüre des Beifahrers : ‹ Soldat im Volk ›, die Scharfmacherzeitschrift; hinten ein Artikel ‹ Partisanen bei Minsk ›. (Wie ehrwürdig dagegen Albrecht Goes, ‹ Arrow at the Heart ›; obwohl etwas viel Pfarrer drin vorkommen).

Bald würde es auch in Deutschland wieder den Heerwurm geben!

Readers Digest, ‹ Humour in the Army › (und ich zog den Mund grimmig breit) : jetzt sind die ungefähr so weit, wie wir zu Zeiten Hackländers ! Es giebt ja für den Europäer nichts Belustigenderes, als zu sehen, wie diese uns angeblich so überlegenen Amerikaner auch *den* bösgreisen Blödsinn jetzt nachlallen ! ‹ Soldatenschwänke › ! : albernes Volk ! ! (Nicht, weil sie etwa noch alberner wären, als die Völker im Allgemeinen : aber weil sie sich schlauer *dünken* !).

Auch Georges Simenon, ‹ Um eines Mannes Kopf › : ein mühsam gebastelter Kriminalreißer, und von solider Plattheit : das also das angebliche augenblickliche französische Primat in der Literatur.

» Bei Jupiter Ammon, der Hund überholt uns ! « boll der Chauffeur (und schon grollte der LKW vorbei ; vor strähnigen Äckern ; wie das Schild huschte ‹ Braunschweig=Nord ›, übern Mittellandkanal.)

‹ Preußen › für ‹ Militär › : der Raubstaat par excellence ; und vom Volk instinktiv als solcher gefühlt=erkannt. Wenn je einer war, der sich zähe und historisch=wolfshaft großfraß, spartisch=römisch, auf Kosten Anständigerer : man vergleiche nur das Beispiel Hannover ! Und ich schwieg erbittert : das kannte ich aus dem Ff, Schaumann=Havemann. : Wer im vierzigsten Jahre noch nicht an Deutschland verzweifelt .... Jeder anständige Mensch SPD .... : eben so Wortstücke. (Eben so : die hellen Zementgebäude des kleinen Bahnhofs, rote Geranien äugelten, wippten um Brüstungen, Türbraun war fleißig gefirnißt : wohnten ‹ Menschen › drin, taten viel, verdienten sichs, liefen abends hinter IHR her, im warmen Sonnenstaub, in den zuweilen schon Regentropfen grübchten ; Beamte hebelten um weiße Formulare : ich möchte wohl auch kleine Fahrkarten verkaufen ; ich ; Egg : Egg mit der großen russischen Riesenrundschaukel !)

Schall und Benzinwitterung ringsum : »Riesenroß mit Eichenlaub & Schwertern« zischte der Chauffeur; meinte hinten den Schnarchenden im Koben. Und vorn füllte uns ein blau geköperter Dämon mit abscheulichen Gebärden den Tank. (Nebenan, auf dem kleinen Platz, moderner Jahrmarkt : Einer ließ sich Luftgewehrbolzen in die nackte Brust schießen : patsch ! – : und ergriff den bunten Federbusch; und zog sich eine Hauttüte lang und spitz heraus : christlich=abendländische Kultur !)

Auch das Autoradio hörte man jetzt beharrlich : ein amerikanischer Nobelpreisträger beschwor ‹unsere› Regierungen, mit Atomversuchen aufzuhören : erst in 150–200 Jahren könnte man über die biologischen Folgen ganz klar sehen. Wahrscheinlich würde sogar die durchschnittliche Lebensdauer der Menschen verkürzt ! – Andererseits kündigte Frankreich an, daß es nun auch endlich mit der Herstellung der H-Bombe beginnen *müsse :* ne Großmacht sei sich das einfach schuldig ! Wir lachten grimmiger; wir, die erste Generation, die der Strahlung ausgesetzt war; wir, funkelnagelneuer Leiden fähig. Wir, mit den Füßchen, Hacke Spitze eins zwei drei, vor kontrollierten kleinen Explosionen, die unsern Wagen anschoben : von Flensburg bis Überlingen, von Wasserbillig bis Marienborn hofft Keiner mehr !

Und dann fuhren wir Vier wieder ab : Beifahrer, Karl, moi und ich : Die harten herrlichen Schwenkungen der Straßen : das waren auch Lebewesen, jahrhundertelang an derselben langen Stelle, wie Flüsse und Bäche (und ich dachte an meine Meßtischblätter : wie ich damals mit dem Tandem von einem ins andere geglitten war, an kalten grauen vielen, wie alt wie alt).

» Na, Du kenns das noch nich ! « : Helmstedt und Autokolonnen ! (Herren der Lage waren Fernfahrer und die

Volkspolizei. Hier noch der Union-Jack ; drüben breites rotes Tuch).

Reisende vor ihren Autobussen : ein Wald von Stehenden, auf bunten Beinstämmen, die Äste in den Taschen. Stimmen drüber. Gebüsche von Armen erschienen einmal oben ; meldeten=schwankten ein bißchen, und versanken wieder. Die Volkspolizei in starker Khakifarbe (» das sinn'ie Kasernierten. «) ; dann noch eine andere Rasse von Graublauen ; (na, an der Saar tragen die katholischen Geistlichen Uniform, mit ganz eigentümlichen Sturzhelmen. Swedenborg hat mal sowas beschrieben.)

» Du muss auch durch'e Kontrolle. – Komm hiermit : an' Kraffahrerschallder ! « . Sie machten erst noch etwas Sobranje ; dann rief Einer lustig : » Du, Fred : n Ham=bürger ! « : man besah mich gutmütig lachend : ? : Nee ; war n zu alter Jahrgang für persönliche Bekanntschaft ; und gab mir die erste Stempelung.

Gepäckkontrolle ! : Volkspolizistinnen : große Mädel mit effektvoll drohendem Bohrblick. (Die Männer weit gelassener, und durchaus menschlich ; ich geriet, fatalistisch, natürlich an ein Weib !).

Sie blätterte lange im Ringklib : die Zahlenkolumnen gefielen ihr gar nicht ! – : ! – (Bis ich sie endlich, mitleidig, auf die Jahreszahl aufmerksam machte : eben ein Säkulum alt, nich ? : » N Geschenk fürn Bekannten « fügte ich noch unbeteiligt hinzu.)

Die Einwohner der Landdrostei Lüneburg ? ! : Die Einherierin verglich sofort wieder mein Gesicht damit : – : ! ?

Schloß ihn ; ließ ihn langsam (fast erotisch ?) in den dunklen Lederschlitz zurückgleiten ; – ich versuchte meinen Augen den Ausdruck dienstlicher Anbetung zu verleihen : ! (hatte aber Schwierigkeiten damit : eine lange Volkspolizistin im Bett ? : das erschien irgendwie – – : unzulässig, wie ? Worte wie ‹ strafbar › fielen mir ein ; ‹ untergraben › ; (hübsche Hüften hatte sie aber bestimmt) ; – – ; nee : ich kam im Augenblick nicht auf die präzise Definition meiner Empfindung.) : » Ja bitte ? – – «

3 Tuben Uhu ? ! ? : gelt, ich war ein komischer Hund ! Sie stand noch über meinen Tuschkasten gebeugt, der sie lebenslustig anäugelte (die Schraubzwingen fand sie gottlob nicht ; sonst hätte sies doch wohl für Diebeswerkzeug gehalten. Was ja in gewissem Sinne . . . : schweig stille, mein Herze !)

Dann preßte sie sich den Stempel in die Hohlhand (entnahm wahrscheinlich dort einem winzigen Kissen Farbe) und versetzte meinem Laufzettel, Din A 7, eins : ich war erfaßt ! Immer mit dem hypnotischen Schlangenblick : schwarz wars dahinter ; eine sturmriemige Seele. (» Was wollte die Giaurin ? « : Karl, neugierig ; und wieherte : » Besondere Kennzeichen ? : Hätts man gesacht ‹ Bißnarben in Schaft und Eichel › ! «).

Warten : auch er saß auf der Kurztreppe zur Verladerampe, und versuchte stoisch zu rauchen : » Hättesdir einfach n blauen Schutzanzug anziehen solln « maulte er faul=zappelig, murrte und schuhwetzte. Gleich wieder : » Hoffentlich *kommt* der bald mitn Flebben ! « (Der Beifahrer).

Endloser Strom : Autorassen : ungefähr so verschieden wie Hunde (und die Nase oft am Gesäß des Vordermannes ; siehste : auch das soeben erschienene : erst zitterte es empört und lästerte leise ; schnüffelte sich aber doch geil immer dichter –, –, – bis der Große vorn gekitzelt aufjaulte und auskratzte. Karl schnob verächtlich : alles ‹ Nasenquetschel › ! Erklärte auch den Ausdruck : wenn ein Gemeindearmer starb, lieferte man den Sarg aus Billigkeitsgründen grundsätzlich so flach, daß dem betreffenden Toten eben – : aha ! Motiv für ne Kurzgeschichte.) »Neu?!: Höchstens das alte in Persil gewaschen!«

Aber die ‹Baru›=Autobusse, in denen die vornehmen Interzonenreisenden fuhren!: Zurücklehnbare Sessel mit Kopfpolstern; über jedem Fensterplatz das seegrüne Zelluloidpropellerchen für Frischluft; das Dach aus irgendeinem Plexiglas (die Sonnenstrahlung blau zu filtern: schicke Sache!). – Ein Möbelwagen schob sich von West nach Ost: »O die komm' nich bloß aus der DDR zu uns!« erzählte der schnitzelnde Chauffeur: »letztes Jahr warns – och, fümundreißigtausendglaubich!« (Davon 40% Solche, die erst nach dem Westen ‹geflohen› waren, und nun enttäuscht zurückkehrten!).

»Wo wohnstú nu eigentlich genau?!« (Das geht Euch gar nischt an!). Ich atmete unhörbar und sagte: »‹Hermeskeil›: im Hunsrück.« (ich hatte mir einen uralten Personalausweis dahin umradiert; Wohnort und Straße geändert: allgemeine Richtung genügt. Den zeigte ich ihm wieder: »Nummer 43«.)

»Und Dein Geld?!« (War von ner Tante geerbt: »Zwölftausend hatte sie mir damals vermacht. *Und* freie Einzimmerwohnung in ihrem Gutshof. –: Och nee: war durchaus noch braun=rosig mit ihren Anfang 50.« Er kicherte anerkennend: »Die war ma dankbar, was?!«). (Drüben das Erfrischungsbaräckchen mit HO=Preisen. Auch das erste große Transparent, weiße Blockbuchstaben auf Blau gegen die EVG: ich hab schon Alles mögliche erlebt: im Granatwerferfeuer gelegen; mich vor Alfred Döblin gebückt; mit ner Nonne Tischtennis gespielt: aber das hier noch nich! – »Mein' Laufzettel?!: Ja bitte: hier!«: zum Autofenster raus).

Der Motor lachte trocken und sprach undeutliche Worte

(nur manchmal, bei atheistenkahlen Prellsteinschädeln, verstand man einen Namen : . . . ‹ Curentul › . . . . ‹ Romadur › . . . . ?) – –

Autobahngespräche : » Was Frieda auf einma für Angs hadde : nich ? ! « leitete er zielbewußt ein; Grabbe, Gotland. Schweigen. Wolken in weißen Burnussen ritten hinter Halbhügeln. Er betrachtete mich ironisch=gütig : » Machssja n Gesicht, als wär Dir n Sswitter begegent ! « .

» Denkssu ich hättas noch nich gemä-akt ? ! « . Die Luft huschte ständig an mir vorbei. Aber er wurde gleich großzügig und männlichoffen : » Ochmensch ich bin ja froh, daß'ie endlich auch ma Ein' hat : Frieda ! « . – : » Ich hab nämlich auch Eine : in Ossberlien ! « (Jetzt also Zeit zum Parieren) : » Line Hübner ? « fragte ich sachlich : ihm blieb sofort die Spucke weg; daß er, um nur zu tun zu haben, einen Gang niedriger schaltete : » Woher weiß'u denn *das* ? ! – : Von Frieda ? ? ! – : Schon seitn Jah ? ! ! « Er fluchte innig : blieb also doch er der zeitlich zuerst ‹ Schuldige ›. (Bis ich ihm von jenem Telegramm erzählte; und er blies ertappt die Backen auf : so ein Idiot da hinten ! !).

Aber wir erholten uns rüstig : » Hast mein Verstand ? ! « fragte er geklärt=erleichtert, und vor Übermut nur noch auf russisch : » Und wenn ich sag, was nicht geschieht . . . . « . (Frauen als Straßenarbeiterinnen; 2 Gehobene visierten einander durch kleine Theodoliten an, und gingen dann, sachlich federnden Popos, am Rande des stilvoll bepflanzten Grünstreifens. Überall noch die Überschwemmungsmerkmale; Weggespültes und glitzernde Wasserzeichen).

Heiß im Auto, heiß : das ist mein größter Einwand gegen Musik, daß Österreicher darin exzelliert haben. – Sendung vom NWDR : ‹ Eben war die Leiche doch noch da!›, welche der Chauffeur begierig abhörte. Dann neuer Sender: ».... erreichte einen Schnitt von 130 Stundenkilometern.« Zu faul waren die Bestien, um ‹Durchschnitt› zu sagen! Schopenhauer.

»*Ooch*« fing er diplomatisch wieder an: »Hoden wie ein ungrischer Ochs!«, und begann männlich=schamvoll seine neue Liebe näher zu erklären: »Ich übernacht da immer, weiß'u: iss n Flüchtling aus Schlesien« und grinste einmal kurz auf: »Muß n fantastisches Land gewesen sein: *ihrer* Beschreibung nach! – –: Heut wartet sie bei 'er Abzweigung Schermen: war ein' Tag bei ihrer Kusine in Burg: zu Besuch gewesen.«

Die Erde rollte stundenlang unter uns weg, immer in der Richtung, Sternströmung I, so daß ich die Beine an die Eisenstange (unten; gegenüber) stellte; »Ich hab ihr billig sonne Wohnlaube gekauft: für dreitausend Ost: damals, als die Dmark 1 zu 9 stand!« (Für 330 West also: nicht schlecht. Und die Eröffnungen kamen langsam, wie es sich geziemt).

Nettbefurchte Felder: hier im Osten waren nie beide Streifen der großen Autostraße in Ordnung; an einer Seite flickte man grundsätzlich. Und keine Ortschaft berührte die Rollbahn. Übers hohe Elbufer: da filzten die Wassergewächse, Fünfadern, Butterblatt, Klee, Lottigkraut, Doldillen. »Weiß'u, so Eine, in die der Blitz geschlagen hat« versuchte er sich hilflos=zynisch zu rechtfertigen. (Also Synonym für praktisch unfruchtbar; er lachte alberner; und ich nickte ihm so zu, daß er erleichtert aufhörte zu prahlen; off Hohenwarthe: nur noch 10 Kilometer! Sein Fuß trat den Gashebel ins Genick, und wir flossen dröhnend=schneller die Steigung hinauf).

Durch endlose Wälder noch: Anfang des Fläming. Kiefern nadelten schamhaarig; von der Farbe des gefallenen Laubes;: da das Schild!; – und wir glitten in die halbkreisförmige Ausweichstelle ab (wo schon ein schäbiger Volkswagen parkte, und Stullen aus Knitterpapier kaute).

Line, von drinnen gesehen : eine Haut wie heller Milchkaffee. (» Überall « flüsterte er anpreisend beim Aussteigen). Eine sachte Stimme wohnte in ihr (nähere Bestimmung : hoch ; heiser ; verschleiert. Unter hellblauen Augen). Machten wir also eine Händedrückung, weich war das Stäbchensortiment, schlüpfrig, aus Schaum der Syrten gegoren ; sie fror auch, und hatte ein Plaid mit dem Muster der Campbells umgehängt. (Gewiß, der Wind gähnte kalt herum ; ich drückte mich hinter ein Paar Kuscheln ; » Giff mi mo n Seuten ! « forderte der Chauffeur.)

Wir sahen uns vorsichtig an; während Karl » Wo bissu gewesn « verlangte. (Also erhielt er die kurze Angabe in Regestenform ; war jedoch nicht zufrieden) : » Du weiß, daß ich Dich à la folie adoriere ; aber . . . « fauchte er ; und : » Laß dergleichen reprochen, ja, Du ? ! « . Dann war er aber immer bester Laune, wenn er maccaronisierte ; rieb ihr auch die bunten Hände, und riß den Schlag auf : » Vielleicht, wenn ich bei Ihnen etwas erigieren dürfte ; gnäje Frau : – – « . Sie schüttelte zerstreut verweisend den Kopf : mittelgroß, und sehr dünn. Jung noch : Anfang Zwanzig wohl. (Ich half ihr beim Hochsteigen : ein Arm, weich und gewichtlos kühl, wie ein hellbraunes Leinenband).

Zwischen uns : er griff mit rostigen Fingern in die Tasche : ein winziges buntes Täfelchen Schokolade. Noch ein saftgrünes Blättchen vom Drogisten : ‹ Aussaat=Kalender / Dom=Samen › : sie lachte ihn dankbar an, und studierte kleingärtnerisch besorgt. (Während er pausenlos glücklich schwatzte. Einmal züngelte ein Blick zu mir. Einmal glaubte ich ‹ Frieda › zu hören ; und mich hinterher. Jedenfalls betrachtete sie mich mit nichtnachlassendem Interesse).

Er trat ihn leicht : sofort hörte der Motor erstaunt auf zu brabbeln. Dann sagte er triumfierend und ganz schnell ‹ Sumburgh=Head, Sumburgh=Head, Sumburgh=Head ›. Uralte gelbbraune Busse zogen dran vorbei; voll mit Ferienkindern; die lachten und winkten. Ab und zu kam gar ein Radfahrer die Autobahn entgegen : ? – » Woh'n S-traßenarbeiter « sagte er zu seinem Steuerreif. » Meiss Wesswagn « bestätigte er ungefragt die Nummernschilder.

Interne Debatten (ich hatte mich möglichst an meine rechte Tür gedrückt) : » Aber liebes Kind, Du bist völlich schief gewickelt ! – – : Nain ! Nain ! – – : Also nix ass Katzen in' Kopf ! « und völlig erschöpft : » O Du Metze ! « (Das schien ein alter Kalauer zwischen ihnen; denn sie bestätigte ruhig : » ‹ Picotin › «. Ist also im Französischen Maskulinum). : » Du, sie kann den klein' Finger für sich umlegen : anner linken Hand ! « (stolz; sie zeigte es gehorsam : – : ist wider alle Natur : die anderen blieben mühelos gestreckt ! Sowas hab ich auch noch nicht gesehen ! Fehlt bloß noch, daß sie s Herz rechts hätte !).

Regen (mit anschließendem Bogen : ein doppelter sogar ! Er schmunzelte befriedigt ob des guten Vorzeichens. – Auf dem Nehmitzer See die Segelboote).

Die Landschaft erschien fast immer vorm Horizont; gewisse kreplinsche Bäume, in staubigen Flachborten geordnet; hier ein Stück daeins; die letzte Abendröte verteilte sich im Beltramischen Grenzkreis.

Kontrolle Berlin : Fahrer und Polizisten unterhielten sich freundschaftlich : kannten sich Alle. Ich trug ihr Bündelchen, und sie nickte mir ruhig zweimal zu. Auf der Himmelshaut schon die schmutzige Narbe des Mondes.

Die Avus hoch : ich besah die Rennstrecke doch neugierig (obwohl, wie sichs gehört, abfällig geschürzten Mundes) : von *der* Seite war ich noch nicht nach Berlin reingekommen ! Schattenscharen von Schornsteinen, mit Rauchturbanen.

Trümmer; Trümmer : durch ganz Charlottenburg : seine Hände und Füße griffen und arbeiteten unaufhörlich.

Durch einen finsteren Torbogen : sofort umzingelten uns Schwarze (Blaue ?), die uns Wortegel und Gummischlangen ansetzten.

Unter den dröhnenden Bedienten : » Geht Ihr schon immer voraus « röhrte Karl : » Ich übergeb die Karre : Fahrkarten lösen. « Sie machte aus ihrer Kinderhand einen zierlichen Mörser, und er stieß die Groschen koitös hinein : sie wußte jeden Weg.

Allein mit Line; in der schmutzigen Vorhalle eines Stadtbahnhofs : zögernde Einzelworte (obwohl unverlegene. An den Wänden : Gestalten von Plakaten ; der Schaffner wartete an der Zange ; sie hielt sich eine Art Einkaufstasche vor die Oberschenkel).

» So ! « : er klasperte die grauen Treppen herauf, die ausgetretenen, seit Kaiser Wilhelm, dem Balbobärtigen : » Kruzifix : schon Halb Zehn ! «. Auf dem Bahnsteig der träumerische Blick starkbeschweifter Westjünglinge : wir besahen mißbilligend die rumbabunten Kittelhemden, die sie aus den unwürdig halblangen Hosen hängen hatten : da fängt die Freiheit nich an ! » Schnell rein ! «

Mein Gegenüber, eine blasse Dame, gähnte diskret die Schenkel : ich machte höflicherweise begierige Augen ; und sie schlug die Speckkeile matronenhaft befriedigt wieder übereinander. » Sprecht ock nie so laut « hauchte Line übers Kinn hinunter.

Er schwenkte seine Gazetten, der Ostverkäufer : » Berliner Zeitung : heute 6 Seiten ! « (Das war also scheinbar was ! Sonst nur 4 : wie sollen da die Schriftsteller leben können ? !).

Der Chauffeur riß die Wetterkarte an sich (muß er ja wohl ; wegen m Straßenzustand) : ein Tief lungerte seit gestern vor Westnorwegen rum (kenn ich Alles : Tyskebrüggen und Bergenhüs ; dazu die Höhle des Berges Flöjen, wo 1665 Niels Klim in die untersten Örter der Hohlerden fuhr). Berlin plus 17 Grad, und Westwind Stärke 4 : Bon. Er gab sie beruhigt zurück.

Johannes R. Becher : endlich mal wieder, seit Goethe, daß n deutscher Dichter Minister ist ! / Flucht von John & Schmitt=Wittmack. / Ja, das war damals der schönste Trick, wie Heuss & Adenauer dicht vor den Wahlen noch rasch die bundesgerichtliche Feststellung verhinderten, daß die Politik gegen das Grundgesetz verstoße : so genau wollten sie das anscheinend gar nicht wissen ! / ‹ Adenauer : Minderer des Reichs. Dafür Fidei Defensor ! › : die gabens ihm anständig ; aber Karl nickte nur gleichgültig : » Das kannste hier jeden Abend lesen : der EEne verschachert die Saar ; der Andre deklamiert von der Oder=Neiße=‹ Friedensgrenze › « (Und Line nickte auf einmal *sehr* böse !).

Gewiß : ein Regime, was aufrüsten will, *muß* doch einfach auf jene Elemente zurückgreifen, die damals bei Hitler oben schwammen : andere melden sich doch nicht freiwillig zu so was ! : Wer sich darüber wundert, oder s gar leugnen will, muß schon arg naiv sein !

Sehr richtig : der Westen mit seinem blödsinnigen Fritzwalter=kult ! (Allerdings hier dann wieder : diese ‹ Helden der Arbeit › : anstatt die Leute ehrlich aufzuklären, daß Arbeit leider ein noch notwendiges Übel sei. – Immer noch ne ‹ Sonderschicht für den Frieden › : die haben ja *auch* n Knall !).

3 Lokomotivführer aus Stendal hatten sich verpflichtet, zu

Ehren der Volkswahlen schneller zu fahren, als fahrplanmäßig vorgesehen ?! Er feixte anerkennend : »Das kannste hier öfters haben : wie sich Fußballer ‹verpflichten›, kommende Saison 10 Tore mehr zu schießen !« Und die Türen schlossen sich wieder überm Schild ‹Ostkreuz›.

Aber die Ubiquität des Chauffeurs : jetzt würdigte ichs zum erstenmal richtig. »Ausschweifender Lebenslauf : auslaufender Lebensschweif« drehte er sofort um, und machte jeden Kommentar wertlos : recht hat er. »Aber ans-trengend iss es !«.

»‹Adlershof›!« : »Kauf Dir gleich n Dutzend Fahrkarten für morgen« mahnte er ungeduldig. (Weiße dünne Blättchen; halb so dick wie im Westen ! Aber durchaus sparsam=richtig – : »Kommkommkommkomm !«)

Neugierig draußen : links die winzig bunten Lämpchen einer Bahnhofswirtschaft, man saß und lachte : den Westnachrichten nach wäre es eigentlich Pflicht der Ostzonenbewohner, bleich und schmutzig auszusehen, wie ?! – Gegenüber das ‹HO› aus blauen Leuchtröhren.

Allerdings : die schlechte Versternung des Himmels ! Zellulosegewölk (Kunstfaser). Auch der Mond war nichts weniger als voll hier : seine staubige Schale, gefüllt mit einer gleich großen Aschenkugel. Würstchen maischen möcht ich; und Limburger. Sie führten mich pausenlos durch immer dunkler werdende Vorortstraßen; alle Bogenlampen retirierten; die Schattenwürfel der Häuser sanken ein : halt, waren das nicht schon Kieswege ?! (»Hat geregnet« murmelte Line vorwurfsvoll der eingezäunten Nacht zu).

Schließen am Gartentor : ich versuchte noch, mich etwas zu orientieren; sah aber nur flache Körper aus Schwärze – – : da; im (wo sind Sterne ? – Aha : Norden; – nee : Nordosten !, schien dünner Wald zu sein. Ganz dicht die Hufspur des Mondes. Sie schloß schon an der dünnhäutigen Höhle; und er lotste mich über den kurzen Weg : – – : ! – – :)

» *Mach die Verdunkelung runter !* « : aus Wolldecken und Bohnenstangen. Ich drehte erst einmal die kleine Sanduhr neben der Tür um; sie begann sofort langsam und argwöhnisch zu lachen; mußte aber gleich abbrechen und aufzetern : » Tritt die Katzen nich ! « :

Er schob die Füße ohnehin wie ein Anfänger im Schlittschuhlauf, und brüllte verzweifelt zurück : » Das kommt noch soweit ! : Man kann schon gar nich mehr unter Leute, mit seinem schiebenden Gang : wie n Hinterlader läuft man ! « (Sie mit vorsichtig hohem Hahnentritt : feines Paar !)

Und nun Vorstellung der Katzen, die, freudig ob der zurückgekehrten Herrin, durchs Zimmer strichen und zart randalierten :

» *Hintze* « : der – wirklich ! – wunderbar pastellfarben Gelbgraue; (» der Dickebuntehintze « sagte sie in mütterlichem Stolz). Und ein ganz Kleines, noch die Augen zu, im dicken Gilatierkopf : war auch schon gelb und hellgrau, aber mit 3 schwarzen Apfelflecken drin : (Nun war ich dran, zum ‹ Meinung sagen ›.)

(Erst mal loben). (Aber langsam. : Und einen kleinen Fehler finden; das setzt weit mehr in Respekt, als ein kritiklos=falsches ‹ süüüß ! ›.) Also mehrfach um diese flache Hand herumgehen : » Mm. « Dem Kleinen die Flanke streifen : » Der wird *noch* schöner ! « (Worin ja implicite liegt, daß der Andere auch schön ist ! – Ah, hier :) » Der Schwanz erscheint mir zu kurz. *Und* zu spitz. « (Und sofort anschließend : es ging ja schließlich jetzt um meine Urteilsfähigkeit) : » Bei der ‹ normalen Katze › soll der Schweif zwei Drittel der Körperlänge betragen : diese von der Schwanzwurzel an gemessen bis

zum ‹ Zwischenohrenpunkt › « (das letzte Wort erfand ich so rasch, als seis ein Züchterbegriff schon seit den Zeiten des Evan Dhu von Wales : ? !). – Sie blickte unschlüssig zwischen uns herum (später sah ich sie dann noch tagelang mit einem Bandmaß alle Katzen der Nachbarschaft ennuyieren !).

Es tutete hinter ihm : er lachte voll auf und stank. Wir verzogen keine Miene, sondern besahen die grellen Lichtzungen; die geschwollenen Korbsessellehnen; den dünnen Vorleger, wo sich braune Streifen unter gelben aufhielten; vom Wind trennte uns höchstens die Holzwand. (» Was meinstu, wo *die Bretter* überall rumgekommen sind ! « rühmte er die Hütte : war aus einem Güterwaggon geboren, seelengewandert, und wir gaben den Planken schweigend die Flachhände : Jeder Quadratzoll will noch n bißchen leben !).

Und 6 mal 3 Meter im Grundriß : hier die Eß=Wohn=Schlaf=Stube : 1 Gitterbett mit Sprungfedermatratze, 1 uraltes lindgrünes Sofa (mit 2 tiefeingesessenen Plüschwannen für Besuchergesäße); 2 Korbsessel und 1 dito runder Tisch; der Winkel zwischen Tür und Wand zu einem winzigen, unverhältnismäßig hohen, Dreiecksschränkchen verschalt. (Die Wände schön mit neuer Lackfarbe gestrichen, gelb und grau : zu Hintze passend).

Durch diese Tür : die Miniaturküche Eineinhalb mal Drei : ein Küchenschrank (der oben aus Glasrhomben 2 drohende Augen machte : sowas hat mich als Kind jahrelang verfolgt !); der Kleinherd mit grober schwarzrauher Gußeisenplatte; ausgiebig Rostflecken drauf und an der Seite : ist sie also vernünftig=gleichgültig; bon.

Der ‹ Vorraum › : wieder Eineinhalb mal Drei. (» Hier *könntman* : ne Veranda draus machen ! « : er, hoffnungsvoll. Sie waren mir stumm gefolgt, zu Hacke,

Spaten, Rechen und Liegestuhl. Schuhwichskasten und Pappkartonstapel. » Dazu 350 Quadratmeter Garten in Dauerpacht : 12 ma 29. « Also 348 ; ich nickte, die Zähne in der Unterlippe ; ein Fensterchen im Vorraum : 4 büchergroße staubige Glasplättchen).

(*Und zurückgehen,* nachdenklich die Hände auf dem Rükken : sie kamen eifrig dichtauf).

Wieder im Salon : » Für *das Geld :* wunderbar ! – Da kann man glatt drin wohn'. « Ihre Mienen entspannten sich ; erlöst glitt der Atem aus ihnen ; ihre Schultern sanken erleichtert. Besorgt zu ihr : » Aber im Winter muß es doch ziemlich frisch sein, Freu'n Hübner : Haben Sie hier keinen Ofen drin ? Son kleines Kacheldings ? «. – Aber er schrie jetzt nur noch nach Atzung).

Erst rannte sie noch einmal ums Hüttchen : ob die Verdunkelung auch richtig schließt ! Er wühlte aus dem Werkzeugkasten im Vorraum eine kleine Elektrikerzange mit glasig isolierten Griffen (und ich verfolgte neugierig die Feinheiten meiner Settler an der unteren Sprawja.) Ein Frageblick : ? ; sie nickte schnell : er zog aus dem Backrohr des Heerdes den kleinen einplattigen Elektrokocher : hinten am Kabel baumelten statt eines Steckers 2 Stecknadeln ! Auf den Schemel neben der Tür damit, (‹ Ritschel › sagte sie schlesisch=kindlich dafür) ; und dann führte er die Stecknadeln – präzise mit der Zange am Kopf erfaßt, daß die Spitze als Schlangenzunge daraus hervorragte – in zwei, nur mit der Lupe sichtbare Löcher des Leitungsrohrs ein : außerhalb des Zählers ! ! ! Sah über die Schulter hoch, majestätisch=dicken Blicks : Manolescu, König der Diebe !

» *Tauchsieder hab ich auch* mitgebracht. – Hier die Kochpladde. : N Heizofen « (in einem sauberen Kistchen unterm Dielenbrett ; man mußte erst einen Nagelkopf aus der Scheuerleiste ziehen : dieselbe hochdrehen :

dann konnte man die dünnen Bohlen wie einen Deckel anheben. Die starken Scharniere waren so sauber von innen eingeschraubt, daß kein Mensch es sah : prima Arbeit !). » Für die Übergangszeit iss son Strahlöfchen nich mit Gold zu bezahlen ! Den S-trom krix hier zugeteilt : und den halben Abend iss überhaupt S-perre. « (» Hier die Philetta auch « : der Kleinsuper stand auf einem Wandbrettchen in der Stube, ehrbar an die offizielle Steckdose angeschlossen : » die sind ganz billich hier – : für 30 Maak West : hass ein' ! « Ich schüttelte nur, lächelnd und angenehm verblüfft den Kopf : Was für Möglichkeiten !)

» Hier haste den ganzen brass ! « : er schüttete ihr seine Aktentasche auf den Küchenstuhl und Schrankplatte : Tütchen; Friedas Stullen; 1 Blechbüchse; » Haste an Pfeffer gedacht ? – Seit ei'm Jahr giebts keinen Kümmel mehr ! « (Line anklagend zu mir; griff aber mit nachtwandlerischer Sicherheit nach der Erbswurst : 1 Minute Kochzeit nur ! Sind denn das alles Sagen gewesen ? : von den frommen Hausfrauen des Mittelalters, die ein ganzes stilles Leben an Kochtopf und Ehebett wandten ? !) Aber er griff schon repräsentativ ein : » Näi : hüt nich ! : Väsuch ma die hier. « : Knorr ‹ Huhn mit Reis ›. » Ja, und wenns Geld alle iss ? « forderte sie. Je nun : » Denn fohrt wi nah Rio Grande « ! (Der dicke bunte Hintze stand schon mit den Vorderpfoten auf dem Schemelrand, und sah angeregt zu : wies da kochte, und Frauchen mit einer Gabel das edle Suppengut drillte. Und dann wieder so rum. Tincatinca, die Schleie).

Das Trockenklo : war draußen angeklebt, 70 mal 70; und beengte meine Gestalt, also kinderkinder, unbillig. Die Universität des kleinen Mannes; und finster; ich riskierte ein Streichholz : aber sauber. (Erst als ich schon saß und produzierte fiel mirs auf : kein Papier !).

Kein Papier ? ! ! : Meine Hände rasten um mich herum; kletterten mir in alle Taschen, Herrdeshimmels ich kann doch nich – die winzigen Fahrkarten nehmen ! Im Hosenwulst : ? – also was ne Situation wieder ! : Soll ich mir die Haare abschneiden und damit versuchen, in der Uhrkapsel lag ein eigroßes rotes Filzscheibchen : zum Abtupfen ? – ach Mensch : Taschentuch ! Und vom Hemd was abreißen, klar. – (Aber ich fand dann doch noch ein Notizheft, und verbrauchte sämtliche Seiten : so ein Wahnsinn ! Wie können die aber ooch nischt hinhängen ? !)

Röhrender Karl : » Tje min Jung : Klopapier giebts hier gar nich ! Hass' as nich anne Zeitung gemerkt : wie knapp das iss ? ! « Und ich hatte gedacht, Schreibmaschinenpapier billig im Osten einzukaufen ! Eventuell sogar guten weißen Karton ; für die Hannoverkartei. : » Aber der Osten war doch früher das Wald= und Holzland ! « » Ja war : *war* « versetzte er überlegen ; und sie murmelte etwas wie ‹ Schlesien › : muß man also Stück für Stück erst lernen, was man günstig kaufen kann, und was nicht.

» Hier hassu übrigens Dein Gelt « : er hielt mir überlegen=beiläufig die Scheine hin, und ich nahms. Neugierig ? – Na, er öffnete den Mund : (schloß ihn aber sofort wieder wachsam ; auch ihre Gebärden wurden langsam und lautlos : ? –)

Draußen pfiff und knatterte es gefährlich : » Ochso : der Düsenjäger. « (Erklären : ein Nachbar hatte ein antikes Motorrad, undsoweiter. – » Also im S-tab des Rücks-piegels natürlich : iss doppelwandig. «).

‹ China=Tee › ? : wie Spülwasser ! : Erst mußte sie noch ein rohes Ei schlürfen ; er ging gebieterisch nicht davon ab, und sie tat es gerührt und wichtig. (Also ich möchts ja nich !) und lächelte brav. Dann der Hauptgang : – Was ? ? ! ! :

‹ *Blaue Suppe* › *? ! – :* da starrte selbst die unerschütterliche Line entgeistert auf seinen Teller : » Jetzt hab ich doch – – : in dem Topf gekocht, in dem ich neulich : meine Bluse gefärbt hab'. « stammelte die feine zerschrammte Stimme. –. –. Der Chauffeur, unschlüssig zwischen Lachen und Hungerärger, erschöpfte sich einen Löffel, und wir erschraken von neuem : seegrün lagen die Körner im wilden Farbbade ! : Knorr : ‹ Huhn mit Reis ›.

» *Haben Sie die Packung noch ? ! :* Stand da etwa ‹ Giftig › drauf ? « half ich ein Stückchen weiter; und sie floh bestürzt zum Papierkarton unterm Küchenherdchen, draußen. Kam auch schon wieder : » Hier «, und hielts uns ratlos zur Prüfung hin, fest entschlossen, ihren eigenen Sinnen nicht mehr zu trauen :

Hin und her drehen : ‹ Heitmann Simplicol, Nr. 601 : tiefschwarz › (» Was ? : E 605 ? ! «) » Nee : steht nichts oben. « Zaudern. / Dann war noch ein Entschluß nötig, ehe wirs uns einfüllten : » Also – wenn wir ‹ ver › machen, wissen wir wenigstens genau wovon « entschied der Chauffeur; machte den Kavalier, und hinein in den Sapropel.

: –, –, : » Nee; schmecken tuts nich wesentlich anners. « (forderte hinterher auch heroisch : » Hassu etwa noch n Büschen ? «. Aber sie schüttelte nur flehend : Gottlob alles weg ! Legte bittend den linken kleinen Finger um : war wenigstens etwas, wie ? Holte auch 1 Schüsselchen mit sehr wilden Beeren; und Friedas belegte Brote brachten unsre Welt wieder ins Gleichgewicht).

Unerträglich lange dengelte das Senderzeichen; Hände mit abgefressenen Nägeln lagen haufenweise vor uns. Herum. Der Ostsprecher lästerte subtil; also großes Silben=Wettstechen und Haar=Wettspalten :

EVG in Frankreich abgelehnt : Adenauer bezeichnete die Lage danach als ‹ äußerst ernst ›. (» Ja für ihn : für uns iss'ne Erlösung ! « : Karl.) Den Bundestag mal ner ‹ Bonner Durchmusterung › unterziehen.

Die Skala erlosch; wie die Stimme : » O leck : S-trom-s-perre ! : Gib n Flackert ! « » Wie gut, daß wir den Kocher haben gehen lassen « sagte sie gleichmütig; während sie die Kerze auf die Streichholzschachtel klebte : » Der große Topf iss fast heiß. «

Sparen ? : » Schparen isch Wahnschinn « sagte sie durch die Zähne (beim Putzen; dann, aufgerichtet) : » Das heißt doch bloß : Kraft verzetteln für eine Zukunft, die man nie haben wird : zschu offt erlebt. « (wieder nach unten; und wir nickten einander im Dreieck zu : Flüchtlingsweisheit).

Den Zucker vergessen ? : » Was wiss'u noch ? ! « (sie hatte ganz leise erinnert, und er brauste auf : diese Frauen sind nie zufrieden !) : » Bitte : wiss'u dickere S-trümpfe ? Größere Schuhe ? Längere Röcke ? : Du ? ! «, mußte aber sofort lachen, ob des guten Witzes, und drängte mich hinaus : » Pumpsu woh ma den Ssementtroch voll, Wallda ? «. – Im Dunkeln draußen fühlte ich erst nur den rauhen Steinrand; er gab mir das Hebelrohr in die Hand, und zeigte, wie ich den bewegen müßte : knock, knock : wie'n Metronom. Lehrhaft zeigte der eine Zaunpfahl auf den Magistermond (Ungefähr. Und den : Hebel; uner:müdlich; um : legen).

Den Liegestuhl stellte ich mir auf den Rasen (nicht in den Vorraum : sie wollten ja schließlich auch mal sehr allein sein !) Hier : so ! Eine Decke, doppelt zusammengelegt, drunter (oben nochmal umschlagen : als üppig dickes Kopfkissen). Eine zum Zudecken : » Ach, das wird nich kalt heute Nacht, Freu'n Hübner ! «. Den Schemel zum Füße hochlegen; sie brachte mir noch ein altgeblümtes flaches Kissen; ich zog schon demonstrativ=heiter die Schuhe aus : – : – (sonst natürlich nichts. Wie

Marschall Suworow; der, wenn er einmal bequem schlafen wollte, die Sporen abschnallte); und legte mich vor ihren Augen lang: »Gut' Nacht.«: »Tjawoll« (Karl. Sie verschwanden).

Ein Astsystem schrieb hebräisch vor die Mondwolke. Es pantoffelte unfern, und wisperte; hinter Rotholz.

‹*Das sanfte Gesetz*› *?!:* Man hätte Stifter mal vor ne Nova setzen sollen! Oder ihn bloß in Sonnennähe bringen!

Man hat in dieser feinen Schöpfung nur die Wahl zwischen Explosion und Fäulnis! (Also sehen wir's uns mal an):

‹*Nunc handum in ruckum fühlebant,* nunc sua neglis / Tittia cratzebant, nunc lendos, nunc knigiosque›. Auch ‹Beinos bauchumque bekiekant›: Floia. (Dann verschwand sie wortlos unter ihm. Nur einmal die flachen Bänder der Beine. Und ich legte mich wieder über die Kräuter). (Er begattete sie auf irgendeine altfränkische gottvergessene Methode; mit der er natürlich bald ne halbe Stunde brauchte. – Dann hinundherhuschen, und Wasserlaute. Auch kam er heraus, mit höchst unnötig gerefftem Hemd, Papier zwischen den Zähnen, und schniefte schlafsüchtig: kein Wunder, wenn er dann in Ahlden kaum aus n Augen kucken konnte!).

Licht aus: Wir haben Alles mit Schmerzen versehen: das Licht »verbrennt«; der Schall »erstirbt«; der Mond »geht unter«; der Wind »heult«; der Blitz »zuckt«; der Bach »windet sich« ebenso wie die Straße. / Mein Herz pumpte die Nacht aus: Blödsinnige Einrichtung, daß da ständig sonne lackrote Schmiere in uns rum feistet! N steinernes müßte man haben, wie beim Hauff. (Die Wand drüben hüstelte).

Also Night Thoughts (konnte doch nicht schlafen: zuviel Bildmaterial heute). Weibliches darf vorbeistreifen, als Abendröte; als Staubfläche überm Buchschnitt; lang und abgewaschen. Lang & weiß ausatmen.

Das steinerne Herz : nur durch die dünne Nabelschnur der Staatshandbücherreihe hing die Welt noch an mir ! Die Nacht schleifte immerfort leise. Leervorbei. (» Hintze ! « flüstern : er erwiderte durch Schwanzgestik, daß er mich wohl höre, aber im Augenblick Wichtigeres vorhabe). ETA Hoffmanns literarische Lieblingstechnik, mit der Katastrofe anzufangen, ist zweifellos durch seinen Beruf als Jurist begründet gewesen : da liegt auch immer erst ‹ Die Tat › als Knalleffekt vor, und wird danach, von hinten her, aufgeklärt. (Schon hatte sich der Mond in seiner eigenen Lichtschlinge gefangen).

Tja, die Große Kartei : Eine Bevölkerung a wächst nach n Jahren auf z = a mal q hoch n an ; worin log q nach meinen Ermittlungen für das Königreich Hannover 0.0035 bis 0.0040 betrug (Auf 1.000 Einwohner kommen durchschnittlich 10 Todesfälle und 20 Geburten jährlich : das muß man wissen ! Wenn man etwa von Jemandem nur das Geburtsjahr 1793 kennt, und der Ort hatte damals 600 Einwohner : braucht man voraussichtlich nur ein Dutzend Namen, bzw. Seiten, in Kirchenbüchern durchzusehen : durchaus erträglicher Arbeitsaufwand !). Wenn also im ersten Jahrgang 10.000 Namen stehen, im letzten, 1865, rund 15.000 . . . .

Ja, Fünfzigtausend Karteikarten müßten hinreichen. Din A 9 zu winzig ; wenn man Frauenfinger hätte. Und A 7 wäre zwar das Ideal ; kostete aber gleich das Doppelte. Bleibt also nur 8, Hochformat. Aber 's müßte guter steifer Karton sein, tintenfest, wie gesagt. Dann das Schränkchen für die Karten : zum auf'n Tisch stellen : unter 300, 350 Mark war das gar nicht zu machen ! Die 3.000 interessantesten Leute kriegen je ein Sonderblatt in Leitzordnern. Von 10 Mann trag ich die Biografie zusammen. H-h-h : Dreihundertfünfzig Mark ! (Die aufzudruckende Lineatur, hinten und vorn, wußte ich auswendig !).

Steif vom unbeweglich Liegen : moi murmelte undeutliche Silben aus Herz und Därmen. Mondmoos wucherte an allen Wolken : 3 Uhr 20. – : ? – : Aha !

Line, in einen weißen Mann gehüllt, am linken Ohr die behaarte Stimme : man machte drinnen schon wieder einen siamesischen Zwilling : ihre Bäuche waren durch einen zolldicken (scheinbar recht dehnbaren) Strang verbunden. Ich zog das schmerzende Kreuz durch, und stöhnte korsetten in der Nase : mfff !

Pellte ihn ermattet ab (an sich sehr richtig, den Leviathan durch Präservative prellen : aber ich denke, das hat er gar nicht nötig ? !). Dann standen sie offiziell auf : also zurück ins Körbchen ! (Graute auch schon : wie wird Alles am Tage aussehen ?)

» Tschüs Wallder ! « : er tippte mich auf die Schulter ; und : » S-tell Dir n S-tuhl man jetzt in' Vorraum : wird doch zu kalt gegen Morgen. « Stolperte ich also hoch, im greisen Ein, und zerrte das Skelett durch die Tür : zu wieder, und ins Deckengezitter. – bbbbb ! –

Die Wand zersprang flügeltürig : herein strich ein schwarzer Schall ; stellte ans Fußende und verlächelte sich nach gelb (= akustisches Erwachen ; optisch sahs so aus : Line im Nachthemd, aber vorn drüber ein veritables ledernes Schurzfell gebunden ; dazu ein finsteres Kopftuch : » Bleim Sie ock noch an Augenblick liegen « empfahl sie verlegen und drückte sich an der Wand hinaus.)

Wasser klinkerte : ein Auge riskier' ich : sie stand in grauestem Morgenduft vor einem Aluminiumwännchen, und wusch sich flink : die kleine Brust, vorn einen braunen Kreis daran (über die andere pendelte die rote Borte des Handtuchs).

Sie kam auf totblassen Füßen herein; stand vorsichtig nach unten, Hintze schlich ihr eine graugelbe 8 um die nackten Knöchel : »So, jetz könn' Sie gehn« (immer im Flüsterton, als stakten wir noch durch Halbschlafe).

Draußen (auch mit männlich entblößtem Oberkörper; aus demselben Waschbecken. In dem auch Kartoffeln geschält wurden, wie ich später entdeckte : der König hat freilich n Badezimmer! Und ein hoher hellgrauer Himmel, mit Schneckenschatten um eine Lichtpfütze). Erst jetzt sah man, daß ein Schachbrett von weiß-roten Steinplatten hier lag.

Musik muß sein : das Radio schleifte auf Geigenkufen dahin; ein Klavier plätscherte; und man wurde richtig dösig von der faltigen Melodie (die eben langsam in Baßtiefen vergluckerte : Erdtrichter, Schallöcher, Tümpel und Moor. Dazwischen immer Lokales, mit tollen unbekannten Abkürzungen und Formeln der DDR : kochem schmusen. Zuerst versuchte ich's noch jedesmal : ? – – Nee; man verstand nur 70 Prozent!).

Line, unbefangen : »Sie haben aber n feines Hemd!« (Hatte es befühlt, während es über der Stuhllehne hing : »Unsere Stoffe hier sind obermies! – : Lederschuhe??: das giebts doch *hier* nich!«). Hintze erschien, selbstbewußt und tüchtig, trotz verschlossener Tür, und sie erklärte mir stolz, daß in alle Katzenlöcher eingesägt wären : »Nichts hält sie auf!« (Das in der Haustür konnte man aber mit einem Klotz zu setzen, wenn sie drin bleiben sollten : sie zeigte mir's : er paßte genau rein : »Hat Karl gemacht.«).

Ich tat ihr das Löffelchen Nescafé in die Tasse (vor der sie mit artig leuchtenden Augen wartete); sie strahlte das klare kochende Wasser drüber : so. Als ich mich nach Milch umsah, brachte sie reumütig die Untertasse mit dem letzten Häufchen Zucker und die halbleere Libbybüchse : » Hier kriegen nur Kinder welche : wenn Karl nich manchmal was mitbrächte, hätt' ich für die Katzen gar keine ! « (Also nachher n paar mitbringen. Und Zucker). Wir schlürften das Zeug. Zu Friedaschnitten : sie hielt eine mit beiden Händen an den Mund, still und gegenwartsdankbar.

» *Da brauchen Sie sich gar nich anzumelden* « erklärte sie, » kriegen allerdings auch keine Lebensmittelkarten. – : Ochnee, die Beamten sind höflich ! Sonst müßten Sie sich auch noch ins ‹ Hausbuch ›, beim Eisendecher drüben, eintragen : Sone Art Blockwalter. « (Lag der Verwaltung).

Lebensmittelkarten : Fleisch, Fett, Zucker, Milch, sind noch rationiert. Drei Klassen giebt es, A, B, C ; wer über 500 Mark verdient, kriegt die ‹ Intelligenzkarte ›. (Also die rührend naive Voraussetzung, daß der Intelligente gut verdient : und umgekehrt. Was ja bekanntlich Beides *nicht* der Fall ist !). » Sie, als Westbesucher, hätten ohne weiteres A gekriegt « (Also die Höchste ; um Fülle vorzutäuschen). » Natürlich reicht kein Mensch mit den Karten ! Aber in der Zone draußen iss es wieder *noch* um einen Grad schlimmer als in Ostberlin : hier soll doch noch ein ‹ Schaufenster › sein. Meine Kusine in Burg kriegt gute 40 Prozent weniger von Allem ! – : Man muß halt sehen, daß man HO kaufen kann. «

» *Haben Sie sich damals auch* n Lebensmittelpaket aus Westberlin geholt ? « : » Natürlich « sagte sie ruhig : » Warum denn nich ? ! «

» ‹ *Der Staat* › *? ? :* Der Staat iss doch mein Feind ! « erklärte sie unbefangen=erstaunt : » Der macht doch mit uns, was er will : und meist das Falsche ! Denken sich die Idioten denn, wir merkten das nich ? Hat er mein Eigentum und mich geschützt ? Bezahlt, ernährt und bekleidet er mich ausreichend ? ? « (sie spreizte die Ellenbogen als Beweis ; und schüttelte, völlig durchdrungen, den schmalen Kopf) : » Nee : erst komm' die Menschen ! « (Und dann ne ganze Weile gar nischt : Sehr richtig. Also genau wie bei uns im Westen : sehr richtig !)

(*Dann doch noch rasiert :* sind sicher feine Hunde in der Staatsbibliothek, und da muß ich seriös auftreten : ‹ Der erste Eindruck . . . . ›. » Nee'ch bin n ganzen Tag da ; Sie könn' komm', wenn Sie wolln. – : ? : Bis Friedrichstraße müssen Sie ! «).

Unten rötliche Schuhe, oben graue Morgenflocken : die richtige Kluft zum Ausgehen (vom hebräischen ‹ keleph › = Rinde, Schale. 2 schrecklich alte Wachteln, mit langem Fuchspelz und Oma=Gebärden betrachteten mich brennend diskret aus dem Garten überm Weg).

Durch die Kolonie : überall, ausgespannt an Wänden, die gräßlichverzerrten Gestalten gekreuzigter Bäume : wie wundervoll gebaut sind Kiefernjungfrauen, wenn sie ganz frei stehen ! (nicht die künstlich hochgetriebenen Zittergrasfiguren unserer Schnellwuchsforstungen : es lebe die Lüneburger Heide ! – Das heißt : jetzt auch nicht mehr, wo die Engländer sie derartig ruinierten ! Na, bald kommen unsere ‹ Truppenübungsplätze › noch dazu ! – Pflanzenbatik und Kolonen.)

Zwischen den Fabrikschloten hing das graue Netz des Himmels : also ein Villenvorort. (Wo war ich eigentlich ? Ich nahm mir vor, nachher die Karte Groß=Berlins zu studieren : müßten nicht Köpenick und Wendische Spree in der Nähe sein ? Ich suchte sie am Himmel ; aber keine manschettierte Hand erschien, und wies mit studienrätlichem Zeigefinger : dort !)

Also Wiedervergeltung (als ob ‹ Vergeltung › nicht genügte !) : die alte Kirche ? ? – Wissenschaftlich=angeekelt den Turm betrachten : schon mit bloßem Auge sah man, daß der Diagonalenschnittpunkt seines Grundrißrechtecks und die Projektion der Helmstange von oben, garantiert nicht zusammenfielen : kein Verlaß auf kirchliche Einrichtungen ! (Wie jeder Landmesser freiwillig bestätigen wird : kein Geodät mit gesunden Sinnen wählt, solange noch was anderes da ist, Kirchtürme als Dreieckspunkte ! Abgesehen von Umbauten und Reparaturen (die ein späteres, immer wieder nötig werdendes Wiederauffinden erschweren) und den pendelartigen akuten Böenschwankungen : versuchen *Sie* mal, mit einem empfindlichen Instrument von einem Kirchturm aus einen anderen in 30 Kilometern Entfernung anzuvisieren : Sie denken, Sie sitzen in ner Schaukel ! Also abgesehen davon, erleiden die meisten Dachstühle beträchtliche säkulare Verformungen ; durch Austrocknung und regelmäßig=einseitige Sonnenbestrahlung ; Regenschlag und beharrlichen Druck aus der Hauptwindrichtung : schon deswegen also wäre Atheismus begründet ! – Und ich pilgerte ehrbar weiter : der Wissende hat viel zu leiden !).

Ein Holzgas=LKW ? ! : tatsächlich ! : wir haben uns lange nicht gesehen ! Ich blieb stehen, und besah gerührt den Fahrer, der da ergeben in dem qualmenden Kessel butterte. (Immerhin waren die Autos wesentlich rücksichtsvoller gegen Fußgänger, als im wilden Westen, und bremsten höflich, wenn man vor ihnen die Fahrbahn überschritt. Ich hatte die Bemerkung schon gestern Abend gegen Karl gemacht ; aber er hatte sie, voller Vorurteile, nur mit der allgemeinen Ärmlichkeit des Ostens abgetan : die hätten nicht mal genug Menschen zum Totfahren !).

Auch weniger russische Soldaten eigentlich, als bei uns Amis oder Franzosen ; hm hm.

Die dünne Fahrkarte bitte : noch war die Stadtbahn $\frac{\text{gelb}}{\text{rot}}$, genau wie früher, als das Stück Butter noch 80 Pfennig kostete. Und keinerlei Kontrollen : wir rutschten unangefochten durch all die Märklin=Bahnhöfe.

Mädchen in der Stadtbahn : mit zartgrauen schicken Ringen um die Augen (und einem so spitzen roten Mündchen, als pfiffe sie ständig : wie muß das erst aussehen, wenn sie wirklich pfeift ? ! Über einem weißen hohen Rippelrollkragen : der Halsstiel wendete langsam, aderndurchströmt, die Gesichtsblume nach allen linken Seiten, wo Ostberlin geschickt vorüberfloß ; ein siebenseltsames Geschöpf.)

Oder hier : Das Kleid aus tausendfältig zermartertem Crêpe de Chine ; darüber lehnte eine Zeitung als Gesicht. (Ein Hain von hochgetriebenen Schornsteinen, auch Schnellwuchs, mit platten, schiefen Rauchkronen. Und Alles voller mois : bleiche Puppenrümpfe in gefleckten Kunsthäuten ; sie gelenkten um einander ; Glieder scharnierten auf Treppen ; das Crêpekleid stieg auch Friedrichstraße aus).

Papierener Himmel; das Wasserzeichen der Sonne.

Ein Schild an der Ecke : Hier hatte ein Schwein von Offizier 2 Volkssturmmänner aufhängen lassen, weil sie sich weigerten, den Irrsinn länger mitzumachen : Lest we forget ! (Aber das war gut so ! : Im ‹ Freien Westen › erwähnt man das nicht mehr ; würde wohl zu sehr den augenblicklich wieder benötigten ‹ Wehrwillen › beeinträchtigen ! Ist doch eine recht gesund=abweichende Luft hier im Osten !)

Die altbekannte Schinkel=Front der Staatsbibliothek : hieß natürlich jetzt anders. (Rechts die ‹ Akademie der Wissenschaften › : mit Euch habe ich auch noch 1 Hühnchen zu rupfen !). Der Springbrunnen im graugrünen Hof wallte akademisch leise (und ich atmete doch einmal tief durch, ehe ich die stark abgefederte Tür eindrückte : hier war der Ringklib drin !) – Ich hatte ja vorher ausgiebig schriftlich angefragt (selbstverständlich auch noch nach Anderem ; zur Ablenkung, cela va sans dire !). Erstmal gab ich die Aktentasche in der Garderobe ab ; nur mein ‹ Schreibmaterial › raus : in der mächtigen Briefmappe sah man *mein* Exemplar überhaupt nicht ! Außen drauf das rührend einfache Federkästchen, wie ? (da sieht man gleich lächelnd : *Der* ist harmlos ! – So !).

Am Drehkreuz : 2 Portiers in grauen Kitteln bewachten einander. Ich lehnte die Zahlung der geforderten einen Ostmark erst einmal rundweg ab ; haushälterisch=besorgt (da gilt man als gelehrter armer Schlucker ; sehr gut !). » Ich bin angemeldet. « Er griff mißtrauisch zum Telefon in seiner Zelle : » Herrn Doktor Münzner bitte – – : Ja ! – – : Herr Doktor ? : Da ist hier ein Herr ä=Eggers. – Der Ihnen vor einiger Zeit geschrieben haben will « (er deckte die Hand auf die Muschel, und sah mich besorgt Gestikulierenden ärgerlich an : ?) : » Ä=*mehr*fach geschrieben haben will. Karten und Bücher über Hannover. – – – « (Ah ! : Sie fanden oben das Schreiben !).

Mittelgroß trippelte er die riesige Freitreppe, schiefe Ebene, heran ; in der einen Hand einen verkrüppelten Bleistift, in der andern meinen Brief : Stempel waren darauf und Randbemerkungen, ‹ Das Schwein ist zur Infanterie zu versetzen / Fridericus, Beruf Rex ›. Dienerten wir also, mit lauter solchen Wortattrappen in den Mündern.

» Ich laß Ihn' die Sachen roslegen « (vornehm gallisch abgetöntes ‹ au › : » wird etwa ne halbe Sch-tunde do-ern. – Aber komm' Sie doch bitte mit durch ! «. Ich verneigte mich unmerklich spöttisch vor dem Portier : nix Rubelchen, mein Sohn !. » Ich geh solange mal in den Katalog, Herr Doktor : ja ? « : » Aber bitte : bitte ! «.

Im Katalogsaal: dreifach verworren; ehe man das roshatte: 1 Teil war zerstört, 1 Teil nach Marburg ausgelagert; 1 Teil, der kleinste, hier (Der rot gekennzeichnete: das mußte man stets erst in den gebundenen Bänden drüben nachsehen).

Halt!: Ich könnte doch eigentlich mal beim Universitätsarchivar nachfragen, wann Guthe (und ob Bode?) hier studiert hat! –

So: 40 Minuten wären rum: Zimmer 83. – –: Zimmer 83?: Also noch mal höher. (Und dann noch eine, bis unters Dach juchhe!) (Und intressant die Aufschrift der Türen: die arbeiteten an neuen Supplementbänden zum ‹Goedecke›!):

Ein langer Raum (mindestens 25 Meter!): Regale an allen Wänden. Mit Regalwänden unterteilt; in denen Bücher und Kassetten standen, lümmelten, lehnten, lagen, Gefallene. Dämmerig. Er tat 2 geschäftige Schritte: kam ich also zu ihm, in seine Ecke, und bestand die letzte wissenschaftliche Aufnahmeprüfung: Rothert; Thimme; v. Meyer ‹Verfassungs= und Verwaltungsgeschichte Hannovers›: es genügte vollständig. (Obwohl ich zerstreut antwortete; denn

auf der anderen Seite des Schreibtischblockes die Sekretärin): das riesenschlanke Kleid und glührot wie im Traum. Die schwarzen Augenkerne staken unbeweglich über dem Punktmuster; vor ihr hasteten immer Handspinnen.

Die Mundnatter bog sich langsam (ob meines Anstarrens?).

Stand; ging klötzelnd einen Zauberhalbkreis; bückte sich gleich nebenan; nur im Kreuz: die Beinmasten zweigten – – (bis mein Atem rauschte. Ich durfte mich weit drüben an den leeren Tisch setzen; gedeckt durch Regalgitter und wasserpflanzene Dunkelheit. Manchmal klappte noch die grüneiserne Tür wenn er ging. Ich ordnete mein Schreibmaterial und wartete : bis jetzt ging Alles fast *zu* vorbildlich. – Hoffentlich kamen die Bände bald !). –

Die Fee Glühelangschön stand neben mir, den alten Bücherstapel in beiden Händen. Ich sprang polternd auf und faßte auch zu : so hielten wirs Beide und besahen uns fest und eifrig : Einband, Brust, Hals, Augen, Regalhintergrund – –

Ihre helle Stimme entstand zwischen uns : » Das sind die Sachen – « ; wir drückten uns noch einmal das Fundamentbuch, dann zog sie sich los. (Lugte aber auch ab und zu durch die Buchlücken her. Meinem Vorhaben an sich nicht förderlich. Aber wohl auch nicht direkt schädlich ?).

Erst vergleichen : 1, 2, 3, abhaken. Der Schlichthorst, ja. Von Kobbe ; Ubbelohde (den Hassel hatte er aus eigenen Mitteln hinzugetan, falls mich Organisation und Einwohnerzahl des Royaume de Westphalie interessieren sollten). Dann die 3 Bände Ringklib : 1., 2., 3. Auflage – ich ballte die gierige Linke ; die Rechte massierte wild am Bleistift : dann riß ich mich los, unterschrieb den Quittungszettel, und trug ihn ihr hin : ! Sie, betont gleichgültig : » Legen Sie ihn doch bitte da auf n Tisch : bei Herrn Doktor. « (Also in den Sonnenfleck. Dann wieder nach hinten in mein Aquarium).

Ringklib : die Formate waren auch hier nicht ganz gleich, bei den verschiedenen Auflagen : da fiels gar nicht auf, daß meiner ein bißchen breiter war, bon. (War es auch wirklich die seit Ewigkeiten gesuchte 3. Auflage ? : daß nicht schon ein Anderer vor mir den Einfall gehabt hat ? ! – Gerunzelt=schnell nachprüfen : –, –, –, Knurren : alles richtig.).

Die Farbe des Einbandes ? (Der Zufall wäre ja auch *zu*

groß gewesen, wenn meine gleich gepaßt hätte ! : Das hatte ich gar nicht anders erwartet !) : ich zog vorsichtig die kleine Farbenlehre heraus – farbtongleiche Dreiecke – Abtönung von Rot und Gelb nach Schwarz – – : Hier ! Das war der Ähnlichste ! (oder doch der nächsthöhere ? ! Ich wagte nicht, damit ans Fenster zu treten : Verflucht ! – Bis mir endlich einfiel, daß die es ja erstens auch in keiner besseren Beleuchtung sehen würden ; und vor allem die Farbe doch wohl nicht auswendig wüßten : also ruhig den hier. Leise am Rand mit Bleistift ankreuzen.)

Das Rückenschildchen mit der vorgedruckten Bibliothekssignatur ? – Und ich atmete wieder befriedigter : würde ganz leicht abgehen (wie bei den meisten alten Büchern) : also morgen einfach auf meins umkleben !

Die goldenen Zahlen ‹ 1859 › ? : Ein Stückchen Goldtusche hatte ich ja im Kasten (bei Line natürlich ; nicht hier !). Hoffentlich färbte und hielt die ausreichend. Sonst müßte ich sie eben aus Goldpapier ausschneiden und aufkleben : ich vermaaß Größe und Schnitt dieser Ziffern, die 8 stand schief, plauderhaft den Kopf zur 5, über die zirkelrunde Schulter. (Dann noch die goldenen Querstriche über den Bündchen).

Drüben erregtes Gespräch : ‹ Professor Meyer › wäre verschwunden, und jetzt angeblich im Saargebiet wieder aufgetaucht ! Entrüstung ! (Sie murmelte etwas dagegen, und die Stimmen wurden leiser vor dem eavesdropper).

Das gestempelte Titelblatt : das mußte also bei Beiden mit der Rasierklinge ausgeschnitten und vertauscht werden ! Bei meinem laß ich einen ausreichenden Falz stehen : morgen also unbedingt die *kleine* Tube Uhu einstecken. Natürlich kopierte ich mir das hier liebevoll genau, um es später naturgetreu ergänzen zu können. (Ich fühlte diskret mit dem Finger im rechten Jackenärmel : da war sie, die Rasierklingenecke; mit der Zange dreieckig klein geknipst, mit dünnem Blechrücken versehen; am umsponnenen Gummifaden : der sie nach getaner Arbeit sofort automatisch zurückzieht !).

Nochmal der Deckel; nochmal die Farbe vergleichen : ja, doch wohl ! Ich notierte mir die Abnützungsflecken nach Koordinaten, x und y (wobei links unten der Nullpunkt saß : die muß ich dann auf meinem auch abreiben. Die Form des größten Flecks zeichnete ich mir auf ein Stückchen Pergamentpapier durch : hoffentlich krieg ich nachher bei irgendeinem Buchbinder das entsprechende Bezugspapier ! Und Vorsatzblätter auch !).

An sich hätte ich jetzt schnellstens verschwinden müssen; denn das gab ne Menge Arbeit (immer vorausgesetzt, *daß* ich überhaupt Papier kriegte !). Aber ich mußte schon pro forma bis Mittag warten : studentenhaft eifrig jede Sekunde ‹ ausnützen ›. Machte ich also öfters die Bewegungen eines Schreibenden (und versuchte ansonsten die Stunde sinnvoll totzudenken) :

‹ Über die Erscheinungsdaten der Staatshandbücher › : ist glatt das Thema für einen Artikel in der Historischen Zeitschrift; und satirisch=bezeichnend dazu ! Mit diesen Bänden erhielt der Untertan alten Stils nämlich zum ersten Male Einblick und Übersicht in die Organisation seines Ländchens. Las die Namenheere; sah, wie der bürgerliche Beamte ganz andere, schlechtere Titel führen mußte, als der gleichbeschäftigte Adlige; hatte zum erstenmal statistische Angaben über Größe und Bevölkerung der Provinzen : konnte also ökonomischen Fortschritt oder Rückgang ablesen; nicht minder, als etwa die Hypertrophie des Militärapparates : den er mit seinen mühsamen Steuern finanzierte ! – : *Die Einführung*

der Staatshandbücher, sagen wir etwa 1730, bezeichnet den Beginn der Erziehung des Untertanen zum Bürger!

Und, wie gesagt, interessant nun die Erscheinungsdaten der einzelnen Bände! – Zuerst werden sie noch pünktlich herausgegeben : Jahrgang 1841 etwa am 1. November 1840, also handlich fürs kommende Jahr. Auch 48 noch. 50 erscheint schon am 1. Februar des gleichen Jahres : die Restauration setzt ein! Man hatte endlich gemerkt, daß der Pöbel damit viel zu viel Material zu nachdenklichen Vergleichen in die Hände bekam, und entzog dem Kinde langsam und systematisch das gefährliche Spielwerk! : Jahrgang 52 kommt erst am 15. Februar; 54 am 1. März heraus. Die 60er Jahrgänge erscheinen dann, planmäßig verzögert, erst im Juni : im Juli! : Dann ist schon über ein halbes Jahr rum, und der Inhalt fast überholt, sagt sich die Hälfte der Käufer : schon brauchen weniger gedruckt zu werden! (Und so hätte es wohl fortgehen sollen. Diesem Verfahren verdanken wir es ja auch, daß kein Jahrgang 66 existiert; obwohl die Katastrofe erst Ende Juni erfolgte. – Genau wie heute, wo man dem betrogenen Volke finanzielle Details über die Kosten der Wiederaufrüstung vorenthält : die verstehens ja doch nicht, gelt?!)

Und stark staubig die Bände : noch heute also bei Line ein Döschen Staub sammeln. Und morgen damit identisch pudern. –

Er trat gastfreundlich zu mir : ich erhob mich, und wir plauschten wieder Einschlägiges.

»*Haben Sie das Original* der großen Topographischen Landesaufnahme des Kurfürstentums Hannover noch? : Das, nach dem damals der Lichtdruck 1 zu 40.000 gemacht worden ist? – – – : Tatsächlich?! – – – Na ja also : verdienstvoll gewiß, ja : aber es sind viele unangenehme – und durchaus vermeidbare ! – Fehler bei der Bearbeitung begangen worden. « Er erhob befremdet die Brauen zur Frage, ich griff nur in die Mappe : – hier : !

Bitte : zum Beispiel Blatt 70, Walsrode. Links unten der ‹ Meßtischblätter=Index › : » Wenn Sie – um die Karte überhaupt erst richtig auszuwerten ! – mit unserer Fünfundzwanzigtausenderkarte vergleichen wollen, müßten Sie sich hiernach also 6 Blätter davon kaufen ! ? « Er nickte förmlich. : » Dabei ist das ganz falsch : hier : so sieht die richtige Einteilung aus : oben 3023/24 ; unten 3123/24 : Man braucht also bloß 4 ! Und könnte sich ergo 3–5 Mark sparen. Die anderen Arbeiten zugute kommen ! « (entrüstet, wie Gelehrte sein müssen, über jeden Dreck ; er sagte nichts und nagte an der kaum benagenswerten Lippe).

» *Sie lassen mir* die Bände noch bis morgen liegen, ja ? « – » Ja sicher, sicher « (er spähte noch immer, das ganze Gesicht voll kritischer Mundwinkel, über das lange Querfolio). –

Draußen : Moi trieb im freien Westwind vor mir her.

Erstmal : – Oder nee, hier, Milch für die Herren Katzen : » Ach, geben Sie gleich 3 « und : » Oh ; Sie haben Cheddar=Cheese : und dazuä – so ein Hütchen Kräuterkäse. « Und Zucker. (Dann noch gleich rechts daneben ein kleines feines Weißbrot ; an der Bude hier 5 verschiedene Tafeln Schokolade).

Im Papiergeschäft : Ich gebärdete mich so kauflustig, daß ich nach und nach das gesamte Personal auf mich vereinigte ; man lauschte besorgt und ehrerbietig meinen Wünschen. – » Nnnn=ee ! : das iss zu hell ! « Hier, das ginge als Vorsatz : also 10 Blatt. 1 Bogen gutes Packpapier ; jenen Bindfadenknäuel. » Das ? : Fest ? – « ich sammelte die Kraft meiner Jugend, atmete mich voll – :

tja – und zerriß es nicht! Früher hätt ich ..... : »Können Sie mir sagen, wo der nächste Buchbinder wohnt?« (Sie gaben mir ‹ihren› an; kassierten; 4 Augenpaare sahen mir nach : Urahne, Großmutter, Mutter und Kind).

Bei ‹ihrem› Buchbinder : er lehnte herablassend über seiner Guillotine, und ließ sich den Fall dreimal in die Stahlbrille ansagen (besah aber nickend das Farbendreieck : das sah fix gelehrt aus. Würde er sich also wahrscheinlich auch zulegen wollen. – Ob innen etwas kaputt in ihm war? : er nickte immer noch!).

»Hier?!« : und ich schob die Unterlippe heraus, Kritik und Anerkennung : hatte kein schlechtes Auge, der Bube! – »Oder hier?« (Nee; da war das erste doch noch besser. Eigentlich vorzüglich sogar! Er machte mir das Röllchen pedantisch zurecht : »Ich nehms so in die Tasche!«. Gab ihm zum geringen Geld auch noch die ‹Africaine›, die er mit dicken weichen Fingern packte. Aus dem Päckchen von damals; war immer noch was drin!). –

In der Schlange vor der Wechselstube : die Luft brach sich seltsam und gefährlich an meinem Rumpfstück (von rumpsteak : was mich neugierig in die DDR führt, ist weniger die anziehende Kraft des Ostens – den ich ja kaum noch kenne! – als vielmehr die abstoßende des Westens!).

Eine Frau : »Suchen Sie Ost?«, lächelte, und bewegte einladend die Handtasche. Ich dachte zuerst ne Nutte; aber der spöttische Greis neben mir erklärte es : »Kleinspekulanten, die von den Kursschwankungen leben : heute steht sie 4.93; nächste Woche vielleicht 5.40 : die Differenz verdienen sie dann. – 'türlich können Sies machen! Sie kommen sogar etwas besser, ohne Wechseldiskont; aber wenn Sie die Polizei erwischt, sind Sies los. « (Also lieber sicher gehen). » Was denken Sie, was sich da Alles machen läßt ? ! « er erläuterte behaglich, ganz finanzkräftiger Westberliner : » Ich hab n Bekannten – Textilfirma – der verschickt Hunderttausend dicke Prospekte, jeder à 20 Pfennig Porto; machte 20.000 West. « Zugegeben. » Nun schickt er sie über die Postämter der Ostzone ab : auch für 20 Pfennig Porto : aber Ost ! ! « (Also – rund, beim Stand von 1 zu 5 – 4.000 Westmark ?) » Ganz richtig. Die Differenz von 16.000 steckt er still in die Tasche : dem Finanzamt gegenüber setzt er ja ganz reell das 20-Pfennig=Porto ab. «

Also mir soll noch mal Einer mit der ‹ Notlage Berlins › kommen ! ! Von allen Seiten klärten sie mich lachend auf : » Schnaps ! « : » Die Hausfrauen fahren rüber und erstehen für 18 Pfennig West ihr tägliches Dreipfundbrot « : » Die Ostzone wird ausgekauft : ich geh jeden Tag rüber speisen ! « Und dann spotten unsere Sender noch hinterhältig drüber, daß die wirtschaftliche Schwierigkeiten haben ? : doll !

30 behielt ich noch; also wechselte ich 30 Mark um; erhielt dafür 141 (den Wechselzettel warfen alle Leute beiseite beim Hinausgehen; also auch ich.)

Die Transparente (im Osten) : überall priesen sie, blauweiß und rotweiß, den ‹ Neuen Kurs ›; überall warben sie für ihn (aber viel zu viel Text auf den Dingern ! Dauert zu lange, bis man runter gelesen hat. Halt, hier eine Zeichnung : im Westen ein hagerer Deutscher Michel auf vertrocknetem Erdreich; im Osten strotzendes Lächeln über blühenden Gefilden : das ist ja nun wieder ausgesprochen kindisch, die eigenen Leute für so naiv zu halten !)

Mensch, Reclam=Hefte ! ! : und ich griff zu, Raubebald, Eilebeute (also Maher Schalal Hasch Bas : so billig komm ich nicht wieder zum ‹ Candide › !).

Farbbänder aus Perlonseide, Stück 4 Mark 50 : » Zwei bitte « (Für 90 Pfennig West demnach : wär also auch son Schmugglerartikel ! Sie lächelte zahnstümpfig über dem ostzonalen Duden – : ? : Nee. Interessiert mich nich ! Heute schreibt man ‹ gibt ›; ich habs noch in der Schule als ‹ giebt › gelernt : das ändert sich alle 50 Jahre. – Höchstens die vorn angekündigten ‹ neuen Definitionen ›; also wahrscheinlich ‹ Bundesrepublik = korrupter westlicher Splitterstaat › oder so ähnlich; oder ‹ Formalismus › als verachtenswert : » Nee. Lassen Se man. «). (Andererseits ‹ westliche Kultur › ? : man vergleiche die Berichte, wie sich die Engländer 1855 im unwiederbringlichen Museum von Kertsch benahmen. Oder die heute wieder hochmoderne Springprozession zu Echternach : jedes Jahr huppten sie dort bis zur Erschöpfung, eine Art religiösen Veitstanzes. Also hat der Westen nichts voraus.)

HO = vom Staat organisierter Schwarzer Markt : bissige Preise und beamtenhaft faule Bedienung. Und von ‹ Warenfülle › war keine Rede : Tsching tschang Tscheinämänn, bist ein armer Tropf. (Und 14 Uhr 40 : also zurück.)

Die kesse Schaffnerin : sie machte ein paar plauderhafte Gebärden, mir mitten ans steinerne Herz. Fahrplanene Hände; ans kursbuchene Herz. Quittegelb im Gesicht, and with a desparate air of enjoyment. Winkte mehrmals mit den Augen; machte den Mund lasterhaft, wie das ‹ u › in Hure. – (Konnte aber auch sein, daß ich mirs bloß einbildete : von mir aus kann sie Hintermayer heißen, 6 Kinder und 1 Mann haben. Oder umgekehrt.)

Das Kino in Adlershof war ausverkauft : nun danket Alle Gott ! (Ich hatte schon, ausgesprochener Kavalier, schweren Herzens, Line einladen wollen; jetzt konnte ich, erlöst und rasch, die Bilder im Schaukasten begrinsen : 1 Mädchen, 5 Jungen und 6 Traktoren). Gut fotografiert, meinetwegen (obwohl ich davon nichts verstand ; es hieß im Westen jedenfalls immer so, um das anschließende ‹ aber › vorzubereiten) : aber dieses groteske propagandistische Thema wieder ! Und in solchen Kreisen wirkte jetzt Stefan Hermlin ; » Komm über mich Sprache ! « hatte er einst gefordert ; man hätte mal mit ihm reden müssen ; schade, daß hier scheinbar gar nichts für die Hochkunst geschah, die Pioniere, die vorn neue Formen und Sprachmittel ausprobieren. Kopfschütteln : ‹ 6 Traktoren › : hier sah man sie alle 6, nischt wie Henneckelächeln und riesenreife Garben (immerhin : letzten Endes doch unsern langsam wieder anlaufenden ‹ Soldatenschwänken › vorzuziehen. Na ja. – Oh, den Rückweg fand ich ohne Schwierigkeiten : in fremden Städten bin ich aufgeregter als sonst, und merk mir jede Einzelheit !).

Das grüne Kleid : sie reckte 2 dünne Äste zur Wäscheleine ; der sandfarbene Schopf hing ihr vor kleiner Anstrengung über den Ringkragen. Sie machte zuerst das Gesicht für Hausierer : ! – entspannte aber sogleich wieder : » Sehn Sie mal, wie warm das Wasser geworden iss ! – Fassen Sie ruhig ma rein ! «. Tunkte ich also die Zeigefingerspitze kritisch ins Bassin : tatsächlich : » Bloß von der Sonne ? ! «. Und sie nickte zufrieden.

» Die hat n Dackel ! « sagte sie feindselig unterm Arm durch, Richtung Nachbarin Knocke. Erhob ich mich also wie beiläufig zum Zaun : richtig ! : dort stand solch schokoladenfarbiges Gebell auf Knickebeinen. (Mit Ramsesohren ; und der Schwanzstachel hetzte giftig).

Die Katze auf dem Tisch : immer gierig den Kopf am Schlitz meiner Aktenmappe ; bis ich runzelte, und sie deshalb einmal sanft sagte : » Komm da runter,

Hintze.« (Das kann Ein' ganz schön verrückt machen!).

»Ich dachte – : n Nudeleintopf« sagte sie schwach, und wies auf das emaillierte Töpfchen : »gleich für morgen mit – : ?« (Gingen ungefähr 3 Liter rein : und das für 2 Mann auf 2 Tage? Und morgen Abend sollte womöglich der Chauffeur noch davon mitessen! : »Haben Sie noch etwas Feuer?«)

»Iss sogar unterkellert!« sagte sie wichtig, und zeigte die winzige Falltür : richtig : eine senkrechteiserne Leiter verschwand im Unendlichen. »Im Unendlichen?« (mißtrauisch; dann abwehrend) : »das iss weit weg!« (Sonst kamen die Essenreste da runter; jetzt brachte sie das Schäuflein Braunkohle : »3 Zentner Briketts hab ich« (und einen im Papier in der Hand) : »Ja, wenns diesen Winter wieder bloß so wenig Zuteilung giebt« (mit ‹ie›; sorgenvoll) : »das wird *ganz* schlimm« vertraute sie dem Unendlichen kopfschüttelnd an (und bewegte noch lange das Kinn).

‹Welsh rabbit›? : sie röstete neugierig die Brotscheiben, und ich schmolz den Cheddar, rieb auch behende den Kräuterkäse drüber (eh mich der rostige Blechzahn biß, hörte ich klug auf) : umrühren – – : ? – : ?! – : !! – :

Sie kostete erst mit Vorbehalt : jetzt drang ihr der Geschmack in die Zunge; sie kräuselte ihre schlanke Zunge : na? : na?!. (Dann wurde's aber doch in den Traumküchenzettel aufgenommen; dann, nachdem auch der dicke bunte Hintze sein placet gegeben hatte : *»Kann* ich ihm noch was geben?« bettelte sie.) – »Aber wir wollen das Zeug doch aufessen, Freun Hübner!«. Zufrieden atmen; die Zuckertüte drückte ich stumm in ihre Arme (die Milch auf n Schrank).

Eßgespräch, im Stehen so : »Wenn Sie angemeldet wären, würde bald Einer da sein, und Sie zum Tee ins Rathaus einladen : wie's Ihnen gefiele; und ob Sie nicht auch gegen den Krieg wären : undsoweiter. « – : » Och, ich hätte wohl auch vom Werk aus an die Ostsee fahren können – aber da iss dann immer son Gedränge : hier hab ich Ruhe und den schönen Garten « (sie sah sich gelassen um : Lagerarbeiterin in einer Textilfabrik in Zeuthen, mit noch 4 Tagen Urlaub).

» *Was iss eigentlich der Grund,* warum ‹ Die Bundesrepublik › so auffällig kampflos den ganzen Osten der Sowjetisierung überläßt ? « : Dr. Adenauer (dem die Deutschen in einem ihrer periodisch=üblichen – und nur dem Nichtkenner befremdlichen – Akte politischer Selbstentmannung die absolute Mehrheit gaben) empfängt seine Direktiven noch stärker vom Vatikanrom als von Washington : der evangelisch=klare Osten interessiert ihn, als ausgesprochene ‹ Ketzerzone ›, also nicht nur nicht; sondern er müßte sogar – und völlig mit Recht ! – für seine allerchristlichste parlamentarische Mehrheit fürchten, wenn die 10 Millionen, jetzt sogar sauber=atheistisch geschulter, Stimmen der DDR seine Waagschale hochschnellten; sein aus Kanonen und Kruzifixen gebastelter Thron zusammenstürzte.

» *Ja sicher ! « :* Jetzt aber wird auf Anweisung der Firma Pacelli & Eisenhower aus den berufenen 6 Westländern ein zu Drei Vierteln katholischer Block gebildet, in dem jede Opposition leicht mundtot gemacht werden kann. Greise Politiker ? : Makrobioten ! : Wenige sterben und Keiner dankt ab; Churchill, Stalin, Adenauer, der Papst : voller Altersfrechheit, eisiger Rücksichtslosigkeit, und greisenhaftem Eigensinn, reiten sie ihre Völker immer tiefer in Atomunheil und bebrüllte Dienstbarkeit : wenn die Opposition mal im Staatsrundfunk sprechen darf, ist nach 2 Minuten garantiert Sendestörung : ‹ Wir bitten unsere Hörer um Entschuldigung › !

Düfte prielten durcheinander, bald Äpfel, bald Maggisuppe. (Draußen : grelle Trichter, Kugeln, Teller. Auf grünen Stäben ; hingen an grünen Schnüren, erschienen unter grünen Zungen. Das uralte Prinzeßkleid, zu lang, schlug Semmelkurven um ihre Beine – : bis sie's kurz entschlossen übern Kopf zog, und im ‹ Luftanzug › weiter zeigte : lange Arme ; ein sanfter Bauchring ; anderthalb Lutschflecken. Auch Pfirsiche, Äpfel, Bohnen, Blumen. Ein Wallnußbaum. Mit zwei ‹ l ›.)

Von ‹ Eisendechers ›, nebenan, alte Radioschlager : » Du schöne Blume : Von Hawa-ie. «. Ein ‹ Boskop › mit zähgrüner Froschhaut wälzte sich schwerfällig auf dem Boden : Einer von den Dreien des Baumstäbchens, and he stoppeth one of three : sie stürzte klagend darauf nieder, und prüfte seine Leichenwangen ; griff auch durch die verdünnten Schatten, ob die restlichen Beiden noch fest hingen : ? – : ? – ; dann sank sie mit dem Fruchtkleinod in den Korbsessel.

(Life is stranger than fiction : es riß mir den Mund so lautlos breit, daß Line irritiert hochsah : ‹ infolge erneuter Personalerkrankungen › gab man anstatt der » Braut von Messina « die » Lustige Witwe « : auf so was würde man von sich aus nie kommen !)

» Nö : Flüchtlinge kriegen hier gar nichts « erwiderte sie trocken. (Im Westen hat immerhin wohl schon Jeder die ersten 150 Mark Hausratshilfe bekommen !). Und : » Ach, erinnern Sie mich doch morgen mit dran, daß ich Karl erinnere – – « (Wheels within wheels : Nägel wollte sie n paar haben : gabs also hier auch nicht. – Und ich mußte jetzt unbedingt anfangen : ich kippte mir den groben Gartentisch aufs Pflaster, und setzte mich geschäftsmäßig auf die Bank ans Hüttchen).

» Ich hab noch Bilder davon ! « (Fotos von Schlesien : sie stand auf und ging ins Bungalow ; das ganze Muster der

Lehne in herrlicher Blindprägung auf dem nackten Rükken. Für mich die ‹ Große Schere › : » Danke ! «).

(*Sie stopfte* mühsam an Strümpfen und geflickten Nachtkittelchen ; ich klebte und fälschte lustig und gelehrt. Also immer durcheinander) :

Schlesien, Frühjahr 1945 : erst sprengten die Deutschen die Brücke über den Ölse=Bach : natürlich mit zwanzigfacher Ladung, daß alle Häuser Risse kriegten : » Opa hatte vielleicht Angst ! « (War 85 gewesen ; Schustergreis, und seit 10 Jahren mit einem Katheter im Bauche ; preise Niemand glücklich vor seinem Ende : ihr Großvater und Beide allein).

» *Die deutschen Soldaten haben gehaust ! :* manchmal dachte man, der Russe wär schonn da ! « (alle Schranktüren aufgesprengt ; Alles gefressen und eingesteckt ; Alle mit Stiefeln im Bett gelegen. Immer mit dem Handballen über das neu aufgeklebte Bezugspapier fahren. Dann zwischen 2 Brettchen mit den Schraubzwingen pressen : die laß ich dann auch hier !).

Nach der Granatennacht, eines Nebelmorgens : stand der Russe im Garten ! Kaute Kohl und kam langsam, maschinenpistolig, heran. Opa zitternd im Bett oben. (Und mein Gesicht versteinerte wie ihres. !)

(*Goethes Flüchtlinge ?! : Écrasez l'Infâme !!* Wie Herz und Körper stehen bleiben, alle Viertelstunden einmal : *und das in Hexametern ??!!* Das Fließband seiner Scheißverse : da karrt der Schüdderump voll abgemurkster Idyllen, im immer gleichen grobschlächtigen Pumpertakt : pfui Deubel, der Bube ! Wir sahen streng aneinander vorbei).

» *Die Flötern, nebenan . . . .* « (um die Lederhandschuhe ihres Mannes zu retten, hatte sie freundlich=verzweifelt mit dem Russenplünderer gestammelt, und ihm die Hände gestreichelt : der hatte es ‹ falsch ausgelegt › und sie aufs Bett geworfen : heulend kam sie dann über die Gerberstraße gerannt, und wurde aufs ‹ Schislong › gelegt, zum Beruhigen. – Auch bei ihnen pausenlos Russen ‹ nach Waffen suchen ›. Dann kam endlich die polnische ‹ Miliz › auf Wagen an.).

» *Wie oft kam Einer rein :* machte alle Schränke auf; zog sich die Schuhe aus. Alles von uns an « (Ging ab damit : Alles neu macht der Mai. – Ich faltete mir sorgfältig das Packpapier vor, und leimte die vorbereitete maschinengeschriebene Adresse drauf, ‹ Herrn W. Eggers, Ahlden / Bei K. Thumann ›. Maß den Bindfaden ab, und schürzte oben die Laufschlinge. Wellpappe passend schneiden; eine Tube war schon leer).

Das ‹ Häuser wählen › der Polen : was ihnen gefiel, nahmen sie. » Eines Tages kam die Thomasmarie an; bloß in Trainingshosen, n Tuch oben rum, und n Bündelchen in der Hand . . . « (Opa starb dann in der Nacht vom 29. zum 30. Juli : » Den Sarg hat der Lange=Tischler noch mit getragen «; durch Gryfogóra, wie's jetzt schon hieß.) » Die alten Rassmanns ließen ihre 15jährige Traudel – die mit mir in de Schule gegangen war – ständig von n Russen : bloß um was zu essen zu haben. «

(*Ein Klecks* auf die Jahreszahl des Vorworts : so, nun konnte in hundert Jahren der nächste Interessent kommen, und nachweisen, daß die 3. Auflage des Ringklib ein bloßer unveränderter Abdruck der 2. sei. Die flaps nach innen umkleben, *und* gleichzeitig den Vorsatz eingummieren : mußte rasend schnell gehen, denn das Zeug trocknete . . .)

‹ Jozef Matonis › : 50 Jahre, klein & häßlich, leidlich gutmütig, ‹ nahm › das Haus. Am nächsten Tage lud er sie in die obere Stube : dort hatte er sämtliche Spiegel der Nachbarschaft an den Wänden aufgestellt, » 10 oder 12 Stück «, dazwischen Schlingpflanzen, und sang irgendwas auf itsch und

witsch : mitten auf dem Ausziehtisch der Torso des Bandagistenhändlers, mit Bruchbändern rund herum : Bewunderung : Kultura ! ! . » Gottseidank « (iss bloß sone Redensart : was hatte sie ihm wohl zu ‹ danken › ? !) » hatte ich ne abscheuliche Augenentzündung und ganz sehr Ausschlag : da haben mich die Männer manchmal in Ruhe gelassen. « (Manchmal ! 15 Jahre war sie gewesen ! Ich kam einmal zu ihr herum ; preßte ihren schmalen Kopf ganz fest in meine flachen Hände ; Sie fuhr abweisend und tönern fort : richtig : ich war ja auch n Mann !)

Kein gutes Einvernehmen zwischen Russen und Polen ! : » Die (die Polen) kamen zunächst nur zögernd nach Schlesien ; es hieß erst, das käm' nur zeitweilig unter polnische Verwaltung « (Ein Vögelchen eilte oben umher und jodelte süß : zack, erschien ein Teil seines Inhalts auf der Tischplatte : ‹ Soll wieder erfüllt ›. Wir sahen darüber hinweg).

‹ *Matonis* › *: » Faul* waren die Polen : zum Erbrechen ! « – Er ‹ nahm › sich dann Lachmanns Geschäft in der Jelengorskaja (wie jetzt die Hirschbergerstraße hieß) » eines Tages standen sie (Lachmanns) vor unserer Tür : er ne Kaffeetasse in der Hand, sie ein Kopfkissen unterm Arm. Völlig benommen : ‹ Ihr › Pole hat uns hergeschickt ; er hat unser Haus ‹ genommen › « .

Dann dort erst ein Wildwest=Kaufhaus aufgemacht (den bandagierten Torso natürlich im Schaufenster, zwischen Seife und Scheuerlappigem) ; später in eine nahrhafte Fleischerei umgewandelt : » Hunger hab ich da nich gelitten. « (Alles war sie zugleich gewesen : Verkäuferin ; Laufmädchen ; Reinmachfrau ; Bedienung. Schlachtgehilfe ; Matratze ; Kinderwärterin).

(*Es stank doch noch fatal* nach Uhu, mein Exemplar : das muß die ganze Nacht lüften ! – Eventuell mit Tabak anräuchern ? Ich tastete nach der Africaine=Packung.)

» Ich bin dann auch dahin gezogen « (hatte verständliche Angst gehabt, so völlig allein im Haus, Gerberstraße 7. » Abends ging ich immer hin, Fenster und Türen verrammeln, morgens wieder aufmachen : damit neue Polen denken sollten, das Haus wär schon ‹ genommen › ! « (Die ärmlich hilflosen Tricks des Kindes. » Ich wollte's doch ‹ halten › ! « : » Nee : Geld hab ich keins gekriegt für die Arbeit : eben Wohnung und Essen. «)

(‹ Lebensbahn ›, ‹ Lebensreise › ? : so was Vornehmes gabs früher ; heute robbt man bis zu dem Dreckpunkt, wo Einem ‹ seine › Granate ‹ trifft ›. – Seien Sie froh, daß ich Klammern setze, Mensch !).

‹ Blume › : führte die Greiff=Werke weiter : » Mich hat er dann nich mehr angenommen ; weil ich damals nich zum Aufräumen gekommen war : wo doch Opa starb ! « Der Abend log eine blödsinnig friedliche Farbe zusammen. Während der Ringklib, gezwängt, trocknete, sah ich von meiner Bank aus die gelbe Bauchhaut des Himmels : der der Elektromast drin steckte ; der hatte n Peneios !

‹ Die Polin › : » ging immer vorm Haus auf und ab : bis ich Angst kriegte, und Matonis rief. « (‹ O : Bä-suuch › hatte der fröhlich geschrieen : eine alte Liebe aus Lodz, der er mal die Ehe versprochen gehabt hatte. – Sie schlief neben dem für sie angerichteten Bett auf dem Fußboden. Zog Line die Strümpfe aus, rollte sie slawischflink, und steckte sie in einen Quersack. Andere mögen aus bloßem Mute sterben ; Line fürchtete sich nicht, zu leben. (Der Abend versank in die Erde. Eine Katze hatte man ihr mit Arsenik vergiftet ; sie war in ihren sandfarbenen Armen gestorben : das ist das Geheimnisvolle, daß die Tiere mit büßen müssen für die Erfindungen des Ebenbilds Gottes. Wenn ich die Arme gähne, weicht 61 Cygni aus seiner Bahn : soll er !).

Gespräch in der Badewanne (das heißt, sie natürlich).

Schlaff & zähe : die Tange ihrer Arme spielten langsam in selbst gemachter Wasserströmung; sanft gelappte Hände öffneten und schlossen; vorn am Kopf ein blasses hellbraunes Lächeln, gedeckt mit ruhendem Haar. Mein dickes Haupt im durchlöcherten Kessel der Nacht : alles kaputt. Das Leben ist ein Provisorium. Ich saß fern daneben, und wir flüsterten wenig.

(*Keine Kinder haben :* Ausdruck äußersten Protestes gegen Gottunddiewelt. »Haben Sie's auch mit n Herzen ?« Ja, ich auch. Klopfen & Stiche. »Ja sicher schlaf ich wieder im Vorraum : auf m Stuhl.«)

24 Uhr : die dornigen Sterne rissen Furchen in weißes Wolkenfleisch; der Fahrtwind der Erde verscheuchte erschrockene Flugblätter aus ihren Druckereien.

3 Uhr 60 : in rosigen Schluchten stürzte der schon leichengrüne Mond von Zacke zu Zacke.

4 Uhr 30 : dicht überm Rasen appretierte Luft (= Bodennebel); oben : zerfetztes Lachsrot auf Grau & Blau. Ich stand rastlos auf; sinnlos, wie nur je ein Mensch; trank von der Pumpe; erwachte; verkleidete mich; trat mir vor den Füßen rum, dies moi. Regenhell wurde der Himmel, und frische Farben auf allen Gegenständen.

Linens broschierte Lieblichkeit; und die Haare so jungenhaft glatt angekämmt, daß sich ein Liebhaber eigentlich als homosexuell vorkommen müßte. – Magma der Morgennachrichten : Dynamoleipzig gegen Lokomotivestendal : schon an den bloßen Vereinsnamen kann man sie unfehlbar unterscheiden, for East is East and West is West. (Valerius Maximus, L.V.c.6, berichtet, daß ein römischer Bürger, Cipus, bei der allzu aufmerksamen Betrachtung eines Stiergefechtes Hörner auf die Stirn bekam : auf Fußballfans anwenden).

Schon schloß sie am Gartentor, zufrieden und angeregt, im engen hellgrauen Trenchcoat. Eine Hängebrücke aus rosa Rauch führte vom Schornstein des Eisenbahnausbesserungswerkes weg; 2 hellgelbe übereinanderliegende Spindeln Hündchenkot; in jeder Straße pfiff ein beschäftigter Wind seine Blues; sie führte und zeigte. Alles Blättrige pappelte um seine kleine Stelle.

Bis Ostbahnhof : wir wandelten als Pärchen durch Halbtrümmer. Wenn ich ihr den Arm bot, nahm sie ihn, zerstreut, nicht an.

Stalinallee : nicht schlecht! (Die ehemalige ‹Frankfurter›. Allerdings wer ein Dutzend anderer Welthauptstädte kennt, fällt nicht gleich auf den Rücken. Immerhin).

Gelbliche Großkacheln ringsum : »Die ‹Eierkisten› werden alle noch weggerissen.« (So hatte man zuerst bauen wollen; im ödesten Mietskasernenstil; sie berichtete doch mit einem gewissen Stolz).

»Oh gleich 4 bitte, ja?« : Machte Fünf Sechzig; und also mit warmen Würstchen in der Stalinallee : ein großer Hund sah mich verschämt an, und kriegte das dicke Zipfelhäppchen. (Line, erbost : »Hätten Sie's lieber für die Katzen aufgehoben!« Ich wollte sogleich noch eine kaufen, aber der Vorrat war eben alle; also am nächsten Stand : »Zum Abschied«. Schon webte sich hurtig hier die kleine Menschenmenge zusammen, und sie lächelte einmal vornehm=flach : »Kein Vergleich mit unserer schlesischen Wurst!«)

‹Wir sind die beste Verkaufsbrigade vom Bezirk Friedrichstraße› : also mal warten. Neugierig umsehen im gekachelten Laden; stehen; warten : die achteten überhaupt nicht auf Kunden. »Ziemlich ruppig, wie?!« (Trotz der roten Ruhmesfahne und dem Beschwerdebuch in der Ecke. Gingen wir also unbedient wieder hinaus).

Keinerlei Elektroheerde (wahrscheinlich schon, um allzu üppigen Stromverbrauch zu verhindern!). Aber Radios und Musiktruhen könnte man spottbillig kaufen. Auch

Schreibmaschinen; ich blieb spellbound vor dem Schaufenster stehen : für 415 Ost, Mensch ! ! Das sind also – 83 West : hätte man eine ! (Ob Karl die etwa auch im LKW verstecken könnte ? Oder man müßte zurück fliegen. Bis Hannover. Schon probierte ich in Gedanken sämtliche Buchstaben der entzückenden Perlschrift durch, ‹ The quick brown fox jumps over lazy dogs ›, und kräftig anschlagen : das wär doch was, um die Hannover=Kartei sauber zu schreiben ! Aber wenn das Metall nachher bloß Talmi war ? ?)

» Sicher ! Sehen wir uns die Wohnungen mal an ! « : Wohnblock E Süd, verbunden mit der Ausstellung einer Möbelfirma.

2 Zimmer, Küche, Bad : Zentralheizung, Telefon, Müllklappe : 59 Mark Miete (11 Mark 80 schob sich davor : also das Umrechnen wird hier direkt zu ner Zwangsvorstellung !). Aber das war freilich scharmant ! (Für 3 Zimmer dann 79. Alles Arbeiterwohnungen. Unbestreitbar eindrucksvoll. Oben der Gemeinschafts=Dachgarten).

Aber : wenn andererseits Nägel und Kümmel fehlen; Elektrogeräte, Nahrung und Kleidung : dann sollten sie doch erst mal *dafür* sorgen, wie ? ! Der jungen Dame im Flur gab ich gern die 2 Groschen für ‹ Bausteine ›, und wir verfolgten wohlwollend, wie sie die Marken auf die Hausfront des Plakates einklebte : finanzier *ich* also die Stalinallee !

» Essen Sie n Eis mit ? « : mit Schlagsahne, selbstverständlich ! Aber man mußte es eigenhändig abholen, service; und da ging vorsichtshalber Line : falls man den Personalausweis verlangte !

Die Sporthalle : Kuppelkugel. Ein junger Mann versuchte die zue Tür. Gegenüber ein schwarzer Superman : Stalin persönlich. (Die Hochhäuser am Eingang : die dünnen

Kolonnadensäulchen unten paßten gar nicht! Man wurde ganz ängstlich beim bloßen Hinsehen : Last ohne Stütze! So, darauf hingewiesen, fiel das Unpassende auch ihr auf, und sie nickte erleuchtet).

Oh hier : Bücherläden ! : ich stürzte an die Scheibe : – ? – ?

Und wich betroffen zurück : 30 dunkelrote Bände in einer Reihe : Marxband 3, Marxband 3, Marxband 3 : nu Euch soll doch der Deuwel holen ! :

Immer dasselbe ?! : Na, meine Herren, Ihr seid auch keine Hegemeister des Geistes ! Das also hier die neue teutschere Literatur. (Formeln flossen mir durch den suchenden Kopf : ‹als Beleuchter tätig sein›; ‹das Mienenspiel der Seele sichtbar machen›; ‹rhythmisch auswuchten›; ‹gründeln in den Bayous der Sprache›; ‹kein Spiegel : ein Brennglas›; ‹Worte wie Hunde auf die Leute hetzen›; ‹Facettenauge und Leporelloform›; ‹den Ortstein verbackener Sprachformen, den Wortsinter, aufbrechen›; ‹Kurz= und Schnellromane, magerste, trainierteste Formen; toreutische Arbeit, trotz aller Kollimationsfehler› : also auch hier nichts davon !)

(‹The Author's Progress› : Reise durchs Land der Substantive. Er verprügelt ein paar beliebte Metaphern. Verben stehen, von Vorsilben starrend, am Grenzwall. Kurzer Bordellaufenthalt bei verbuhlten Adjektiven. Im Reich des Tyrannen Rhythmus; wo Stumme sich durch Trommeln verständigen.)

Aber auch hier nur : der volkseigene Rezensent als verläßlicher Schiedsrichter; der warnend auf seiner Schnute trillert, wenn Jemand zu weit abseits steht.

Ihr Volksregierungen begeht den Fehler aller Fehler : Ihr treibt die Oberen Geister aus ! : und dabei sind sie so ungefährlich ! Deren unverständliche Bücher kauft doch Niemand; deren ‹experimentelle› Bilder besieht Keiner; deren ‹Neue Musik› ist dem Volke ja Ohrengraus. (Und im Ausland würde eine, wenn auch noch so schwache, Förderung Euch *solchen* neidischen Kredit bringen!).

Aber: wenn Ihr der geistigen Avantgarde (die ja grundsätzlich, weltfremd und ärmlich=fanatisch, unter 200 Mark im Monat verdient!) *deshalb* die ‹Intelligenzkarte› versagt: dann wundert Euch nicht über Eure unleugbare kulturelle Wüste! Denn in künstlerischer Hinsicht ist im Osten tatsächlich noch weniger ‹los›, als im doch auch schon lächerlich dürftigen Westen. Kunst wäre so billig zu haben: und wird Euch Allen noch einmal so teuer zu stehen kommen! Wie würdet Ihr auch im Westen als ‹frei› gelten müssen, wenn Ihr Euch eine hübsche Künstlerkolonie von 20 Mann hieltet; und die Echolosen getrost manchmal ein bißchen Unpopuläres sagen ließet. Aber wenn Ihr verlangt, daß auch jeder Künstler periodisch und gallionsfigurig sein Soll an linientreuem Kitt daher schwätzt: solange geltet Ihr bei allen guten Köpfen nur als brutal=komisch! (Und werdet langsam auf immer verdächtig: daß man mit Euch *gar nicht* arbeiten kann!)

Ogott: Durchfall!: sicherlich von dem vielen Eis! Sie zeigte mir mitleidig die Lokalitäten. Ging auch mit in Speisehäuser: »Im HO=Kaufhaus iss auch noch n Klo:« (ich, beschämt und geknickt).

10 Uhr 10: aber sie hatte mich schon ungefragt in Bibliotheksnähe dirigiert: »Erst rechts, dann links« (dann gradeaus, was?). »Ja, ich kauf zu Hause noch ne Flasche Schnaps.« Sie holte sorgfältig ein hellbraunes Fäustchen aus der Manteltasche, und gabs mir einen Augenblick zum Drücken. –

Die Staatsbibliothek?!: Jetzt kams drauf an! Ich drückte das Leder an mich; sah an der grauen Felswand hoch –:

und stakte hinein : » Nur Schreibpapier für Notizen « (Der Portier erinnerte sich meiner angeekelt von gestern her, und schwieg giftig=gebändigt. Durch und hinauf : zum Zimmer 83 !)

Ein großer Mundkelch lächelte biologisch=mechanisch über steppenden Fingergestalten (denen gegenüber im Takt noch dünnere stählern sprangen). Nach einer Weile verlosch dieser Mund ; Weiße breitete sich um seinen Rest ; sie schleuste jetzt nur Texte.

Also Buchstabenkolliers noch um die redenden Lippen. (Wenn man mutiger wäre, das heißt jünger, nicht so graumeliert, ohne Durchfall : hätte man vielleicht noch die Wahl zwischen ihr und Ringklib – – –)

Also Ringklib : sie präsentierte mir den Bücherstoß von gestern (unberührt : ich sah's sofort an der Reihenfolge : wie ich, nach einem bewußten Schlüssel, manchen Band verkehrt rum gelegt hatte. Wir sprachen, unabwendbar gefühllos, wie die bezahlten Stimmen im Radio. Setz Dich erst mal wieder drüben hin.)

Vergleichen : nur unmerklich verschieden, der Farbton ! Ich baute aus den restlichen Bänden eine kleine Deckung nach links : der Teufel hole das Uhuaroma ! – – –

(*Das Lineal,* mit Stahleinlage, heranziehen : sie popelte drüben mit kleinem Finger, er krümmte sich traumlangsam ; strich das Ergebnis an seinem Ballen ab – ein ferner trauriger Autoruf ; dann rieselte wieder die Bücherstille).

Zog ich also langsam=schnell die Klingenspitze an der Kante entlang : ? : oben hings noch leicht ; also kurz nachtrennen. Die Tube auf : den äußersten Rand dieses Titelblattes bestreichen – – –

Ich plättete mit dem Zeigefinger kräftig in meinem Exemplar. Schlugs versuchsweise einmal um : guut ! (Dann flink, Punktschweißung, mein Titelblatt in das neue

Stück : – – – und rin damit in die Briefpapiermappe ! !)

Hinter mir (warten mußte ich jetzt wieder ; und wäre doch gern gerannt !) – also hinten in 30 Kassetten der Nachlaß Helminas von Chézy : auch noch unausgewertet ; na, 's war ne ziemlich dumme Gans gewesen. Trotz des Euryanthe=Textes : der Münzner kommt doch bestimmt noch mal !

So saß ich, wie auf Kohlen, Hieronymus im Gehäus ; und drüben die Fingertrommel ; Spitzentanz auf Tischplatte (fing auch, stirnrunzelnd, mit besagten Knieen an zu wippen : ich kann Dir nicht helfen. Auf Frieda hätt ich Appetit gehabt.)

Schönes dunkles Lineal übrigens : 40 Zentimeter : ? : ? – (Aber ich beschloß dann doch, in relativer Ehrbarkeit, dies nicht mehr mitzunehmen ; die DDR nicht unnötig zu schädigen. : Ah, da : die Tür !) :

Doktor Münzner ; lippenleckte und schniefte : » Ä-übrigens – : ich hab diese-ä Meßtischblättervongestern : mal verglichen : Sie haben tatsächlich Recht ! – Das müßte man mal öffentlich berichtigen : hm. « (Gutgut : ich gabs ihm bescheiden von mir aus frei : » Wo Sie das ganze Material hier haben . . « » Tja : iss ja intressant. « Und geh bitte rüber ; so : zusammenraffen und raus !). – Wir verabschiedeten uns schnüffelnd voneinander ; auch ich ahmte ihn so täuschend kollegial nach, M-hähä. (Die Rote erhielt bloß einen reliefen=impotenten Nickekopf) : » Also nochmal : Meinen aufrichtigsten Dank ! «

Im Sonnenfreien, und nischt wie nach Charlottenburg aufs Postamt : Lauft, Füßchen, lauft ! –

Mensch, war das voll hier ! ! : vor jedem Schalter 20 Mann. Mit Mühe und Not bekam ich den Platz an der Schreibecke.

Einpacken ; in Wellpappe wickeln. Zukleben. Die Schnur

sorgsam drum. Dann die Paketkarte (Erst mußte ich noch der rundlich=ratlosen Nachbarin den Kugelschreiber borgen). – Dann anstellen und warten; warten; (einmal wurde die ganze Schlange zum Nebenschalter umdirigiert, weil der Herr Beamte grade abgelöst wurde. Schimpfen lief um; durch die Sonnenstäubchen).

Na endlich : » Eilboten : Luftpost : Wert 500 Mark ! « : er sah mich an, als hätte ich ihn persönlich beleidigt. » Nach Ahlden ? ? « : » Erst mal mit dem Flugzeug von Berlin nach Hannover; dann weiter : jawohl ! «

297 Kilometer (sorgsam auf den Zettel notieren); noch 53 : er versuchte mit Gewalt, 4. Zone rauszuschinden : also wie die Kinder : als wenns aus ihrer eigenen Tasche ginge ! – » Das sind 970 Gramm ! « (vorwurfsvoll über die Brille hinweg. Ich eisig=herausfordernd, Du fällst mir allmählich auf die Nerven, würdiger Greis ! : » Na und ? ! «) Er erstarrte verächtlich und addierte : Paket dritte Zone 90. Wert 500 : plus 15. Eilboten 60. Luftpost ? – – – (er faltete die pensionsberechtigte Stirn : Luftpost – – Murmeln und Zeigefingern; und murmeln) : » Bis 1 Kilo – : eine Mark. «

» *Wann geht denn* die nächste Postmaschine ab Tempelhof ? « setzte ich unerbittlich nach : er trat mich mit den Augen vor den Magen; kollegenfragte; man sah gemeinsam zur Wand : 13 Uhr 5 ? : Ja, sweetheart, da mußt Du noch n Lehrling hinjagen, daß er das Flugzeug 14 Uhr 10 kriegt : hilft Alles nichts. (Schon schaffte es Einer nach hinten, ins Sanctum Sanctorum. Und her mit dem durchfallfarbigen Abschnittchen, Alter, los, los ! Die Bärenhäuter denken, weil sie früher mal 12 Jahre beim Militär runtergerissen haben, muß jeder Zivilist jetzt noch vor ihnen stramm stehn ? ! Ich zog ihm eine so flämische Fratze, daß er fassungslos zurückwich : ! ! :

und flitzte aus der Drehtür, ehe er all'arme rufen konnte. – Von draußen zurückschielen : er hatte's verbissen geschluckt, und fertigte weiter ab, der erste Diener seines Staates. Wählt bestimmt auch CDU : weils NSDAP noch nich wieder giebt, und die hier rüstet ja ooch uff ! . – – Um 15 Uhr in Hannover ? : da könnte's heute Abend – 21/20 kommt der letzte Zug von Schwarmstedt – vielleicht noch – –).

Heimfahrt : immer am volkseigenen Apparatewerk Stalin vorbei; ich kaufte gleichmütig noch ne Zeitung für meine Sammlung.

‹ *Schon im ersten Jahrtausend vor Beginn der Zeitrechnung* waren den Menschen an der mittleren Wolga verschiedene Verfahren zur Herstellung von Eisen bekannt › : immer führend die Herren Sowjetmenschen. (Deshalb hatte es wahrscheinlich dann vorigen Winter auch die Streichhölzer=Zuteilung gegeben : 8 Stück pro Kopf. Line hatte bloß 6 gekriegt; vielleicht, weil sie so schmächtig war). Im Westen dagegen eitel Streiks, und Leichenfunde um die Amerikanerkasernen. Hier ‹ Radfernfahrt für den Frieden › (sic !); drüben wurden lediglich Sprengschächte eingebaut, und Mädchen vergewaltigt. (Vergleiche Lines Berichte aus Schlesien.)

‹ *Ein Kulturpalast,* der den Arbeitern gehört ? – : sie hatten bisher daran gezweifelt ›, die westdeutschen Arbeitskollegen; sowie an den ‹ glückstrahlenden Gesichtern unserer Arbeitersänger, =tänzer, =dichter, und =musiker ›, in denen jetzt ‹ unaufhaltsam schöpferische Kräfte frei wurden › : also das war ja nun ausgesprochen ekelhaft, wie nur je zur KdF=Gruppenzeit Hitlers !

Denken die denn tatsächlich, ein Arbeiter könnte – so gleichzeitig und nebenher – Künstler sein ? ! *Werden kann* selbstverständlich ein Arbeiter einer : aber dann ist er eben nur noch Künstler : das erfordert nämlich mindestens seine volle Arbeitskraft, meine Ostherren! – Nee : s hat auch hier keinen Zweck! (Und der erste Regentropfen fiel schon auf den Werkbahnhof Schöneweide.)

Hellbraun wie Brikettasche : Line Hübner. (Und Erbssuppe : lang lebe der Berliner Koch Grüneberg, † 1872, der sie erfand! Die Katze kam sofort aus dem Heukistchen in ihrer verdunkelten Ecke, rannte aber gleich zurück, wenn es darin leise zu mauzen und rascheln anfing : » Na, Hintze? : Hat die Wurscht geschmeckt?«)

» *Er hat erst die Hälfte gekriegt* « sagte sie stolz, und sah dem köstlich getigerten kleinen Rücken zu; schlabberschlabberschlabber : » die andere giebts heut Abend. «

Wieder zusammen draußen; aber gerunzelte Scheuerlappen rutschten und tröpfelten (zweimal; warm) : Wolken; giftblaue Flecken; mit einer unsichtbaren grünen Sonne, die eklig die Felder hinten anleuchtete. Von Knockes drüben das Radio. –

» *Nee : Hunger gelitten* hab ich da nich « knüpfte sie an; mit der erhabenen Ruhe der gewesenen und im Leben auf Alles gefaßten Halbsklavin : » Ich hatte sogar n Antrag auf polnische Staatsangehörigkeit gestellt : meine Großmutter war ne geborene Ronkowski gewesen, und da war ja vielleicht die Möglichkeit – «.

(*14 Uhr 50 : Ringklib* schwebte jetzt über Braunschweig : das war auch so eine schandbare Lücke in der Allgemeinen Deutschen Biographie, daß sie nichts von H. Ringklib wußte! 1843–50 in Lüneburg; dann bis 65 Calculator im Statistischen Büro beim Ministerium des Innern in Hannover : ein Leben für die Zahlen. 41 erschien er jedenfalls noch nicht im Staatshandbuch : auch für solche Sachen waren das die einzigen Quellen! – : Ob man da vielleicht *auch* noch Nachkommen fände?! –)

Matonis heiratete : eines Tages war der kleine Mann armeschwenkend angekommen : » Welika, welika « (also ‹ groß ›). Dann SIE :

Jusche (= Josepha) : » Einen Kopf größer als er ; Plattfüße ; Arme wie Beine ; Schultern wie ein Schrank : Ammentitten « (sie sagte das gröbliche Wort so unschuldig, wie man eine Nadel einfädelt, oder zur Nachbarin im Lodenjoppenlager) : » Sie mußte immer unten auf der Straße gehen « (er auf dem Bürgersteig, damit der Unterschied nicht so auffiel).

Die große Hochzeitsprügelei : die entrüsteten Gäste nahmen ihre Geschenke gleich wieder mit, sowie sonstige lose Kleinigkeiten. » Und immer, wenn ich morgens zum Saubermachen rein kam, lagen sie zusammen im Bett. « (Nach 10 Monaten dann auch der kleine Stasja = Stanislaus. ‹ So singts und klingts im Vogtland › kündete drüben die geschult=heitere Stimme des Sprechers).

Sie holte die Konservenbüchse voll abgelutschter Pflaumenkerne, und fing frauenhaft=ungeschickt an, sie mit dem alten großen Schraubenschlüssel aufzuklopfen – » Zum Kuchenbacken « erklärte sie mir ernsthaft : » als Mandelersatz «. Bis ich gerührt das Zerschmettern übernahm, und sie mit flinken Spitzfingern den platten längsgestreiften Kern heraus nagte : » Och, geht'os schnell bei Ihn' « – : » Nee, die Schalen nich weg : die will ich zum Anfeuern ! «

Und laufend die Ausweisungen der Deutschen : » Ich hatte meinen Reisekorb auch immer fertig gepackt : 500 Reichsmark durfte man mitnehmen ; dann noch 1 Bettstück ; Kleider, Wäsche, Gebrauchsgegenstände : 40 Kilo im Ganzen. – : Einmal hatt' ich schon mit gesollt : da bin ich ‹ ohnmächtig › geworden. « Diesmal (am 26. Juli 1947) wieder. – » Wir dachten, der Zug wäre schon weg, und Matonis schenkte mir schon zur Feier « (der neuerlichen Rettung seiner unbezahlbaren ‹ Stütze ›) » n Likör ein : da kam die Miliz, mich holen : ‹ Deutsches Schwein ! › : ‹ Hast Dich von Tranns=porrt gedrückt ! › « (und immer mit dem Stock drauf ; auf den flehenden Handbogen oben !). » Dann haben sie mich an Ort und Stelle durchsucht : *soo* gemein ! « (mit dem Finger ; überall ; und ich überlegte, ob es jetzt noch Zweck hätte, die Faust als Zeichen der Anteilnahme auf den Tisch zu legen, daß sich die Ecke bog ; sie berichtete auch schon entschuldigend, daß eine früher mal ne Taschenuhr drin gehabt hätte, und seitdem wären sie eben so gewesen. Das bissel Büstenhalter abgerissen ; » hinten reingefahren « ; im Hemdsaum fanden sie das einzige goldene Zwanzigmarkstück).

Da ! : Eben wurden aus Polen ‹ anläßlich des Besuches einer Bergarbeiter=Delegation spontane Ausbrüche deutsch=polnischer Freundschaft › gemeldet : auch bloß primitiv und unverschämt dieser Ostrundfunk !

Matonis hätte ihr erst noch den Weidenkorb zum Lastauto tragen helfen wollen : da wären aber grade andere Polen vom Sportplatz gekommen : » Was ! . ? : Du hilfst einer Nimka ! ! « – da hätte er sich wie begossen ganz sachte seitwärts gedrückt : » Aber auch die Deutschen, die schon oben standen, haben nicht *ein*mal mit angefaßt ; nicht Einer : ‹ Uns hat auch niemand geholfen ›. « (‹ Nimka › = ‹ Njemski › = ‹ Stumme Hunde › : die ‹ Slawa ›, das ‹ Wort › nicht haben !).

(Dann nach Moys, ‹ ins Lager ›; dann ins nächste, nach Weißenfels ; Trümmerräumen und Ziegelabklopfen. Dann hatte sich eine frühere Arbeitskameradin, schon in Berlin gelandet, zu ihrer Aufnahme bereit erklärt. – Dann Karl eben. Die bunten Queren des Himmels : mit der Hand einen senkrechten Hilfspfosten hineinschlagen : daran kann man dann stehen.)

Stehen (vor dem Beet mit den verkümmerten Gurkenschläuchlein ; Beide, die Hände auf dem Rücken). Der Apfelbaum streckte den Elefantenrüssel her.

Ohne uns anzusehen : » Wofür leben *Sie* eigentlich ? «. Der Angriff kam so schnell (obwohl logisch, zugegeben), daß ich erstmal Hilfssilben stammelte – so was ! – ach, natürlich : hier : » Also hören Sie mal ! « (entrüstet) : » Was sollte wohl aus dem Königreich Hannover werden ? ! «. Sie lächelte schwächlich und würdigte den Witz (hob aber bald Augenbrauen und Fingerspitzen zum ‹ Na also ›.)

Ein Nachbar von links : Eisendecher junior. (Hatte gegrüßt, mit dem, allen Westbesuchern gegenüber scheinbar vorgeschriebenen Pli ; und enterte dann – worauf ich, aus Rücksicht auf Line, einging. Erst mal lud er mich zu einer Schachpartie, damit ich die Überlegenheit des Ostens erführe ; denn er war Jugendmeister in einem FDJ=Bezirk.)

Schach : » Ach, ich hab 20 Jahre keine Figur mehr in Händen gehabt ! « log ich die boshaftvorgeschriebene, für den Gegner in jedem Fall besonders fatale, Entschuldigung : wenn er gewann, wars nischt wert ; verlor er, konnte er sich selbst nicht mehr achten ! (Stimmte diesmal aber ausnahmsweise fast : 1935 hatte ich noch die ‹ Slawische Ablehnung › von der ‹ Meraner Variante › unterscheiden können.) Ich erloste mir sogar Weiß ; zuckte scheinheilig bedrückt sämtliche Achseln, probierte erst in der Luft über zwei anderen Knöpfen – und zog dann fade murmelnd

b 2 – b 4 : (mit anschließendem b 4 – b 5 : meine Spezialeröffnung !) : Der Kerl spielte wie Botwinnik & Smyslow zusammen ; war aber in der Schnelligkeit nicht auf die korrekte Erwiderung geaicht ; baute sich triumphierend ein Zentrum wie die Wartburg (immer unterstützt von meinem scheuen mißvergnügten Gesilbel : ein undisziplinierter Alter bin ich, gelt ? !). Umging ich ihn also, wie vorgesehen, hinterwärts, und nagelte ihn auf seinen Mieses=Dufresne. (Dennoch langte es im abschließenden Endspiel nur zu einem *so* faulen Remis ! – War auch viel zu nervös : einmal wegen Ringklib. Dann Lines Berichte !).

Immerhin : er war leicht geknickt ; und berichtete, abgesägten Blicks, zum Ausgleich hastig (und etwas zu offenherzig) von dem hiesigen Schachbetrieb : – (und ich lauschte, immer bedenklicher sich teilenden Mundes : das Entsetzliche wurde mir klar !)

: *Die benützten hier im Osten das Schachspiel zur Abstumpfung* der Geister ! ! Systematisch wurden die, trotz aller Aufbauschichten und Leistungswettbewerbe, noch vorhandenen Energien in dieses sterilste aller künstlichen Sackgäßchen abgelenkt ! ! Zum selben Zweck, wie in den Jesuitenschulen Sprachen und niedere Mathematik übermäßig gepflegt wurden : dadurch verhindert man Gedanken (und züchtet noch zusätzlich den grundlosesten starren Hochmut auf die herrliche eigene ‹ Bildung › ! Mensch, deswegen stellen natürlich auch die Russen sämtliche Weltmeister ! Ich kriegte einen richtigen Widerwillen gegen das Spiel : also einen Spiegel an der Wand, und n Schachbrett uffm Tisch : dann ist die Kultur erreicht, was ? ! – Er merkte nichts ; und begann schon mit il Selbstbewußtsein und la Weltanschauung.)

Wenn mir ein Gespräch langweilig oder bodenlos zu werden beginnt, nehm' ich grundsätzlich die Brille ab : Alles entfernt sich dann, inclusive moi. – Soso. – : Waren die Marxisten doch naiv ! Er zitierte einen sicheren Ölsner, der als philosophisches Grundpostulat hatte : ‹ Es giebt nichts prinzipiell Unerkennbares ; nur Nochnichterkanntes ›; und sah mich erwartungsvoll an : ? ! (Hier wurde mir klar, warum Schopenhauer den Materialismus immer ‹ Bestialismus › nannte).

» *Leider giebt es ‹ prinzipiell Unerkennbares › :* der Weltraum hat ja zumindest 4 Dimensionen « (astronomisch=mathematisch kurz andeuten) » – : *also* übersteigt sogar der Versuch einer bloßen ‹ richtigen Anschauung › der simpelsten Körper die Fähigkeit unseres dreidimensionalen Sinnesapparates – « (» biologisch=ausreichend, gewiß « bestätigte ich ; und hämisch=neugierig) » ist das hier nicht bekannt ? « . » Dochdoch « log er verblüfft ; nichteuklidische Geometrien zählten aber wohl nicht zu den hiesigen Unterrichtsgegenständen. (Also noch das Beispiel vom Fisch im Meer, der sich einbildet, ein Handbuch der Astronomie herausgeben zu können : sein optischer Apparat ist für eine Entfernung von höchstens 30 trüben Metern zuständig – obwohl er natürlich ‹ feststellen › könnte, daß es am Tage von oben hell, in der Nacht regelmäßig abwechselnd bleicher wird : » Für den gäbe es also durchaus ‹ Unerkennbares ›, so Sterne 16. Größe, oder den Ringnebel in der Leier ; schon über die Mondoberfläche würde ich nicht raten, ihm zu trauen. Und dabei liegt die Schwierigkeit *bei ihm* noch nicht einmal an dem fundamentalen Hindernis unzureichender Gehirnstruktur, wie in unserem Falle ! « Er brauchte sichtlich Zeit, um so viel kapitalistisch=verrückte Unfruchtbarkeit abzutun. – Die Salonatheisten ! : Atheismus ist schon gut und recht : aber aus *der* dürftigen Begründung hier nicht !).

Irgend ein ‹ Accelerationen=Walzer ›, und die strickende Mom Eisendecher wiegte bald den Kopf ; mit jenem idiotisch=sinnigen Lächeln der Generation von 1890, wenn sie zu verstehen geben wollte, daß sie vom Zauber der Töne nicht unangerührt bliebe. – Er war der Ansicht, daß sie künstlerische Leistungen doch massenhaft, ja überflüssig, hätten (lohnt also nicht).

» *Freie Wahlen zur Wiedervereinigung ?!* « fragte ich scharf : » die können *Sie* doch gar nicht ehrlich wünschen ! « (dämpfte auch sein Aufbrausen mit der Hand) : » Schadet auch gar nicht : der Westen wills ja auch nicht ! « Und : » Konkurrenz muß sein ; das ist ganz gut. « Er widersprach erneut : nach seiner Darstellung ersehnte die SED nichts brünstiger ! » Haben Sie sich auch dabei überlegt, Herr Eisendecher, daß bei solchen Wahlen die westdeutsche Bundesrepublik *durch ihre bloße dreifache Stimmenzahl* Alles hier bei Ihnen überfahren würde, was Sie sich an Ostmustern aufgebaut haben ? : denn selbst vorausgesetzt, *daß* Alle hier SED wählten – was ja bekanntlich nicht der Fall sein würde ! – : vom Westen erhielten Sie lediglich die 4 % Stimmen der KPD ! *Ihnen* bliebe nur die Rolle einer bedeutungslosen, stets mühelos überstimmten und ständig abschmelzenden Splitterpartei. Oder, wenn Sie vernünftig wären, der bedingungslose Anschluß an die SPD : da müßten Sie aber *auch* noch ganz schön drum bitten ! «. Er war der Ansicht, daß die Wahlplakate der SED sich im Handumdrehen alle Westherzen erobern würden (kann man nichts machen ; jetzt trat noch der Senior neugierig hinzu).

Grundsatzfrage : ‹ Freie Wahlen › ? : Qu'est ce que c'est que ça ? Hier kamen erst Wahlmänner in die Wohnungen, und klärten die Bevölkerung durch Diskussionen auf. (» Was passiert, wenn man sie rausschmeißt ? « er lachte schallend über mich phlegmatischen Witzbold, auch ich, angesteckt, mit ; und er schilderte weiter mit Leuchtaugen) : Morgens um halb Fünf marschierten die Hausgemeinschaften geschlossen zum Wahllokal, fiebernd vor sportlicher Begier, die Ersten zu sein (und als solche abends im Rundfunk genannt zu werden !). Die Wahlkabinen verachtete man; hob vielmehr öffentlich seinen Zettel in den Wind, machte das Kreuz, und gabs triumphierend dem Urnenwächter : ‹ Ich habe nichts zu verbergen ! ›. (Und ohne Umschlag : den gabs erst gar nicht !). » Es steht natürlich Jedem frei, in die Zelle zu treten ! « fügte's Eisendecherlein sieghaft hinzu. (Sieht aber nun schon zwangsläufig verdächtig aus : im Vergleich mit den biederen Andern !)

» Bei der letzten Wahl . . . . . . « : die hatte 3 Tage gedauert. Man meldete sich am Tisch, zwecks Kontrolle der Stimmberechtigung : » Wer am ersten Tage kam, kriegte einen senkrechten Strich, so : | . Am zweiten Tage gabs das Kreislein : O. Am dritten ein Kreuz : + ! « (Er hatte selbst ‹ ehrenamtlich › dabei mitgewirkt, und erzählte's als Selbstverständlichkeit.)

» Was ? ! « – er öffnete erstaunt das Gesicht, à la ‹ Was hat der Unbeschnittene ? ›. » Na hörn Sie mal « sagte ich stirnrunzelnd : » Also – : Lieber Freund ! : *das* werd ich um der guten Sache willen *nicht* im Westen weiter erzählen ! : Sind Sie sich denn nicht klar darüber, daß Sie dadurch die Schüler in Sehr Gute, Genügende, und Unzuverlässige eingeteilt haben; und künftig bloß noch in der Liste nachzusehen brauchen ? ! « (Er wollte empört unterbrechen : an so was dächte *hier* Keiner : » Ein rein optisches Hilfsmittel zur schnelleren Feststellung der täglichen prozentualen Wahlbeteiligung ! «) » Aber man *kann* es machen : was hätte Sie denn gehindert, am zweiten Tage den gleichen senkrechten Strich zu machen, wie am ersten ? – : Um jeden Tag die ‹ Wahlbeteiligung › melden zu können ? : das hätte sich ja schließlich auch simpel aus der Differenz der Strichzahlen ergeben : erster plus zweiter : minus erster ! – Das Ganze nennen Sie also ‹ Freie Wahlen › ? ! « (Aber den 18jährigen das Stimmrecht zu verleihen wäre nicht uneben : dadurch würde ein Element

der Reinheit und des Idealismus in unsere Politik gelangen, dessen sie dringend bedürfte).

The other way round : » Giebt es denn bei Ihnen im Westen : freie Wahlen ? ! « Ich mußte mißmutig am Zaun klauben ; nee ; : ooch nich. (Wenn einer Partei Unsummen, und der gesamte Regierungsapparat einschließlich Rundfunk zur – grundsätzlich egoistisch mißbrauchten ! – Verfügung stehen, und die Großindustrie finanziert sie aus nur allzu begreiflichen Gründen. Und eine andere hat zwar Recht, aber kein Geld : da ist das eben auch schon einseitige, unfaire Bearbeitung des Volkes, dem man somit bewußt den Weg zur Objektivität verlegt.) » Ja, leider : die 5-Prozent-Klausel ist natürlich auch verwerflich « (und umgehbar, wie die ‹ Wahlbündnisse › beweisen ; wenn eine Partei wie die KPD für 700.000 Wähler – also immerhin für anderthalb Millionen Menschen – spricht : so ist es ein übler, unverantwortlicher Trick, sie damit mundtot zu machen. Man stehe zu ihr, wie man wolle !).

(Traum von der idealen ‹ Freien Wahl › – ungefähr so wie Wielands ‹ Gesicht von einer Welt unschuldiger Menschen ›, oder ‹ Philander von Sittewald › : Jeder müßte mit 21 (bzw. 18) Jahren eine kleine historisch=geographische Prüfung bestehen (die dann alle 5 Jahre wiederholt wird) ; und ein Zeugnis darüber beibringen, abgestempelt von den 4 bedeutendsten Parteien (das dann am Wahltag, zusammen mit der Legitimation, vorzulegen wäre). Mit 65 erlischt das Wahlrecht unerbittlich, aktiv wie passiv : *es giebt keine Altersweisheit ! !* – 4 Wochen vor der Wahl erhält jeder Wähler von staatswegen eine Broschüre : darin stehen jeder zugelassenen Partei (Bedingung 100.000 Wähler) 3 Seiten zur Verfügung, um nach Belieben ihr Programm zu entwickeln (und das der Konkurrenz zu zerpflücken). Ansonsten

nichts : keine Wahlmänner, Versammlungen, Plakate, Rundfunkansprachen; der Pfarrer, der in der Kirche Andeutungen macht, erhält sofort 50 auf den nackten Hintern (von dem notorischen Dorfatheisten aufgezählt!); ebensowenig Beeinflussung durch die Gewerkschaften. – Na ja.)

» *Die ‹ Kampfgruppe gegen Unmenschlichkeit ›* ? : hat demnach wohl den Kampf gegen die westliche Wiederaufrüstung auf ihre Fahnen geschrieben ? « fragte er scheinheilig. Ich würdigte den Witz mit einem Zähne=Fletschen (na, bei Euch sterben die Minister meist auch nicht eines natürlichen Todes, ‹ La tyrannie, tempérée par l'assassinat ›).

Résumé : Bildung eines neuen deutschsprachigen Teilstaates (wie zur Zeit schon Schweiz, Österreich, Luxemburg), mit eigener handfester Halbkultur; eigener Begriffs= und Akü=Welt; eigenem (anerkennenswerten) starken Arbeitsethos; und völliger Orientierung nach Rußland. » War doch recht interessant, Herr Eisendecher – « tröstete ich den Burschen noch; machte mein Gesicht bestürzt und nachdenklich, nickte murmelnd, und wir verließen unsere Zaunseiten. –

Der Papierknautsch auf dem Fußboden : ich hob ihn nachher doch verstohlen auf; und in' Kohleneimer : ich weiß zu genau, was so ein Schnitzel in meinem Unterbewußtsein anrichten kann (oder ein kopfstehendes Buch; habs erprobt. Sie hatte's aber doch wohl gesehen. Dann wieder an der Wäscheleine, windgegürtet, senkrecht weitgebärdig, daß alle ihre Gliedröhren einzeln standen : » Karl wird bald komm'. «)

» *‹ Mutter der Mann mit dem Koks iss da › :* Un'n schön' Gruß von Frieda « setzte er fromm, ganz unbeteiligter Postillon d'amour, hinzu. (Lachte auch schmetternd auf : » Ojadu : der iß' aus Ordnungsliebe einzeln herumliegende Bonbons auf – obwohl er sie gar nich mak ! « : hatte sie ihm also doch schon wieder von dem Papierknüll erzählt ! Ich stach meinen neusilbernen Spaten grämlich in den steifen kalten Brei : wenn ich die horrors kriege, werd't Ihr Euch noch *Alle* umkucken !).

Der Mond schielte schief; der Düsenjäger spritzte drüben sein Motorrad ab; gespreizte Hände lagen überall; ein velvetonwarmer Wind (allerdings aus dunkelgrauem; dann schwarzem. – : » Hier : nimm n Schluck schweres Wasser, Wallder ! «).

Also Dochan Dorroch : Trinken im Stehen (keltisch natürlich : » Prost Karl ! : Zum Wohl, Freu'n Hübner. « Auf Buchstabenfüßen kamen die Worte angeflossen, tausendschuhig, im Konsonantengetrabe; was heißt schließlich schon ‹ Eggers › ? !).

» Potz Ascon, Sycon und Leucon « und » Gieb noch n Dschinzahno « bat der Chauffeur unwiderstehlich (ist scheinbar sein Kismet, daß seine Frauen ihm zuteilen. : » Aber nich zuviel, Karl ! « ; er hatte sich den breiten Organträger mit Alkohol gefärbt, strahlte sassisch und glupschte an mich : Augenschnitzel schwammen im roten Fett; er lachte feurig, und stapfte wie über seinen Hof).

Der Mond, Hauer & Stoßzahn, wühlte sich seinen Weg durch Urgewölk; es tastete hinter uns wie in Schrebergärten, Wind oder sonst ein kleinliches altes Weib : » Lass'e tasten ! «. Er warnte den oben, und versetzte der Erde einen ‹ wohlgezielten › Tritt.

(Line ? : Sie war ganz dünn und straff geworden; im Kleidrohr : nackt müßte sie stehen, nur mit Gummistiefeln. » Wolln wir n Stück in' Wald ? « schlug sie hellmündig vor; : » Tschawoll ! « jauchzte Karl, und schwang sich planetoidenhaft zur Tür. Fragte auch sein Blick über die Cordschulter : Na; iss Meine nich ganz groß ? !)

Alle Wohnlauber schliefen um Mitternacht : wir pingpongten die Luft mit nichtsnutzigen Händen : ohne zu produzieren !

Im Staubwald : weichen hellgrauen Sand als Fußboden. Ich betrachtete die lauen Tapfen ; wie sie da um moi kartenzeichten. Gewisse Füße ; an langen Milchbeinen. (Wenn man mit dem Ellenbogen in den Sand fiel, fingen die Hände den eigenen Kopf : auf. Ich runzelte ; mit dem Himmel, den grauen Eierschädel ; um die weiche Wette).

Der Mond machte sich selbst Sandbänke, in denen er dann strandete. Gedankenwatte ; Wattenmeer. Sterne krochen Meerleuchten. Sie kauerte und gab unschuldiges buntes Wasser.

Schöpferische Pause : Line lehnte mit dem Rücken an seiner Brustwand, Beine leicht übereinandergeschlagen ; diestrammenus ; auch die Arme geschränkt, und sah unbeweglich dem Himmel zu. Motoren murmelte der Chauffeur. Ich : gehörte nicht hierher. (Aber wohin *denn* ? ! Meine Oberfläche schrak. Der Mond wurde sogleich zur Kalkschale, in Mörtelhaufen gesteckt : wozu weiß ich nicht).

Vorm Gartentor : der Chauffeur suchte in sich den Schlüssel (während wir uns Dahlien zeigten, in kalter Unerotik. Horchten auf den stundenlangen Güterzug, der durch die Mondmilch kullerte. Schwarze Füße ; hatten wir.)

Sie rollte die Arme ineinander, trampelnd : » Mach kalt ; wird schnell, Du – « . (Oh, wir wußten schon !).

Her mit dem Liegestuhl : und das Kohlblatt des Mondes auf die Stirn (‹ dicht ans Fenster › hatte sie selbst kommandiert) ; Fasellaute aus glühenden Mündern : sie erbrachen Wortstücke, tosten und liederten (Line mit feiner zitternder Hexenstimme, wie wenn Elisabeth Schwarzkopf dies Dings da aus der Turandot singt).

Neue Theorie der Nibelungenstrofe : ich wies nach, daß nach jeder der drei ersten Halbzeilen der Sänger begleitend die Saiten gerissen haben mußte :

» Uns ist in alten maeren : Bums !
wunders vil geseit ;
von helleden lobbebaeren : Bums !
von großer arebeit.
Von Freuden, hochgezieten : Bums !
von weinen unde klaggen ; –
von (kuoner) recken strieten=mugget=irr :
nu wunder hoeren saggen. «

: ? : Er wurde so begeistert, daß er sofort den Blechdeckel holte :

» Es wuochs in Burgonden : Bums !
en (vil) eddel maggedien,
daß in allen landen : Bums !
nicht schönners mochte sien.
Kri-emhilt geheißen : Bums !
dü warrt ein schönne wiep. –
Darumbe muosen Deggene vill
verli-esen denn Liep. «

(» Seid ock nie asu laut « bat sie ängstlich=erheitert).

Meine Hand ? : lag wie Holz auf Holz (Borkenkäfer müßten ihr Gangwerk mir unter die Haut schnitzen. Im ganzen ‹ Struwwelpeter › ergriff mich am meisten, und mit fast magischer Gewalt, die letzte Bilderreihe : vom ‹ Fliegenden Robert ›. Regen und treibender Wind jagten mich jedesmal mit über jenes flache Land. Bald stieß der Hut am Himmel an : der war also auch *zu ! :* so zwang das Gebildere mir Kind eine indikopleustisch=geschlossene regnerische Welthalle auf.)

» *Als Kind* hab ich morgens im Bett gelegen, den Blick nach oben : wenn man da an der Decke gehen könnte ! Da wäre es so hübsch leer und weiß=ordentlich. Nur die

Lampe stünde als Blume. « (In die man ja mal hineinsehen könnte. Sie kam vor Spannung ans Fenster; sie fragte leichthin=leichther : » Was *wäre* denn so Ihr Ideal ? « – war also wesentlich nüchterner als wir. Wie sichs auch gehört).

Soll ich ? ? ! – :

– : » Also eine quadratische Stube « (5 mal 5 Meter, und 3 Meter hoch; in der Ecke die unsichtbare Tapetentür, rechts 2 nackte Fenster).

» Links oben ich « : auf einem Eins Fünfzig hohen hölzernen Podium (die Schreibtischplatte also ziemlich dicht unter der Decke, die ich mit dem Haarpull leicht fege. Nur noch mein Stuhl hat da Platz). » Schlafen ? « : auf der Tischplatte – vielleicht das dünne Stuhlkissen, blaßgelb mit blauen Blumen, untern Kopf : » Wie Ihres hier. « (sie erschrak doch ein bißchen; mein neugieriges Kind !).

Dann Staatshandbücher und kritzeln in der Dämmerung. Rechts eine mannshohe weißblaue Vase für (mit ?) Staub. Nichts essen brauchen und trinken (daß auch unten bei moi Ruhe ist).

» Zur Tapetentür muß der Schlüssel verlegt sein. « (und die Leute vergessen haben, daß dort noch ein Zimmer war.). Stille. Nicht mehr aufgefunden. Niemand mehr sehen. : Vertrocknen. (Halt son Ideal, nich ?). Die Sterne, bleiche Kreislein um die Hälse, gafften den Himmel voll. (›Den Himmel voll gaffen‹ ! : Aufdringlichkeit !).

Ihr Kopf kippte langsam auf die Brust. Der Mond hatte seinen öligen Claim um sich abgesteckt. Nachdenken. Sie kniff lange den Mund : wer viel fragt, kriegt viel Antwort ! – –

» Du bist eine dezidierte Bête in meinen Augen – « rief er fassungslos; Sie drohte verlegen auf Polnisch, dem Sinne

nach etwa, »Keep a good tongue in your head!« er drehte ihre rechte Brust in der Hand, auf der man unschwer einen roten Hyperbelzweig sehen konnte. : »Die Katzen dürfen ihn' de Äppel zerkratzen! : Und wenn der Mann mal reinbeißen will, wer'n se halb wahnsinnig!«; er kam entrüstet ans Fenster und erklärte mir alles : Na?! Ich schlichtete lange, während mein ermüdetes Herz mich stärker in die Seite trat : natürlich hat Karl recht! »Für den Mann bedeutet die Sexualität viel mehr, als sich scheinbar selbst die großzügigste Ehefrau denken mag.« – (Ja : vertragt Euch schon wieder!)

Der Mond rührte langsam im Schleim. Wieder grollte ein Zug am Adlergestell entlang. Unser Sprachkollektiv klappte auseinander. (Ja : vertragt Euch! : Die leicht gezimmerte Gestalt, flach wie aus blassem Packpapier geschnitten, lag gedankenlos um ihn. Meine Beine wollten sich auch ermüdet zwieseln. Zum Schlaf.). (Wegen dem einen Tropfen!). –

Was ist los?! : nebenan im Garten das Hüttchen platzte auf, und eine weiße Gestalt, kaum Büstenhalter und Triangel, keuchte zum Kackkasten : knackerte drinnen und blubberte (aber kalt wars geworden; gut; da stanks nicht so. – Später langsam, geisterschmal wieder, zurück gestelzt; die Plankonvexlinse des Mondes prüfte Waldpräparate; schiefschultrig wartete der Baum hinter mir.) –

Im Augenrahmen : ein Laib Mond spießte in den Ästen, fern über Köpenick. Auch konnte man ihn bedenken : Ei; Talmiperle; il Mostro Giallo; altklug und blatternarbig. – . – Gegen Morgen Nieseln & Kälte). – –

»Aufs-tehn : ja, aufs-tehn!!«

Loca pallida lurida livida : bis an die Knie rannten wir im Nebelsund.

Windmotoren : die Bäume. Der finstere Lärm floß pausenlos um, und spülte die Gedankenwanne ganz leer. Daß man nur noch atmete. Haftzeher. (Wie gut hats ein Zaunpfahl).

Kloig fröstelnd : » Achwas : Rasieren entfällt ; Frieda erkennt Dich auch so wieder. Auch waschen – : Hier, trink ne Tasse Kaffee : iss schon 20 vor 4 ! « . – » Jawoll : Feffer bring ich übermorgen mit – *und* n Selbstbefriediger aus Meteoreisen. «

22 Ostmark hatt' ich im Portemonnaie ; etwas brauchte ich vielleicht noch : also n Zettel an den Zwanzigmarkschein ‹ Zu Wurst : für n Hintze ›. (Sie klapperte krampfhaft in der Zwergenküche : dies ständige Abschiednehmen muß ja auf die Dauer ne Walküre kaputt machen ! Also auch noch die halbvolle Nescafé-Dose ‹ vergessen › – wohin schnell damit ? – stellte ich sie in den Eckschrank, dicht neben das Marmeladenglas mit den Pflaumenkernen : war *auch* son armseliges Häufchen, jetzt !).

Mit bibberndem Kaffeeherzen im Dunkelwüst : Fahrer Karl ; die schlesische Line ; die Ozon-Line ; der Herr Fliegende Robert. Grobes Getropfe zählte schon stoppuhrig vom Dach.

Schon 10 Meter Zwischenraum : » Sie winkt nie « erklärte er laut fröstelnd. (In Nebelgängen : Wasser machte den Punkt hinter jeden Gedanken. Schon leichter Betrieb. Licht= und Schattenmühlen flügelten.)

Sogar stehen mußten wir schon ; war wohl Nachtschicht : umwankten wir also unsere Schwerpunkte ; auf dem ächzenden Blechfloß, das mit uns durch Berlin schnellte. Gummimädchen, den ganzen Körper voller Tränen. Auch von der alten Naturerscheinung, daß die edleren Kräfte das wenigere Geld besitzen : wer hurt hat Glück ; und so blasfemierte er noch eine Weile wacker fort. (Bis mir gewaltsam Ringklib einfiel, und ich nicht mehr zuhörte. Die Eisenstange zog mich durch die Kurven, stieß mich, lag mir wieder in der Hand, schwer wie die steinerne Stirn eines sich Erbrechenden.)

Milchzentrale : Lemuren hantierten schweigend in ihren Lichtkegeln. (Ich bald wieder allein draußen, vor der Toreinfahrt : die Finsternis kroch langsam über mich hinweg, sonderte auch manchmal ab. Das brummende Bärenhaupt des LKW tauchte aus seiner Höhle.)

‹ *Im Grunewald iss Holzauktion* › *:* war auch Alles aus Holz, die Riesenbaracken und Schuppenhallen am Kontrollpunkt. In ärmlich=adretten Jacken, aber Litzen und Rangknöpfe um die privilegierten Stimmen (während der Waggon vorn Pakete erbrach : in gelbe Gitterkarren. Von Drähten und Affichen umzingelt. Im Staubfenster der Klobaracke ganz hinten noch einmal der Querschnitt des Mondes : Gefäßbündel und Faulflecken genug darin). (Der Nachthimmel war mir als schwarzer Mützenschirm über die Stirn gestrichen; die düstere Erde als Schnabelkinn).

Aus der Nacht, aus der Nacht : der schwarze Tiefseefisch glitt surrend heran, speichelte mich vorher mit Lichtgift ein (während ich entsetzt senkrecht rotierte. Besann sich aber, und wandte sich ein Opfer weiter : ich bin der Jonas für den ganz Großen da hinten!).

Und endlich, endlich wieder Westkultur! : ‹ Aufruhr der Herzen › las der Beifahrer jetzt; von Leni Behrendt : ‹ Komteß Britta › : ».... Wie unwiderstehlich war sie doch in ihrem Übermut! Er konnte ihr unmöglich ernstlich zürnen, zumal sie ihn mit den wundersamen Augen so betörend anstrahlte ... – ... Das Fehlen des Fürsten (Jobst) fiel natürlich sofort auf ...« (Und das im ‹ Pegasus-Verlag ›, Detmold : die schrecken vor *nischt* zurück; hat doch Frieda n Fleischwolf, Marke ‹ Jupiter ›! – Die Straße lag lang, hoffnungslos wie eine geblendete Schlange).

Karl, mit einer Hand im Radio : » Oh dieser Wü:stensand / wird wahrhaft wüst : genannt ; / denn in der Wü:stefand / man ihn zuerst ! « . Anschließend ‹ Bundespräsident Professor Heuss › : die Hindenburgstimme, wie sie nur durch lebenslangen Genuß schwerster Zigarren erzielt wird (kann also Unsereiner nie erlangen. Wenn mich die CDU loben wird, oder das Amt Blank : dann iss Zeit aufhören !).

Noch ganz früh : verrostete Wolkenplatten übereinandergestapelt. (Und kalt ! Die Windmühle hob deklamierend einen Arm nach dem anderen. Und alle die Bäume machten dieselbe heillose Gebärde nach. Ich verachte jeden Menschen, der gern Uniform trägt).

Wir schleiften wie 2 Herbste, hinter Glas, durch die Himmel.

» *Hassdu da eigentlich gar kein' Skrupel bei ?* « (betraf Ringklib ; ich sah ihn nur mitleidig an) : » Liebster Karl : das Buch ist – laut Leihkarte – am 14. August 1912 zum letzten Male ausgeliehen worden : Und ich brauche es fast *täglich !* « (Später mindestens wöchentlich : also ! – Und rege dadurch das Studium Hannovers mehr an, trage durch seine Erwähnung mehr zu seinem Gedächtnis bei, als wenn die Sachen dort still versauern : *also ! !).*

Viehweiden im Nebelmorgen, umschlungen vom schwarzgeschliffenen Tränenband der Teerstraße. – » Je nun – ich würde sagen : wirtschaftlich wie bei uns vor der Währungsreform « (also 1947). Politisch=geistig ? : » Na ja, ich hab mit keinem von der ‹ Oberschicht › gesprochen : *falls* es tatsächlich diese Unterscheidung geben *sollte*. Das Volk jedenfalls wird in ratternde Trance versenkt. « » Bei uns auch, klar ! Bei uns sinds Christus und HDV « (wie beim Ahldener Kriegerdenkmal, an der Kirche). » Na, im Westen haben wir wenigstens wieder mal 10 leidlich ‹ weimarähnliche › Jahre genossen. «

‹ *Helmstedt = Marienborn* ›, und der Unionjack war doch der ältere Bekannte : » Verfluchter Mist, Mensch : heute dauerts minss' ne S-tunde : komm raus ! «

Also : ‹ Aufstehen ! › : ich gab den Befehl weiter – nach Sekunden regte sich unten ein Fußgreis : eingeschlafen war das Biest ! (Kommt gar nicht in Frage : *ich* hab auch nicht schlafen können ! Mein Herz blubberte erschrokken vor der Gestalt der Tannenpfeile).

Bloß 3 Türen und Alles besetzt ! – : » Nanu, so schnell ? « . Ich schüttelte erbärmlich den Kopf : » Ein Bleichgesicht saß auf der Quelle « . » Iss doch noch dunkel : geh ruhich an' Rand ! « .

Fuchsige Erde, plattes Gelb, gestricheltes Grün. Gras, the old tore, konnte man mit dem Schuh zerwühlen.

Der Borborygmus der Wolken : moi äffte nicht ungeschickt nach ; und immer rin ins Niemandsland : die Aufgabe eines Dichters als Beobachters und Topographen aller möglichen Charaktere und Situationen wäre doch wohl unter anderem auch, diese dann darzustellen wie solche wirklich sind ; und nicht wie sie sich etwa den im CVJM vereinigten Gemütern malen mögen ! Ist denn die getreue Schilderung einer Zeit mit ihren typischsten und feinsten Zügen nicht mindestens ebensowichtig, wie meinetwegen die präzise und möglichst vollständig angestrebte Beschreibung aller Arten von Flöhen, Syphilisgeschwüren, oder Heiligenlegenden ? (welche doch unbestritten vielen angesehenen und mit Biedertiteln überhäuften Männern sehr am Herzen liegt). (Aber die Menschen wollen ja lieber belogen sein, als Auskunft über sich haben !) –

» *Ja, geh schon immer durch :* wart' drüben auf'er andern Seite ! « Er trampelte vor Müdigkeit und Ungeduld, einbetoniert in die haushohe Regenluft. (Also Ausweiskontrolle wie gehabt. Den Paß durfte man nicht vorzeigen : der gilt im Orient nicht !). (Und abgefertigt. : hatte die Staatsbibliothek also noch keinen Steckbrief erlassen !)

Rede auf der Zonengrenze : Ich, breitbeinig zwischen Ost und West ; verregnete Hände eingetascht ; auf dem Kopf die schwarze Tuchschüssel ; der Wind blies die unrasierten Kiefern auf. Manchmal schob mich ein PKW beiseite : das Sekundenpendel des Scheibenwischers radierte immer über ein blasses Weibsgesicht.

Guter Rat an die DDR : ich möchte ihr gern helfen, weil die Leute drüben so rührend ehrlich arbeiten ; weil sie tapfer gottlos sind ; und gegen den Rüstungsalp Adenauer. Lebensmittelkarten gewiß ; aber die gewährleisten oft auch billige Butter : die Meisten bei uns können sich *keine* kaufen ! (Wenn die Leute in Kastel ‹ Butter › verlangen, legt Merz ihnen stumm Sanella hin ; fragt höchstens einmal : ‹ Overstolz ? ›.)

Aber : in einem neuen Staat müßte Alles neu sein ! Auch in den Künsten : statt dessen hängt Ihr bürgerlichste Schinken in Eure Galerieen ; Eure Schriftsteller wissen scheinbar nicht (oder dürfens nicht wissen), daß seit Gustav Freytag einiges in der Dichtung geschehen ist : formal, mein Fürst, formal ! ! ; die Musiker (obwohl durch ihr Ausdrucksmittel doch beneidenswert getarnt) wagen wenig. Mit Eurem albernen Schlagwort vom ‹ Formalismus › diffamiert Ihr jede Pioniertat : anstatt den Tapferen jubelnd zu Euch zu holen, ihn zu fördern : zur größeren Ehre des Marxismus ! Zeigen müßtet Ihr Allen neue Ausdruckskünste, gefährlich=bewegte, tapfer=eckige : daß sich die großen im Volk schlummernden Einzelnen daran entzünden könnten, und herausarbeiten :

jawohl : aus dem Volk heraus ! – Was aber tut Ihr ? ! : Ihr setzt das Volk mit seiner plumpen Zunge, seinem Dickohr, seinem Guckkastenauge, zum Richter über Kunstwerke : hat doch Jeder in der Schule Lesen & Schreiben gelernt, versteht also *auch* was von Dichtung, gelt ja ? ? :

So seht Ihr aus ! !

(*Und das mit den Wahlen :* ändert Ihr auch besser !). –

Dann, nach dem Westen gewandt, : » In einem neuen Staat . . . . . « (usw., genau wie oben : bloß statt DDR eben Bundesdiktatur : wer eine Volksabstimmung über die Wiederaufrüstung derartig brutal verhindert, verdient keinen anderen Namen ! Also Ihr : raus mit dem Kruzifix aus der Linken, der Maschinenpistole aus der Rechten !)

Ich denke nicht daran, Euren Beifall zu briguieren, ob Ost oder West ! : ‹ Nicht Ich, Ihr Athener, bin da, von Euch zu lernen : sondern Ihr seid da, von mir zu lernen ! ›. (Ein englischer Truck war in 'n Straßengraben gekippt, und sie holten ihn eben mit'm Kran raus).

Die Fernfahrer=Kneipe : Karl am Rand eines lärmenden Strudels. Einer machte schon ‹ Militär › mit seinem Beifahrer; im entzückten Krach vernahm man die Kommandos nur undeutlich : » Schwarz gestann ! : Schlecht um ! : im Querschnitt : zart ! «. (Der Große wettete ringsum : er habe beim Kommiß gelernt ‹ Jaa=kopp › zu fortzen : vermittels Klimmzug an der Spindtür. Ganz einleuchtend : durch die Anstrengung pfeifts aus der Mündung konzentrierter ! Der Regen sortierte weiter und murmelnd sein Kleingeld.)

Die blauen Bierfilze : ich baute den großen Bären daraus; Treppen. Bulleye=Reihen. Pascalsche Dreiecke. Dann selbsterfundene Sternbilder (mit Fliegen als altklugen Bewohnern. Ein Autofahrer müßte den Himmel neu benennen : da wäre der Orion ‹ Das Chassis ›; die Cassiopeia kein W mehr, sondern das Mercedes=M. Also gedacht im Karawanserai).

Beim Einsteigen zum Flugzeug oben : » Stürz bloß nich ab, Mensch ! – : Iss der Ringklib drinn ! « erläuterte ich besorgt zu Karl, und er lachte unfroh. (Auch Wolkenschrecken : Flächen gähnten hoch, grau, weiß, grau, weiß; kuppelten uns ein; die Straße glitschte mürrisch vor uns hin : » Iss wieder ‹ Aufheiterung › gemeldet. «)

Im Eindösen : Moi's Muskeln schwanden um die steifen Gelenke. Es schwülte vom Motor hoch : Grund für eine pralle Erektion, und es geschah also : Frieda wird sich freuen.

» ‹ *Du, mit Walter geht das noch nie* ›, hat sie gesagt «. (Line. Hatte den Chauffeur vorsichtig gewarnt. Nicht vor moi : vor mir ! ich vergalt es tückisch=besorgt) : » Sie gefällt mir *sehr* gut – obwohl sie für *meinen* Geschmack etwas zu mager wäre – : aber so tierlieb, daß sie menschenfeind ist ! « Er bestätigte es wütend : » Bei Line scheitert's noch ma an' Katzen ! «. (Strahlte der loyale Südwestfunk allerlei heldische Geräusche dazwischen : chorische Schreie; man kantatete emsig : also dergleichen ist bei mir völ=lich=verloren ! Diese staatlich geförderte Technik heroischen Aufloderns, nach 35 Proben klappt se; genau wie in den Kirchen : wenn sie sich nach vorgeschriebenen Melodien, unter taktmäßiger Musikbegleitung der Sünde zeihen, oder entsühnt jodeln ! – Nee : ohne mich ! ! Er gestattete, daß ich noch vor Lehrte ausschaltete.) –

Schweigend fahren. Ganz schwache, platte, reliefartige Träume. Zuerst. : dann löste sich Einweib vom Gelben ab; mit schwachem kinderfürchtendem Getue. –

10 Uhr 50 Ankunft : » S-teig man aus; ich fah' die Kutsche noch nach Rethem. – : Frieda soll ein fürs'lich Mahl anrichten ! «

Alles an mir gamelte und halbschlief. Moi kroch auf staubigen Schuhen die Neue Straße hoch; die Tasche schwankte im Handgehänge; wetzte dackelbraun beinher : was würden wohl Friedas ‹ Erste Worte › sein ? (schon kaffeemühlte meine schlappe Fantasie; Wortstücke und Torsoattitüden; oh mein Teufel, das nahm kein Ende : ob ich rasch nochmal ins Deutsche Haus reinging, n Mokka trinken ?)

» *Och Wallter : h ! « :* sie s-tand diszipliniert=inbrünstig an mir (auf dem dunklen Erdfleck; bald würden um sie die roten Münder gefallener Blätter liegen; unten). Immer erschöpfter : » Ochchch «. Dann im Hausflur das Geständnis : » Was *ich* vielleicht ne Angshaddedu : als gessern Ahmd der *Poss*bode noch anne Tür kam ! « (War der Ringklib also in Sicherheit ! Da umfing ich verbindlich auch sie; unsere Augen strahlten; die Makkaroni dampften; oben; mein Bett; war; gemacht).

III.

Mit weißschuppigen Armen und sprühendem Mantel drang ich stampfend in das Haus ein; drückte die Tür mit der Schulter zu; auch: »Willstu wohl rein!« (als ein Stück neugierige Frieda im Küchenspalt erschien). Ich wölbte mich schützender um das Paket; drohte sie gebieterischer weg: »Geh zu Dei'm Kühlschrank, Du!«. (Vor 5 Tagen war er gekommen, und noch der allgemeine Liebling: ich hatte mein Soll erfüllt; die Karte allein hatte 407 Mark gebracht!).

Also nochmal über die Achsel zurück: »Ein Weihnachtspaket!«. Stieg, so mißtrauisch gekonnt, die Treppe hinauf, wie angeseilt; sie lachte emsig und weißheiter, und schlüpfte angeregt wieder hinein. (Mein Gesicht verzerrte sich sofort; ich trug es bis oben hin: 4 Monate war ich jetzt hier. 4 Monate und 1 Woche).

Oben: (erst zuschließen, und's Taschentuch vors Schlüsselloch): mit zerfallenden Griffen das ‹Weihnachtsgeschenk› auseinander nehmen: 20 Meter Wäscheleine; und haltbar genug, klar: daran kann ich den Koffer zum Fenster runter lassen. Nur die Bücher rein; alles andere kann hängen/liegen bleiben. Meine genaue Anschrift kannten sie nicht: sollen sie sichs behalten.

Also eingepackt in den Schrank legen; und ein neckisches Zettelchen dran klammern: ‹versiegelt!›. – Heut war der 4. –: so um den 10. herum würde ich verschwinden. 2 gute Wochen vorm Fest: wir waren uns eigentlich nichts schuldig! Die Ehe war aufgelöst, ehe ich kam. Karl hatte seine Line längst gehabt. Ich hatte ihnen 800 Mark Nebeneinnahmen verschafft (von dem Kostgeld ganz abgesehen, das ich religiös jeden Ersten Frieda ins Zigarrenkistchen legte: außerdem kam ich nicht damit aus! Aus Repräsentationsgründen verbrauchte ich durchschnittlich 160 ! Davon hätte ich mich, *allein*, *zwei* Monate durchschlagen können !).

Also Schluß ! : Ich hatte die Bücher (den Jahrgang 52, der nicht mehr reinging, würde ich in die Manteltasche stekken.) – (Gewiß, man hätte auch zu ihr hingehen können, und sagen : ‹ Ich fahre morgen ›. Aber das war nicht meine Art ; war nicht Sammlerart ; war die krankhafte dramatische Art : *wir* Superklugen legten nicht solchen Wert auf menschliche Verhältnisse !).

(*Sie sind ja alle* der ‹ Großen Liebe › fähig : die Helden, Politiker, Bürger, Künstler, grobschmiedige Ritter ebenso wie kastrierte Äbte : nur die Sammler nicht ! (Auch die Gelehrten sind weniger anfällig, zugegeben.) Und kalt war es auch : ich erschmolz mir mit dem Daumen das Loch im geblümten Eis : minus 8 !).

Tinius : ich dachte lange an den Magister Tinius, den Bücherverfallenen, der mit seinem Hammer durch die öden Heiden des Fläming schlich : wenn Andere das Geld haben, und er braucht doch die Bücher ? ! : das war schon ein rechtes Dilemma ! (Das Bild verließ mich nicht : wie er in der windigen Scheune, im grauen Staubmantel, von einem Regal, durch die Luft, aufs andere sprang. Einmal hab ich davon geträumt.)

Also zu ; und auf ; und runter.

Radiomusik mit Béchamel=Kartoffeln (aufgewärmt, von gestern). – Die Post : ‹ An den Herrn des Hauses ›, vermutlich Lotterielose. Dazu

‹ *Foto=Pommer* › *aus Fürth :* Frieda hatte, als all das Geld einging, auch den Ankauf einer Box erwogen, und ‹ mal hingeschrieben › : da war es nun tödlich amüsant zu sehen, wie so nach und nach die ganze Druckschreibenserie einlief : erst der Katalog. Dann ein neuer Bestellzettel, mit Abbildung des letzten Modells (das fast gar nichts kostete, so gering waren die Raten ; und die zehn Jahre würden ja auch rum gehen). Dann erstaunt: ‹ Was ist ? : Haben Sie meine Sendung nicht erhalten ? › Dann noch billigere. Dann ein Teilzahlungsangebot, daß man sich selbst nicht mehr achten konnte, wenn man jetzt und hier nicht zugriff. – Heute war die besorgte Tour dran : er hatte ‹ unseren Fall › angeblich mit ‹ seinem Vater › durchgesprochen; man sah sie richtig vergrämt sitzen : Was mag bloß bei Thumanns los sein ? ! : also so ein Koofmich=Blödsinn ! (Na, s ergiebt wieder Anfeuerpapier; ich knautschte's, und löffelte diamantenen Herzens das gelbe Sediment.)

» *Karl schläft noch ?* « : nun, viel hatte er wohl nicht geschlafen; meist oben herumhantiert. Jetzt kam er bereits kurz nach 14 Uhr wieder herunter : durchaus ungewöhnlich.

Stellte sich an den Ofen und wärmte sich die Hände : » Enorm kalt wieder, was ? «; er druckste und sann. » Na, Du hast ja bald Urlaub : kannst ja jetzt im Dezember jederzeit nehmen. « Er nickte oberflächlich; und ich betrachtete ihn nicht ohne Wohlwollen : auch bei ihm merkte man immer gleich, wenn er was hatte !

» *Line wird ganz schön frieren* « versuchte ich. Nickte auch, wie schwer besorgt : Na ? ! Also nochmal nachdenklich wiegen; hm.

» *Tja. Sie hat gar keine Kohlen mehr.* « sagte er plötzlich. Und so entschlossen, daß wir merkten, es ginge noch weiter. (Ich sah blitzschnell einmal die Wohnlaube vor mir; im tiefen Schnee; in Berlin wars ja stets noch 3 Grad kälter als hier : Line saß auf dem Bett und hielt Meister Hintze in den dünnen Armen. Der schnurrte. Helft den armen Vögeln im Winter. Wir sahen beide unwillkürlich auf Frieda.)

Frieda atmete ein, den Eisenhaken in der Hand (noch einmal, bis ihre Gestalt ganz voll Luft war). Frieda sagte sanft : » Bring sie doch her. « (Dann ging alles schnell. Wir saßen schon um den Tisch und berieten : welche Stube ?).

» *Die von mei'm Vader natürlich;* wo unsere Flüchtlingsfrau war : iss doch fast nix in ! « entschied Frieda brauenhebend : » N klein' Ofen ham wir noch auf'm Boden – : ? «. » Du nimms' Dein' Urlaub jetz – – «. (Jetzt im Winter kriegte Karl sogar noch 4 Tage mehr, weil er den anderen Fahrern den begehrten Sommer überlassen hatte; listig hob er den Finger : » Außerdem fährt sichs bei Nacht & Eis schlecht ! «).

» *Aber sie muß* – bei der Rückkehr dann – ne Bescheinigung vorlegen ! « und sah mich hilfesuchend an. (So psychologisch interessant es jetzt, à quatre, hier auch werden würde, zumal bei sehr hartem Winter : aber das war die *letzte* Spritze, die ich brauchte ! Sonst waren wieder 2 mißtrauisch=scharfgeschulte Augen mehr !).

Grund ? : der beste ist immer der Tod ! : » Habt Ihr irgendä – – : *wann* sind Eure Angehörigen so gestorben ? « Sie sahen mich verworren an; langsam kamen die Daten aus ihren Mündern (in meine Ohren : unhistorisches Volk, das !). Im Juni sein Vater : nichts ! Die Mutter : Ende März. – » Du, mein Vader iss in' Dezember gestorben ! « (Frieda eifrig. : Richtig ! Der uralte Jansen war da verschwunden.)

» *Am Zweiten ? : Zeig mal* den Totenschein ! « bestimmte ich; ich, wieder einmal Herr der Lage. (Im Koffer auf dem Schrank. Im Karton. In der Blechschachtel : in der Brieftasche : Ordnung heilje segensreiche.)

Das übliche Formular. Wenig Text. Ich nagte die innere Unterlippe; ich fragte den Chauffeur : » Der Standesbeamte; hier nebenan : der müßte das doch bescheinigen können, die ‹ Richtigkeit der Abschrift › ? «. Der Nachbar ? : » O, wir duzen uns sogar « bestätigte er. » Also geh mal rum, und frag « ; (währenddessen rasch nach oben, Papier und Ausziehtusche holen : » Frieda ? ! « : ? : » Hastu – m – irgend n Stück gutes schwarzes Tuch ? : In Deiner Flickenkiste ? « . Sie brachte einen alten Frackärmel.)

» *Ja : wir könn' komm'* damit « meldete Karl atemlos : » Er iss n ganzen Nachmittag da. « Er holte mir Feile und Sandpapier, und ich sprang hinauf.

Am Frackärmel feilend : Das Häufchen feinen Schwarzpuders wuchs. Und wuchs. (Na, ich brauchte ja nur ein einziges Wort damit zu schreiben : ich mahlte es immer feiner, schlämmte sechsmal mit Wasser, getreulich nach dem Siebenkäsrezept : ? – : no's müßte – eigentlich – : ? – Mit der Tusche vergleichen und leicht trocknen lassen : ? : Oh ja, s ging schon. – Dann peinlich genau kopieren ; bei der Jahreszahl ‹ Neunzehnhundertvierzig › in das neue Schälchen einstippen ; mit diesem zweiten Federhalter.)

» *Charley ? ! « :* Er besah ungehalten das treuherzig=korrekte Blatt : » Tja und ? « (Also instruieren : sofort damit zum Beamten. Dort die Richtigkeit bescheinigen lassen. : » Und Du sagst : ‹ Vorsicht bitte : iss noch etwas feucht ! › : Compris ? ! « . Er strömte davon, unlustig und verzweifelt=verständnislos. Während Frieda uns in stolzer Neugier betrachtete : das war ‹ ihrer ›, gelt ? !).

Rasch das seufzende Klo : der spitzgefrorene braungescheckte Scheißkegel : der Berg des Nordens ! (Entsetzen packte mich : nee ! Nischt wie raus hier ! – Der Eiswind kastrierte mich.)

» *92 Jahre war Dein Vater ? ! «* (wiederum staunend zu Frieda, um die Pause zu überbrücken) : » – war der da noch vollkommen auf der Höhe ? « (ungläubig). » Och, der war noch ganz rüstich « sagte sie gleichmütig; dann, ehrlicher : » Soo – : geistich : 'türlich nich mehr ganz. Die Inflazion, mit all den Milljonen und Milljarden hatte ihm damals n Knacks gegeben; er hat bis zu sei'm Ende haatnäckich behauptet : wenn er nur wollte, könnte er die ganze Lange Straße kaufen ! «

» *Die haben ja Sachen* mit den alten Leuten gemacht, die Bauern ! : Er war doch nu auch schon Midde 70; und iss *immer noch* als Zimmermann mithelfen gegangen, wenn Einer baute : der hat ihm dann abends Zehntausend Maak in die Hand gedrückt; wohl auch ma ne Milljon. Und das erzählte er immer noch später : wie er ‹ nichts gesagt › habe, bloß immer schnell eingesteckt, und nach Hause : daß der Bauer das nich etwa ‹ zurückfordert › ! ! – Er hadde ne ganze kleine Kiste voll : immer gezählt; und immer unnern Bett, mit'n Schlichtbeil daneben. – Einmal wars dann weck : hats woh' verbrannt. «

Eben kam er zurück; wütend : » Der hat ewich lange verglichen ! – Ja und nu=u ? ! « (» ‹ Mißtraussu Deiner Brille, englischer Mann › ? « hatte Karl zweimal höhnisch=nervös geflötet).

Ich legte das nunmehrige Dokument (schöner blauer Stempel !) in Ofennähe. Ich zog die Taschenuhr; ich sagte absichtlich tonlos : » 10 Minuten. « (Dann die Hände auf den Rücken und warten. Aufreizend deutlich ganz anderswo mit den Gedanken. Er trampelte und wimmerte vor Neugier).

Nach 10 Minuten : tiefsinnig betrachten. Schweigend aus der Tür gehen damit. (Ciarlatano Celionati : Beide kamen unverzüglich hinterher gerannt !).

Ich nahm den trockenen Pinsel, ich fuhr zweimal damit hin und her : nur übers Jahr : ! Sie erschraken und zogen sich murmelnd zurück ob der länglich=weißen Lücke im Text. Ich verdrehte einmal den Kopf, und sah den Chauffeur magisch durch die funkelnden Gläser an : ?

(War aber gar nicht nötig; er hatte ohnehin andächtig die Hände gefaltet, und betete reuig. – Also mit Tusche ‹ Neunzehnhundertvierundfünfzig › auf dem Schmierzettel probieren – na, noch etwas kleiner; waren immerhin 7 Buchstaben mehr – so : einsetzen; im gleichen Schriftduktus. Impressiv schräg drüber hinspähen : so machts ihnen ja erst richtig Spaaß ! – Ich reichte ihm die Urkunde hin, vornehm und überdrüssig : mach damit was Du willst !).

Der Telegrammtext : ‹ Großvater zweiten Zwölften verschieden › – ? » I wo : Zahlen werden grundsätzlich falsch übermittelt « griff ich kennerhaft ein : » Donnerstag ! « (klingt viel bürgerlich=verschwommener; auch ‹ Begräbnis › kam nicht in Frage, immer feierlich geschwollen, die hohen katholischen Worte, die verlegen=unechten : Schule ‹ besuchen ›, und geboren ‹ zu › Posemuckel; also) : » ‹ Bitte sofort herkommen, zwecks Bestattung › « . » ‹ und Erbschaftsteilung › : da denken sie drüben, es kommt eventuell noch Westgeld Eins zu Eins in die Zone ! « erfand er noch; und : » ‹ Karl › ! « . (Remm Blemm. Und selbstverständlich als RP schikken; da wissen wir heut Nacht noch, ob sie sich losmachen kann. » Ich muß nachher ohnehin nochmal in' Ort « : ich.)

(Denn jetzt raus ! ! : morgen Nachmittag fährt Karl ab : sind wieder 2 Augen weniger ! Vorher noch 3, 4 ordentliche Nummern : danach ist man gleichgültiger. Und Frieda schläft anschließend *noch* murmeltieriger als sonst. Karl wurde so liebenswürdig vor gelöstem Entzücken, daß wir ihm lächelnd zusahen, und alle Hände mit anlegten.)

Erst mal das Gerümpel raus ! : In *der* Stube war ich noch nicht gewesen, und taxierte schnell ab : das leidlich große helle Fenster nach der Straße zu; die Wände noch erträglich im Anstrich : nur hier die Nordecke n bißchen feucht. Wir türmten die alten Körbe (Bienenstöcke !) und Kartons. Der breite Haufen Winteräpfel ? : » Auf'n Boden « ordnete Frieda, seltsam (aber verständlich) angeregt, an. (Einerseits wars schade, daß ich weg mußte ! Aber war ich letzten Endes gekommen, um Staatshandbücher zu ernten, oder nicht ? ! Ich zirkumflektierte die Brauen und griff tiefer ins protestierende Geflecht).

Leer : wir besahen pustend die Wände : hübsche Stube, was ? ! (Vor allem den Ofen rein, daß sie warm sitzt, cricket on the hearth ! Er machte unten schon ein ganzes Kistchen Kienspäne : » Zum Anfeuern « ; ich schliff mein großes Taschenmesser gleich mit an : zum Durchschneiden der Leine dann, dicht überm Kofferhandgriff ; die Funken flitzten zentimetern. Solange möcht ich nicht bleiben, bis Frieda auch anfängt, ‹ Blödmann › zu sagen !).

Tisch & Stuhl ? : Schon recht. Aber was für n Bett ? (Er wurde noch langsamer. Sah sich verlegener um).

» *Nimm doch inne Schlafs-tube die beiden* aus'n'anner « erinnerte ihn Frieda unerschütterlich : das Doppelehebett ! Zittern durchrann uns. (Kurz nur. Die Säge in seiner Hand hing noch herunter, ich holte in gespielter Harmlosigkeit schon Sandpapier. Und er zog die zahnige Schneide erst nur zögernd über die Decklatte).

Dann rascher : er gewann an Kraft und reinlicher Scheidung. Wir zogen das Stahlmaß aus der Kapsel : » – Nee – : Ich würd's – : an die Giebelwand stellen ! « . » Ach so. « sagte er zwischen nachdenklichen Zähnen : » das Tischchen –. – : Klar ! : Und den Schrank neben die Tür : an die Wand ! « . Wir maaßen und schoben.

Die Fensterangeln ölen : es ging kaum wieder zu : » Das iss aber mehr verquollen, Du ! Das müßte eher abgehobelt werden ! « (Vorsichtshalber ölte ich meine oben gleich mit, bis zur Geräuschlosigkeit. Nur der rechte Flügel ging mühelos auf : genügt für den kleinen Koffer !).

Er kam, einen Stoffkreis in den Händen : » Wir hatten doch noch den Volksempfänger oben « erläuterte er Frieda : » auf'm Boden. « Den NWDR kriegte man ganz deutlich; ebenso Kopenhagen und Daventry; er zog die Rückkopplung noch ein bißchen nach : ?

‹ 40=Stunden=Woche › ? : Nee ! Die Landbevölkerung nicht reif : die würden lediglich 8 Stunden länger in der Kirche sitzen. » Sollen sie lieber die Schulzeit bis auf 16 verlängern, und die 48 lassen «. (Im Krieg hatten sie als Landwirte ständig ‹ Ernteurlaub ›, und Speckpakete von daheim. Der Kolonialwarenhändler wurde sofort Gehilfe beim Rechnungsführer, und lieb Kind bei allen Chargierten. Wer nischt hatte, machte eben n Heini für Alle ! – Karl wollte nochmal zum Friseur gehen, Haare schneiden. Ich also zum Postamt; in der Winterdämmerung).

Die gläserne Turbine des Windes zerstückelte mich : erst verlor ich dies Ohr, dann die Nase; das Gesicht verschwand zwischen mir und meinem Körper; die Fingerstäbe klappten schwächer und erblauten; unten mein Mantelsaum ahmte immer die letzte Schraubenwindung nach : » Sie geben's bitte gleich durch. « (Er ersparte sich jede Antwort; griff nur, im Dienst, nach dem Hörer).

Vom Nachdenken an die Wand gedrückt : Grauhimmel als Zackenkappe. (Alle feisten Mägdchen mit Augen popeln : nicht, daß wir uns entsetzt in runzlige Gelblarven starren müßten. Ich nahm den Rückweg am Schloß vorbei, über die Brücke. Der Graben war an seinem Ufer festgefroren.)

Was einst Hecke war, drohte schwarze Drahtwalzen. Dornenringe äugten. Der Mondrachen schlich winselnd über die Wiesen : Gottes Stelle ist augenblicklich vakant; kann ausgeschrieben werden. Moi stand vermutlich; und stapfte.

Wo alle Fußspuren endeten : am grauen Nicht. Ohne Wind, ohne Alles. Herrisch fror die weiße Ebene durch mich hindurch; kalte Finger spielten mit meinem Fleischzopf. Bäume sind bei Neumond am trockensten : da muß man sie fällen !

Ein Licht dahinten : ‹ In Martins zerfallner Hütte / schimmerte die Lampe noch ›. Ich lief durch (angeblich im Mai wiederauflebende) Reisigbündel. (Dann die Erscheinung eines Ackerwagens, auf dem Eisernes klimperte; der Bauer schritt schwappenden Hosenbeins nebenbei, rechts die Stute äpfelte im Gehen : mit künstlich zerwühltem Haar würde ich gegen 4 Uhr 15 hinunter stelzen, den Mantel um, unten scheinbar nur die Schlafanzugbeine, wie aufs Klo : falls sie wach wird und raussieht !).

Die rostige Spange des Mondes an der Baskenmütze. Der Rücken des Mannes vor mir ging immer. (Einmal hockte ich mich neugierig tiefer : da war er zwischen dicken Pfählen am Himmel).

Unauffällig beim Runtergehen probieren : welche Stufen am elendesten knarren. (Die vierte von oben; die sechste und siebte : also hier dann einen ganz weiten, vorsichtigen Schritt tun !)

» *Der Ofen zie=hiet !* « brüllte Karl uns glücklich an, was sie ohne Zucken zur Kenntnis nahm. Ich spitzte ein paar Bleistifte auf Sandpapier, wissenschaftlich genau (vergeht auch wieder Zeit ! – » Ach ! : Selbst wenn sie's morgen früh um 8 – oder 9 ! – erst erhält, *und* gleich antwortet : kriegen wirs doch bis zu Deiner Abfahrt längst her ! « beschwichtigte ich ihn.)

Zeitig nach oben; Frieda in ihr halbiertes Ehezimmer. Karl wollte schon in dem neuen Bett schlafen : wir betrachteten es behaglich=gerührt von der Tür aus; das Nachttischlämpchen – : » Denk bloß an die Glühbirne morgen! Für die Deckenbeleuchtung! « (Noch fiel ihm beim Anblick der Möbelsammlung der Kurzroman ein : Anfrage an den Briefkastenonkel : ‹ Wie entfernt man Samenflecken aus Möbelstoffen? Bitte rasch antworten; Mutti kommt Mittwoch zurück! ›).

Hinter der Fensterscheibe, ganz hoch : das eisige Kanu des Mondes. Mechanisch glitt der kleine Bug durch kleine Wolkenwellen. Morgen Mittag fährt er ab : also die anschließende Nacht! Rechten Mundwinkel lecken. Halb ausziehen nur (zur Übung schon). Morgen Abend unauffällig den Wecker mit raufnehmen. (Noch 2 Briketts in den Ofen; war ja zu kalt sonst hier, unterm Dach. Arme Line.)

(*Traum* von Australien und Känguruhs : dürres Orangegras, bis zur Mitte meiner Oberschenkel; ein verzackter Himmel aus Rot und Schwarz gebaut. Ich stapfte, die Gewehrstange hinterm Ohr, mit manchem Schritt. Und eben die Känguruhs : sie waren selten, machten aber doch Männchen. Standen in engen Wollkleidern; wölbten Sprünge, daß man gleich hätte mittun mögen. (Den Wilden, der, Schild und Speer anzüglich um den Kopf schwenkend, auf mich zu steppte, ließ ich durch bloßes Anlegen versinken). (Dann immer weiter, bis zu der Großen Mauer, die mich von Queensland trennte).

Erwacht : richtig : noch sah der Mond aus, wie ein Stück Erdnußschale! (Sie hatte ihre Sache gerade; oder würde sie morgen Nacht schon wieder zu mir kommen können? Eingeben müßte man ihr was, daß sie garantiert fest schliefe; Harmloses natürlich. Aber, wie gesagt : nach 3 Umarmungen pennte sie auch wie ne Ratze!).

Glockengeläut?! : und unerträglich lange. Der Klöppel

flegelte immer auf denselben Nerv, Austreibung, bums, aus Ruheparadiesen : *das* Instrument muß auch Einer ohne Gehörknöchelchen erfunden haben ! (Der Sonnenhallimasch quabbelte oben im Nebelrum.)

Graue Haut, weiße Haare : Mutter Erde. (» Angenehm : Eggers ! «). Und der letzte Morgen hier : soll ich mich etwa zanken mit ihr, daß es uns leichter fällt ? – (Aber das Stratagem war mir dann doch zu schäbig ; komme was soll.)

Karl tobte schon wieder mit Kohleneimern hin und her : » Hier kuck ma Du ! « Das Telegramm : ‹ Eintreffen Montag Line ›. Plural ? » Klar bringt sie die Meerkatze mit « sagte er muffig. Richtig : Meister Hintze. » Wann bistú denn heute aufgestanden ? «. Er strahlte herum : » Um 6 ! «. (Die Liebe, die Liebe ist eine Himmelsmacht.)

Unter ihren glimmenden Augen schrie und bellte es : » Zu gut iss man ! – Noch die Besten von Euch Männern könnte man allenfalls immer abwechselnd anbeten und ohrfeigen ! «. Was hatte *ich* denn heute früh schon verbrochen ? ! Ich sah die Keifende wohl eigentümlich an, so daß sie ihren durchgehenden Mund beschämt anhielt : das schätze ich gar nicht, dies grundlose Zetern ! (Na, die paar Stunden würde 's noch auszuhalten sein. Sagte ich also sehr ruhig : » Guten Morgen. « Sie murmelte in die Herdringe : » Morgen. Wallder. «)

» *Riecht das nicht – : hf hf :* – nach Kohlengas hier ? ! «. » Nee. Nach Kohlngass nich ! « sagte sie gehässig=nachdrücklich, und Karl meckerte stolz. (Ach deswegen ! Aber das darf sie doch nicht an *mir* auslassen ! Sie verwechselte in diesem Übergangsstadium scheinbar andauernd Personen, Begriffe und Tonarten. Ich stellte zur Überbrückung der Peinlichkeit die Morgennachrichten ein : die Ostzone begann ebenfalls mit den Vorbereitungen zur Aufrüstung; der Rheinsender ereiferte sich darüber, daß man drüben Gestellungsbefehle zur kasernierten Volkspolizei versandt hatte. Und wir Männer nickten uns grämlich zu : das hatten wir längst vorausgesagt, daß denen letztlich nichts anderes übrig bliebe !).

Für den dicken bunten Hintze : Ich besorgte einen großen flachen Blechdeckel, und schob ihn in Lines Stube unter den Kleiderschrank. Ging auch zum Tischler nebenan um eine große Tüte Sägemehl : so ! Er sah mir neidisch zu, wie ich da fachmännisch das Katzenklöchen herrichtete : » Da hätt ich wohl auch an denken können ! «. » Du kannst ne Flasche Milch besorgen « tröstete ich, » oder nee : die würde bloß sauer. Da hol *ich* morgen früh eine « (scheinheilig) » Laß man. «

» Komm Treiber : Geh an ! « : denn er stand, Öffentliche Dienste, Transport und Verkehr, sperrig und sinnend verbreitert, vor dem geöffneten Schrank : was da wohl noch rein könnte ? (6 Kleiderbügel hatte er schon expropriiert; darunter 1 Hosenspanner; ich erklärte ihm rücksichtsvoll, daß die für Röcke eingekerbt sein müßten, und daß auch ein umsponnener nichts schaden würde : » Und vielleicht weißt Du noch n Bild an die Wand : aber nich etwa Deinen Ahnherrn oben, mit dem Fahrrad ! «. Er grinste kurz; nickte wieder besorgt, und entfernte sich zögernd, backenkratzend : n Bild –. Da brauchte ich mir wenigstens nicht länger die Chronik seiner Pollutionen westlich von Greenwich mit anzuhören; O' Nan : klingt direkt keltisch, was ? !).

» Und ? ! Was iss mit der Glühbirne ? ! « : jetzt hatte *er* die Oberhand; ich hatte 's tatsächlich vergessen. In Reserve war lediglich noch eine 25er : » Unmöglich, sonne Funzel ! «. Recht hat er; müssen den Westen würdig repräsentieren. Ich erbot mich wiederum, sie zu holen; nur heut, am Sonntag – : ? » Och, bei S-tetter krix eine :

Hintenrum; der iss nich so.« (Ich dann, beiläufig zur Kochfrieda: »In ner halben Stunde bin ich wieder da«: »Oh kannssu bidde noch Quaak mitbringen?« bat sie).

2 krumme Büsche, die lautlose Sonne dazwischen: wir starrten uns stumpf an, nischt wie schwarz=weiß=rosa; vorn die Nase dampfte geschäftig. (Und als erstes zum Bahnhof: gleich die Fahrkarte für morgen kaufen. Vermutlich würde ja wenig Zeit sein).

Spritzenhaus; Friedhof; Sägewerk: ich ging schnuppernd an den neuen Brettern entlang. Holz interessiert mich immer maaßlos: Ich hatte gern Schreiner werden wollen (nicht Stehkragenproletarier, wie meine Eltern beschlossen hatten: da hätte ich mir jetzt meinen Karteischrank selbst bauen können, mit allen Raffinessen! So konnte man bloß mürrisch weiter schlittern.)

»*Einmal Dritter Hannover:* – Ja, mit Zuschlag, bitte.« (War im Notfall ja vier Tage gültig; bei gelbem Himmel, weißer Erde).

Dann die 75-Watt Birne: »Recht schön' Dank.« Und bei Wildung, mit dem adretten weißen Spitz, den Quark. Als wir ‹hintenrum› durchs Lager gingen, zwischen Henkosäulen und all diesen Feennamen auf ‹ana› und ‹ella›, fiel mir das leere Kistchen auf: »Kann ich das etwa haben? Ich bezahls Ihnen gern! –« (‹Gern› ja nun nicht, aber man sagt so. Er gabs auch umsonst, wohl in Erinnerung an meinen Konsum in Milch= und Kaffeextrakten; heuchelte sogar seinerseits: »Oh, ich bin sche froh: wenn ich das alde Zeug *los* bin!« Wir lachten uns gegenseitig aus, und nickten fantastisch: Haha!).

War aber prächtig, das Ding!: Hübsch fest mit Leistchen und geglättetem Deckel; nicht wie die rohen Ata=Kisten! ‹Gebrüder Schmidt› Maindernheim; und ‹Bayrischer

Blockmalzzucker›; ein marschierendes Bärlein schwenkte unbeirrbar den unmäßig langen Wimpel (der vorn sogar noch ne Quaste dran hatte. Niemand sah mich; da kann ich vielleicht auch das noch mitnehmen).

Frieda, hoch kochnervös, duldete meine Hand jetzt nicht in ihrem Gesäß : »Geh bitte etwas Deines Weges. – : Aber bleib inne Küche!« schrie sie reuig hinterher. (Hatte nichts mehr um : vielleicht können wir *doch* heute Abend! Sie stipste mir im Vorbeirennen 1 Kuß aufs Kinn. In Lines Zimmer räsonnierte der Ofen; auf den Fensterbrettern platzten die Tropfen. Moi ging eine Zeit lang unterundvor mir her; legte Kohle nach; notierte Mitnehmsel auf einen kleinen Zettel. Heute Abend gabs warmen Kartoffelsalat mit gebratenen Makrelen : schön. D. h. für uns; nicht für die Fische. – : »Wall-ter : Po-hoßt!«).

Ach aus Hamburg das Heft ‹26 Eigenheime› : »Hier schickt er die neueste Auflage seiner Broschüre!« (Ich hatte, um endlich den mehrfach zitierten Architektenfreund urkundlich zu belegen, mir den Spaaß gemacht, das Ding gegen Vorkasse zu bestellen, mit der Bitte, ‹den beiliegenden Brief dazu zu packen : ein Scherz.›; jetzt ließ ich Frieda eigenhändig öffnen, während ich selbst ‹interessiert› anderweitig blätterte. ‹Lieber Walter› las sie ab, und unten ‹Dein Philipp› : war der Verfasser, Philipp Baumann. Tatsächlich. (Jetzt hatten wirs Schwarz auf Weiß.) »Ach du, *das* iss hübsch!« : Modell 24, gewiß, aber sie mußte wieder zurück, zu den rebellierenden Töpfen : »Wir sehns uns heut Nachmittag an, Du!« (Können wir machen; da vergeht wieder Zeit.)

Dann noch ein Brief aus Göttingen : Sieh da! Genau wie vermutet. Meine Hände kauten mechanisch den Umschlag zusammen – : – :

Also hatten Guthe und Bode richtig von 1845–48 zusammen in Göttingen studiert : daher die Freundschaft der Widmung. Und sein Vater war der Hofrat Justus Bode gewesen, der bekannte Vorleser seiner Majestät; noch vor Lex; und der zweite Mann nach Kohlrausch im Oberschulkollegium. Staatsratsmitglied auch noch? : das war ja eine der bedeutenden hannoverschen Familien gewesen! Siehan, siehan. – – (Ob ich doch erst noch nach Rotenburg fahre : ob die im Stadtarchiv noch was über Bode haben? Brieflich ist das immer so eine Sache; wenn der Archivverwalter faul oder schlecht gelaunt ist, sitzt man da. – Aber jetzt hatte ich auch schon die Fahrkarte. – : Nee, ich *mußte* weg.)

(*Auch in St. Andreasberg* konnte ich jetzt nachfragen : aber die Rückantwortkarte schon an meine Saaranschrift adressieren; bis dahin war ich ja längst dort).

Zu Karl, bei dessen Abgang : »Sorg doch dafür, daß sie das Telegramm den Nachbarn zeigt. – : ? : Ach was! : zu stehlen ist doch nichts bei ihr! Höchstens die Elektrogeräte packt alle in die unterirdische Kiste. Und nagel' die Scheuerleiste drüber fest.« Er warf nur den Kopf : das vers-tand sich von selbst. »Jawohl : ich mach morgen früh eigenhändig Feuer!« versprach ich mit ruchloser Festigkeit.

Frieda, unablenkbar beim Backen ihrer Quarktorte; auch mußten die Gardinen für Lines Zimmer noch gebügelt werden; ging ich also allein meinen Abschiedsspaziergang (erprobte auch beim Hinuntersteigen die Treppenformel : ? : ja; stimmt.)

Weiße Dämmerung : die flachen Häuserfronten waren um Einen. Vom Frost versteinerte Autospuren. Auch von Ackerwagen : weiße lange Glasur, hellbraune Rostmuster drauf; ein lindgrüner Pferdeapfel daneben dekoriert, die eine Seite mit Reif bezuckert.

Die verschneiten Zwergpalmen des Grünkohls vorm Schloß; in den widerlichen Gärtchen der Beamten : ganz nahe und liederlich schief hing der Mond dran.

Durch Stacheldrahtzäune kriechen; auf die leere Seite der Alten Leine : sie war dick zugefroren, und wimmelte lustig von Läufern und Schlitten. Kleine Jungen, wattiert bis zur Untersetztheit, rannten lange zwischen ihren schlenkernden Ärmchen : dann rutschten die wollbunten Gestaltchen, glücklich versteift, ein Stück in die Dämmerluft. Auch die Perle vom Apotheker schlitterte im Tändelschürzchen, an jeder Hand ein Mädel. Dem Kleinen mit der roten Bommelmütze *mußte* man gut sein : er fiel jeden fünften Schritt, rappelte sich hoch, und lachte vor Winterlust sogar *mich* an! 50 Pfennige müßte man ihm schenken; für ein Stückchen warme Wurst, die drüben aus weißem Eiskarren verkauft wurde : gab ich's ihm also ‹zum Abschied›. (Und er maaß den Weg hinüber wie ein tibetanischer Büßer mit seinem geflickten Körperchen ab : fiel hin, trippelte bis zur Nasenspur, fiel wieder : so hats die Prinzessin damals auch gesehen.)

»Aach, Doktor Hoppenstedt!« : er hatte heute früh auch seine sonntäglichen 30 Minuten mit Gott ‹gerungen› (Freistil; 10 Runden à 3 Minuten), und kam auf spitzen entsühnten Sohlen herbei. Zitierte Virgils Georgica; ich Brockes, ‹Landleben in Ritzebüttel›; immer in der graugetünchten Welt (aus dem Blecheimer : da stand er oben, schief; sein Gott malte dahinter mit glühenden Gasen). Ich ging aber bald ab; er wollte sichs noch etwas ansehen (Eben stellte das Wurstvieh auch wieder sein Radio an : sonntäglich gezackte Blasmusik; sofort dahinter ein Platzregen aus klatschweibernen Händen : ‹Ojimmyjimmy, Ojimmyjimmy : love me!›). –

Noch einmal hundert Meter hinters Haus : da kann man

sich fast vorstellen, man wäre allein. (Oder noch weiter; ich kann nicht plötzlich anhalten : die Titanic lief auch immer noch 5 Minuten geradeaus, trotz gestoppter Maschinen).

Nur 2 Gestirne, Mond und Jupiter : Würde genügen. (Vom Fenster des ‹ Leeren Zimmers › aus ansehen. Ein rissig verschimmeltes Gesicht das andere.) Dann wieder zurück.

» Bringmaneimerwá – ssa ? ! « : Stimme von oben.

Das Wasser schrillte im bleichen Eimer, und ich betrachtete abfälligen Mundes den Vorgang der Füllung. Dann rauftragen; *und* 1 Kuß, *und* leichtfertig an' Busen gegriffen. Jetzt ließ sie ihn schon länger in meinen Fingern. Dann stieg ich die Treppe höher, zu ‹ mir ›.

Hantierte sie noch unten ? ! : Ja. – Also rasch die Zettel an die Weihnachtsgeschenke. – Für Line hatte ich vom Zentralamt für Kartographie mühsam das Meßtischblatt 4958 ihres geliebten Greiffenberg ergattern können. Dazu einen einfachen ‹ Struwwelpeter › (wegen dem ‹ Fliegenden Robert › : ‹ Zur Erinnerung ›. » Siehst Du ! « würde sie sagen : » Wer hat Recht gehabt ? «). – Für Karl den wunderbaren Straßenatlas von Irland, 2 miles 1 inch (d. h. also Maaßstab 1 : 130.000) : da kann er im Geist die alten Gälenstraßen wieder langfahren. – Für Frieda hatte ich nichts; merkwürdig. (Oder auch wiederum nicht. Na ja.)

Auch dieses ‹ Christkind › : wenn ich so zurückdenke, hatten wir's uns (meine Schwester und ich) als einen huschenden Agathodämon vorgestellt; geschlechtslos=weiblich; unter Mittelgröße, weißumschleiert von Fuß bis Scheitel. (Unbekannten Gesichts. Im Korridor, laufend, *ohne;* draußen am Fenster *mit* den bekannten schicken Stehschwingen; in die sich wohl der Schleier umwandeln mochte). Aber nichts von ‹ Jesus › ! ! Wir hatten da nie auch nur den leisesten Zusammenhang gedacht ! – Ob das Andern ähnlich gegangen ist ?

» *Hilfssu mit* Plätzchen machen ? – Und Gardinen oben an ? – Och unn'as Buch wollen wir uns auch noch ansehen ! « . Also ließ ich sie erst den Teig kneten (dabei durfte ich noch lesen, im Brehm, Band 1 : wies damals bei der Schöpfung eigentlich ziemlich unreinlich hergegangen sein mußte). Dann durfte ich mit einem scharfrandigen Weinglas Kreise ausstechen ; mit dem Messer Dreiecke schneiden : sie hob die Figuren laufend ab, auf die fettigen Bleche damit ; stand auch schon wieder daneben, und nudelte die Restbänder zusammen. Also da capo.

Schnapp : Schnapp : sie verglich die Einstellung noch einmal im Kochbuch. – Dann rüstig : » Komms' mit rauf ? Helfen ? «

» *Och iss ja noch kein Licht ! :* Wallder – ? « – holte ich also müde die Osrampackung. » Du biss groß ; dreh bidde rein « (sie ; schon Reißzwecken zwischen den Lippen, und bajaderene Gewinde überm Arm) : ich hob die Hand und drehte die Birne dicht über meinem Kopf ein. Zum Schalter an der Tür : ? : klappte. Gut. (Und doch : irgend etwas stimmte hier nicht ; ich kenn mich doch genau ! – Na, ist egal ; morgen war ich weg).

Die schwarze Pfanne der Nacht : 1 Spiegelei drin gebraten. Blaßgelber Dotter, wabbliges Wolkenweiß. Wind zischte fett : Mond der Köchinnen. (Dann die Verdunklung drüber runter lassen. Stores halten. Wenn das Holz zu hart war, durfte *ich* die tacks eindrücken. Sie auf dem Stuhl, ich groß ; Beide ungewohnte Schatten im Gesicht. Ich drehte mich einmal unwillig zur Lampe : !).

Da : der Ruck ! : ? : ! ! !

Und rasend denken (Zur Tarnung nach dem Befinden der Taschenuhr sehen : 21 Uhr 20 : Mensch hier *stimmte* doch was nicht ! !).

Ich schlenderte einmal zum Schrank; legte ihm wie unbeteiligt die Hand oben drauf : schwungvoll wieder weg nehmen : tatsächlich ! : in diesem Zimmer konnte ich bequem die Flachhand an die Decke stemmen; ohne mich auch nur leicht auf die Zehen stellen zu müssen ! (Über uns war meine Stube : da lag der Fußboden auch nicht tiefer, als in den benachbarten Bodenkammern. Ich ging rasch aus der Tür, und hinüber in das abgesägte eheliche Schlafgemach : Friedas Bett stand nervös und zimperlich von der Wand weg : hier mußte ich auf die äußersten Fußspitzen, und erreichte dennoch kaum mit den Nägeln die Decke ! !).

Halthalthalthalthalt ! : ruhig und kalt jetzt, werter Eggers ! Wenn sie bloß mal runter gehen müßte . . . . : »Dufrieda ? : daß Deine Plätzchen nich anbrennen ? «. Sie ließ sich entsetzt vom Stuhl heben, und trabte nach unten.

(Jetzt abklopfen : ! – : ! : das war unverwechselbar hohl, und der Klang von Holz. Alle anderen Decken hatten auch durchgehende Balken : die hier nicht ! – Schon kam sie wieder; ging ich also galant lachend an ihr vorbei, nach unten : unbeobachtet denken. Das Gesicht macht sonst zu viel Mist !).

(Und ihr Vater hatte drin gewohnt, der Uralte ! – der Ur. – Alte –.).

» *Dufrieda : – Was* iss Dein Vater eigentlich von Beruf gewesen ? « » Och, gelernt hatt' er wohl Tischler. « Soso. Die Kastanienblätter ihrer Hände knoteten weich an rotseidenen Zierbändchen. Befriedigt : » So. – «. (Und zärtlich : » Komm jetz. «). (Und schlug mich beim Absteigen mit ihren eigenen schwarzen Haarspitzen).

Die Altwarenhandlung der Nacht : vielleicht war auch bloß der Affenkasten mit den alten Billionenscheinen drin ! Ich warf mich und stöhnte vor unschlüssigem Entsetzen : jetzt *das* wieder noch ! – Oder gar nischt ! ! (‹ Harseim & Schlüter ›, gelt ? !). –

(*Vielleicht* aber auch Familienpapiere ! ? : Jansens Handexemplar oder so ! : Wenn der so verrückt auf Hannover gewesen war, hatte er ja schließlich den Wert zu würdigen gewußt. Der Wind züchtigte mich vorn. Das Nachtauge rollte zyklopisch amüsiert : was soll ich bloß *machen* ? !).

Ich muß versuchen, sie zu bewegen, daß wir es heute noch öffnen ! ! – Also rein und ans Werk. (In der heißen Küche lag schon das Laken auf der Couch).

La Dame aux Camélias : sie war mit einem dünnen, ebenen, gegen die Ekliptik geneigten Ring umgürtet (genau nach der Huygens'schen Definition ; und rosa gerippt war er auch noch. Also nicht ? Aber sie strahlte eifrig : » Nain : Du kanns ! Iss eben vorbei ! « – Auch mein Bauch war bald nackt : also erst mal das erledigen. Die weiße Riesenklaue ihres geöffneten Leibes ; ich hatte keine Lust, aber moi.)

Behaglich : » Leg noch ma nach, Wallder « . Sie reckte sich glücklich ; nur die Ofenglut erleuchtete ihre breiten Schluchten ! moi stocherte nackt im Feuerloch, gekrümmt, mit großen Augen.

» Du Frieda : – « : » Mm « machte sie, noch wohligzahm, im neuen Übergang.

» Hast Du das eigentlich schon mal gemerkt, Frieda ? « : sie lauschte ; an mich geklammert ; etwas hastiger ; etwas gespannter : » Tjaa – : – Baagelt hat er *gar* nich hinterlassen « murmelte sie hinter Lippen und Zähnen : » Bloß hunnert Maak oder so. Mein Bruder sagte noch . . . « (Der dann unverheiratet gefallen war. Wenn auch nicht kinderlos). Sie erhob sich, stellte sich mit dem Rücken vor den Heerd : ihre Lieblingsstellung. Nachdenklich,

und zog die Lippe zwischen den Zähnen durch. Plötzlich : » Wolln wir etwa ma aufmachen, Du ? ! « (Jetzt also pro forma abwehren, dann nachgeben) : » Das wäre unfair, Friede : wollen wir nicht warten, bis Karl wieder da ist ? « . War auch mahnend aufgestanden, und trat zu ihr : ? Sie legte reuig die schweren Arme um meinen Hals : » Du biss *soo* viel besser ass ich, Wallder ! « (Verflucht : Wieder reingefallen ! Und bescheiden ablehnen : wenn Du wüßtest, mein Kind ! –).

Schon sagte sie erwartungsvoll : » Mein moi hat *so* Appetit auf Deins. « Ging mit mir davon ; schon struppte mir ihr ungepflegtes Schamhaar entgegen (und ich arbeitete wütender : in diesem Strohwisch. Bis sie zitterte und um Quartier bat). Ich wusch mich blitzschnell. » S-tell nochmal Neues drauf : für morgen früh gleich. – : Wir schlafen oben bei Dir. « (Also bloß rauf, und die Zettel von den Geschenken ! Und Kohle nachlegen : ich Idiot ! Hätt' ich doch bloß eingewilligt ! !)

Dann wieder hinunter : ich fand sie in Lines Stube ; zur Decke emporgaffend. Mußte ihr auch den Hohlklang verschaffen ; sie nickte kritisch ; dann sah man auch an zwei Stellen die feinen Trennfugen der Bretter : die hinteren Enden federten !

Im Bett : sie bereitete sich ein weiches Lager aus mir ; und schlief gelassen ein. – –

(Morgens Rollen ? : Das war mein Zug ! ! – Na, zur Not eben nächste Nacht. Oder schlimmstenfalls in 3 Wochen : Mistverruchter ! Ihr Leib quäkte und murmelte im Schlaf. Eisgraue Kälte sickerte durchs Dach ; frösteln und schimpfen).

(Mond in einem gelben Wolkentupf. In Osten schmierte schon dunkles Rot auf Blei ; so ganz still.)

Der Wecker ! ! : » Och ! – : Halt mirs Ohr zu ! « . Aber wir wurden doch wach und kriegten Appetit auf Kakao.

» Morgens muß man sich ja sowieso waschen « erinnerte sie leichthin, und griff wacker zu. Recht rund, wie Höllenkinder sind.

» *Setz' Ihr vor allem was Kräftiges vor :* ganz einfach, aber viel Fleisch ! « Einigten wir uns also auf Rührkartoffeln, Gewiegtes ; und junge Erbsen. » Und noch für Jeden n Ei on top of it : ich mach dies Pflaumenglas hier auf. « (Während des Schälens altkluge Psychologica : » ob Karl heute früher oder später ankommen würde ? « » Nu, heute wird er wohl schneller fahren « schätzte ich ; sie war der Ansicht, daß er bei so kostbarer Fracht behutsamer steuern würde. Und dann endlich die lange erwartete Frage : » Was zieh ich woh' an, Du ? «).

Vor dem Schrank : sie wollte unbedingt das pompöseste Kleid wählen ! Schwarz, vor den Brüsten durchbrochen, mit einem süßtraurig lockenden schwarzen Gazejabot. » Aber liebste Friedel ! « Nach langstieliger Debatte (bei der ich alle Mühe hatte, Geduld zu bewahren : wär ich bloß abgefahren heute früh !) endlich der Kompromiß : das Graugrüne, ‹ mit den beiden Perlmutterknöpfen › (waren auch so groß wie Untertassen, konnte also gut und gern danach heißen. » Das iss nich wahr ! « sagte sie leidenschaftlich. Beim Umziehen wäre es fast wieder passiert ; aber die Kartoffeln begannen just zu kochen, und sie zerrte sich mühsam los ; hitzig schmachtend : » Ach diese Hausarbeit Du ! «).

9 Uhr 30 : an sich waren wir fertig. Oben schallte Feuer im rüstigen Ofen. Waschwasser wurde. Das Essen bedurfte nur noch mittlerer Beobachtung.

Also Zeit totschlagen : wir besahen baulustig die ‹ 26 Eigenheime › des Christenverlages ; kaum nachdem sie einigermaßen die Grundrisse lesen gelernt hatte, sprach sie auch schon so fachmännisch. Mir gefiel der simple Entwurf 9 am besten : eben n Siedlerhaus ; ihr, wie gesagt, die raffiniert=verwinkelte Nummer 24. Erst bestritt Jeder den Anderen; dann lobte Jeder Seinen; dann, versöhnlich, auch den des Anderen (schließlich gaben wir ihnen die Namen für künftige Debatten : meines war ‹Der kleine Simplex›; ihrer ‹Das Moorschlößchen›. »Man müßt sie auch ma von der andern Seite sehen können« beanstandete die vollschlanke Unzufriedenheit. Daraufhin Erörterung der Maxime ‹Du lebst solange nur, als Du entdeckst›, und ihre Unbrauchbarkeit im gegenwärtigen Fall : »Hier : von *der* Seite möcht ich sie ma sehen!« maulte sie).

»So : ich geh jetzt!« Sie war doch aufgeregt, und strich sich mehrfach übers Becken. »Nein : wir sagens ihnen erst nach dem Essen : Ich würd sie sogar noch schlafen lassen!«

Die Schneebrause : draußen bewegte es sich überall. Die krummen Passanten, weiß angeschmaucht. Ich freute mich wieder über den schönen Riesenschlüssel am Laden des Schlossermeisters Kucker : Viertel nach Zehn.

Und beinahe hätte ich sie sogar verpaßt! : ich hatte noch nicht das erste Mal die Runde zu Gellermann und zurück gemacht, als der dröhnende schwarze Bug auch schon durch den Schnee brach. (Wer hatte also Recht gehabt?!).

»Erst den Karton : oh Vorsicht!« da stand ich mit der fleckigen Persilpackung, in der es – aha! – schwächlich raschelte. Dann erst sprang sie heraus, taumelte ein bißchen und hielt sich an meinem Unterärmel. Lachte auch ermüdet. In einem erbärmlichen Kuttelchen von Wintermantel. Karls Hinterhand, für Nichtkenner durchaus ehrbar anzusehen, hielt sich noch auf dem Trittbrett; er gab Anweisungen und unterhandelte. Dann 2 weitere Kartons; ich mußte meinen an die besorgte Herrin abgeben, und übernahm dafür das Gepäck.

Standen wir also freudig und sahen uns um : wenn Besuch kommt, erscheint der ganze Ort neu! Aber Line drängte : » Rasch. « ; zuckte auch einmal etwas ; und er klärte unruhig : » Sie hat Leibschmerzen. « (Zweimal unterwegs miaute es so verzweifelt, daß man sich interessiert nach uns umsah : » So hat er die ganze Fahrt gewehklagt « sie, erschüttert ; und Karl nickte erbost. » Nee : der Kleine iss jetz in Burg bedienstet. – Ja, ganz recht, bei meiner Kusine – da hat ers ooch gutt. «)

Öffnung der Tür; Gewirr im Flurdüster : in der Küche trafen die Seltsamen das erste Mal zusammen : Frieda durchaus würdig, ruhig ; Line ernst und bescheiden ; sie reichten sich stumm die Hände. Da unser Dasein zunächst noch Verlegenheit war, entwickelte ich unverzüglich das Programm für die Reisenden : erst schnell baden (in der geheizten Waschküche) ; dann essen ; » Dann geht Ihr erst mal schlafen « . » Kann ich gleich ma raufgehn ? « bat Line : sie wies den Karton vor. » Ja sicher. « Wir trugen das Gepäck hinterher.

Mit einem Satz war Meister Hintze unterm Bett ; kaum daß ich ihm einen Gruß zurufen konnte. Sie goß sogleich Milch ins Glasnäpfchen, kniete vor dem nächtigen Spalt und begann zu locken (lobte auch ergriffen die kleine Bedürfnisanstalt ; fast auf dem Bauch : wie warm es sei ! ; und wie schön wir Alles gemacht hätten : » Hintzele : Hintzele ! « . Handzeichen : gehen wir erst mal ? : !).

Wannenbad ? : er machte viele Einwände : als wenn er boxen wollte, würde er in der Turnhose aussehen ; er hätte dann nichts, wo er seine Zigaretten hinstecken könnte ; wenn er sich erkältete, kriegte ers sofort ins linke Ohr : futsch sind Trommelfell und Beruf ; es sei wahr, er *würde* inzwischen Langeweile haben, wenn er nicht ginge, aber . . . . . . übrigens : hier wären 4 Konservenbüchsen, die n russischer Transport verloren hätte : ja, was drin wär, wüßte er auch nicht.

Ohne Aufklebezettel; nur die üblichen geheimnisvollen Einzelbuchstaben, sadistisch sparsam und schief gestreut. Meiner beschränkten Kenntnis des Cyrillischen Alfabets nach ein R, ein griechisches großes Theta (» das hat aber andern Lautwert «); dann noch was klein Geschwänzeltes. – Schütteln ? : » Ach, iss doch keine Milch drin, in den großen Dingern ! « (Dennoch gluckerte es; also weder Fleisch noch Fett. » Vielleicht Sprengstoff ? ! « fiel dem Chauffeur unseligerweise ein; und Frieda entriß mir sie mit einem Schrei : » Mach Du *ja* nich auf Wallder ! «, so daß ich auch die andere verblüfft wieder hinstellte).

Mit Line im Kreis (die, gehorsam, nur das Mantelscheusal um; unten schon die nackten bräunlichen Beine). » Warum hassu das olle Zeug bloß *mit*gebracht ! : Nein, Ihr macht *nich* auf ! « Sie wandte sich um, und erklärte Line atemlos den Fall : ! (Dann mit einem Blick auf die mageren Pantoffelfüßchen : » Och Wallder : feg doch ma ne Bahn draußen : zur Waschküche. « Also raus mit uns.)

» Na ? « : die beiden Unsichtbaren zusammen im Bade; wir allein in der hellen Küche; sie deckte gedankenvoll den Tisch. » Sie iss n netter Kerl, Friedel : *und* vom Schicksal böse verwahrlost ! « Sie nickte gemessen (*muß* ja auch zuerst n komisches Gefühl sein !).

Der Chauffeur fraß vergnüglich viel; Line nur ganz sparsam (verzog auch artig das Gesicht : » Hier tuts so weh. « Oben Mitte : der Magen demnach. Am besten ablenken.)

Was giebts Neues im Osten ? : sie lächelte mühsam : » Der junge Eisendecher – ja, der, mit dem Sie damals Schach gespielt haben – hat gestern n Gestellungsbefehl für die kasernierte Volkspolizei gekriegt.« (Karl kaute, daß wir das gestern im Radio gehört hätten, aber neinnein : wir wußten nicht alles; nämlich) : »Dann erst hat sich rausgestellt, daß der von irgend einer Weststelle gefälscht war : im Großversand, um die Bevölkerung der DDR zu beunruhigen!« Wir stellten es uns kurz vor, und mußten doch meckern (aber unfroh : also was die heute alles mit den Menschen anstellen können! Aber der Witz war noch nicht zu Ende) : »Sie haben ihn dann trotzdem gleich da behalten : wo er einmal drauf eingerichtet war –«, sie zuckte fatalistisch die Schultern und pickte noch ein Brosämchen. –

Ein Gähnen wanderte verstohlen im Kreis. Wir erhoben uns. : Halt!

Erst würdigten Beide die Mitteilung gar nicht : also rauf, und ad oculos demonstrieren. (Auf dem Tisch das Foto ihres gefallenen Bruders, ‹Leutnant Hübner›, mit fescher Schirmmütze, martialisch geblähten Breeches, der Pistole im Ledergurt, um den ehrenvollen Beruf eines von der Tötung Anderer lebenden Mannes zu bezeichnen. Auf der schmächtigen Brust der beliebte Aar, der schwer am knickebeinigen Kreuz trug : um keinerlei Irrtum aufkommen zu lassen, wessen Narr Herr Hübner gewesen war.)

Hob ich also die Hand (unbewußt stilecht wie zum ‹Deutschen Gruß›, so daß Karl höflich und erwartungsvoll »Heil Hitler!« erwiderte) : »Nee hier : oben! : die Decke, Herr Thumann!«. (Zum Vergleich hinüber : jetzt begann auch er kritisch das Gesicht zu falten, pochte und visierte schatzgräberisch. Na? Hm. »Sehr merkwürdig« gab er dann zu. Während Line geduldig im Stuhl wartete : ein gelbes Schättchen schlummerte neben ihr in den Polstern; ich fuhr ihm vorsichtig mit dem Handrücken über die erstaunt aufblubbernde Flanke.)

» Nein, jetzt nicht ! : Wenn Jemand reinkuckt, iss der Deuwel los ! « . Verdunkeln ? : Am hellen Tage ? : das würde erst recht auffallen ! » Sobald es dunkel wird, gehen wir ran. – Jetzt schlaft erst mal richtig aus. « (Mit so einer Mitteilung im Leibe ? Wir ließen sie jedenfalls allein; und hörten sofort das betreffende Geräusch.)

Allein oben : ich kam mir plötzlich derartig albern vor, daß ich wegen so einem Unfug mich hatte nochmals zurückhalten lassen ! Ich legte tückischerweise keine Kohlen nach : um zu frieren und noch wütender zu werden. So was Dummes ! – Und hatte keine Ruhe :

Wieder unten : Frieda ganz still auf die Couch geschmiegt; in Gedankenlabyrinthen; sie sah großäugig und abwesend der Hand zu, die unter ihrem Rocksaum verschwand; (unverbindlich die Oberschenkel streicheln; sie erwachte bald : » Die schlafen auch nich : da kommt schon Eins. «)

Line, eine offene Konservenbüchse in der Hand : » Erdbeeren sind drin « sagte sie; und Frieda in gelassener Zerstreutheit : » Jaja «, sie zeigte mit dem Kinn zum Küchenbüfett : dort waren sie sogar schon in eine Schüssel umgefüllt : » Tun Sie die man dazu. « (Karl und ich besahen uns verstohlen und beschämt. Aber die Frauen waren schon an der Nähmaschine : Frieda öffnete und erklärte; warf unten den Treibriemen über; löste mit kräftigen Händen den Schraubkopf, und ließ das entzückende Spulwerk singen; ehrerbietig die Line : » Ne Versenkbare. – Und ganz neu. « Als man in die reiche Materie der Wattierlineale und Kräuselfüßchen geriet, schienen wir überflüssig zu sein : sollen wir hinausschleichen und uns der Verdutzung überlassen ? Line saß schon davor und trieb still ihr hellbraunes Wesen.)

Immer noch zu hell ? : Ja sicher. Ein Spaziergang würde uns in jeder Hinsicht baß tun (zumal Karl, der sich vernachlässigt fühlte, bereits » Ein' zu nehm' « vorschlug). » Aber nich zu weit « bat Line zaghaft. » Ich weeß gar nie ; – was mit mei'm Magen los iss – ? «

(*Also darauf würde ein Mann nie kommen ! :* ich hatte Frieda geraten : » Zieh Dir einfach schnell den braunen Mantel über. « Sie hatte nur vorwurfsvoll zurückgesagt : » Das *kann* ich zu den Schuhen und S-trümpfen nich. « – Welchem Mann, außer einem Hundertfünfundsiebziger, würde der Einfall kommen, Socken oder Haarfarbe mit dem Überzieher abzustimmen ? ! Iss eben ne andre Menschensorte !).

So : jetzt paßte es ! : breit kam sie heraus, nischt wie Krimmer und Pelzstiefel, oben im Zirkelgemumme einer schwarzen Tscherkessenmütze. (Oder Kosacken. – Jedes Paar für sich, Arm in Arm in kalter Erotik. Der Ostwind schnitt sofort die Ohren weg und setzte uns Glaslippen an. Augengemurmel : » Friert Friedel auch nich ? « : sie schnappte sich begeistert meinen rechten Arm, und grub die Pelzfinger hinein. Also nicht.)

» Och hier : giebts Zucker ! « : Line wurde ganz aufgeregt vor dem Laden ; wollte auch sofort hinein und uns zu Hamsterkäufen überreden : » Morgen iss er vielleicht schon weg ! « . Wir erklärten ihr mit Nachsicht, weil es sich um einen Besuch handelte, daß er hier seit 48 nicht mehr knapp gewesen sei : » Du wirst den Westen schon schätzen lernen ! « (Karl, siegesgewiß, aber sie wiegte voller Vorbehalte den Kopf. Wir traten weiter die geduldige Erde).

Bäume mit Schneetressen : wir zeigten ihr Alles mit kandierten Fingern. » Du muss' Ihr von Anfang an erklärn ! « Sie hatte die Namen noch nie gehört, und ich berichtete kurz von der ‹ Mutter der Könige › :

Wie sich da eine feurige, einem ungeliebten hölzernen (dabei durchaus debauchierten !) Kurfürstengatten aus Gründen hannoverscher Staatsräson verkuppelte Halbfranzösin auch einmal eine Art Erfüllung suchte. Wie sie dabei ausgerechnet *wieder* an einen sonst ziemlich grobfädigen, nur körperlich ausreichenden Partner geriet. Wie der unvorsichtig geführte Liebes-Briefwechsel – » Noch heute sind 209 Briefe Königsmarks und 73 kompromittierendste der Prinzessin erhalten ! « – zwangsläufig entdeckt wird. Wie kurz vor der verabredeten Flucht die Kabinettsjustiz jener Zeit – » Heute sagen wir Gestapo, Feme oder NKWD : s ist aber dasselbe. « – zuschlägt; und Graf Philipp Christoph von Königsmark, ‹ ein paar schlechte griese Leinwand=Sommerhosen, ein schlecht=weißes Kamisol, ganz kurz, und einen braunen Regenrock anhabend ›, von 4 Hofjunkern (die nachher Staatspensionen erhalten !) im Rittersaal des Schlosses zu Hannover ermordet, und der Leichnam mit Steinen beschwert in die Leine versenkt wird. Wie der Schauprozeß der Scheidung abrollt; der Vater, der letzte Herzog von Celle=Lüneburg, Georg Wilhelm, kunstvoll mit der einzigen Tochter verfeindet wird : damit er, der letzte seiner aussterbenden Linie, ja nicht etwa das Herzogtum noch einem anderen als dem Calenbergischen Schwiegersohn vermachte . . . .

» *Aber das Alles* ist gar nicht das Interessante an dem Fall ! Wie denn die feuerwerksähnlich ablaufende ‹ Katastrofe › – dieser Liebling der Dramatiker : vergleiche Schillers dialogisierte Kriminalromane – dem Kenner niemals bemerkenswert ist. Aber was *nun* kommt : die zweiunddreißig langen Jahre in dem einsamen Amtshaus der Lüneburger Heide . . . «

Und jetzt in den Schloßhof : das helle Mitleid rann ihr über die Backen herunter : war mirs so lacrymos geraten ? » Nein : der Wind. « Aha, der Wind. (Dann der scheinbar unvermeidliche Hoppenstedt : der Hundling muß auch *gar* nichts zu tun haben ! Er räusperte sich engbrüstig, und zog die dürren Augenlider vornehm tiefer : nein, der Schlüssel zum Bild war im Augenblick angeblich wieder nicht ‹ zugänglich ›.)

Dagegen Churchill 80 : » Wollen Sie ihm etwa *auch* n Paar Strümpfe stricken ? « fragte ich neugierig; er lächelte verkniffen, und dann hätte's losgehen können (ich hatte aber Eile, denn die Andern bewegten sich bereits langsam in Richtung Tor : gab ich ihm also nur die Kurzfassung) :

» *Churchill ? ! :* Wenn ich den Namen bloß höre, fehlen mir 99 Pfennig zur Mark ! : Politisch das Urbild des roastbeefgenährten, arroganten, rücksichtslosen Briten, der, die Zigarre im Mund, Deutschland abwechselnd in Ruinen legt oder wiederaufrüstet, je nachdem es für das perfide Albion am Nützlichsten erscheint. Für England meinethalben ein ‹ Großer Politiker › – obwohl das Beiwort grundsätzlich durch allzu zweideutige Mittel erworben wird, um je von einem guten oder weisen Mann gesucht zu werden ! – aber speziell wir Deutschen sollten im Verkehr mit dem Herrn Handschuhe anziehen ! «

» *Wenn Gott der Menschheit müde sein sollte* « brachte er das vielbewunderte Atomzitat, und servierte dem alles duldenden Himmel schwärmerisch 5 leergemergelte Finger. Da wurde ich aber doch wütend : » Das müssen Buben sagen, die am eifrigsten zu der Herstellung des Höllenspielzeugs gemahnt haben ? ! Die Unverfrorenheit kennt keine Grenzen : etwa wie wenn ich Feuer anlegte, dann daneben stünde und versonnen sagte : ‹ Tja, wenn der Herr in seinem Zorn das Haus eben verzehren *will* . . . › : sollen sich nur vorsehen, daß die Menschheit nicht mal *Gottes* müde wird ! *Und* seiner Politiker ! « (Drohend kams : aus mir !).

Nobelpreis für Literatur ?! : » Ein Journalist ausgesprochenen Mittelmaaßes : nicht mehr, Herr ! – Machen Sie sich doch von dem Vorurteil frei, daß jenes – unbestreitbar angelsächsisch=französisch orientierte – Gremium in Stockholm etwas von Dichtung verstünde ! Iss doch klar : ein Ausländer *kann* grundsätzlich nur die gut übersetzbare fremde Literatur würdigen ; die eigentlichen großen Sprachkünstler und fruchtbaren Experimentatoren sind ihnen unzugänglich ; meist sogar unbekannt ! «

» *Ach, Du liebes Bißchen ! :* Wer imstande war, Scienkiewicz, Paul Heyse, Winston Churchill, den Preis zu verleihen : und Rilke, Theodor Däubler, Döblin, Jahnn, zu übergehen (von August Stramm, Kafka, Trakl ganz zu schweigen) : der hat kein Anrecht mehr darauf, ernst genommen zu werden ! Seitdem man sich dort die eigene Ignoranz derart offiziell zu bescheinigen pflegt, lehnt jeder wirkliche Dichter, der n Bissel was auf sich hält, dieses Stigma der Mittelmäßigkeit ab ! «

» *Ach Thomasmann, Thomasmann !! :* Sind Sie sich klar darüber, Herr Doktor, daß Jener, – anerkennenswert freien Geistes : siehe seine tapfer geäußerten Ansichten über Marxismus, etc. – den Preis *heute* von den auch politisch=weltanschaulich nichts weniger als neutralen Herren *auf keinen Fall* mehr bekommen würde ?! « (Er war sich nicht klar darüber ; aber von meinen verwilderten Ketzereien, wie üblich, morbide angezogen. » Also bis zum nächsten Mal, Herr Hoppenstedt. «).

Der Schnee stürzte sich auf uns, in erbarmungsloser Kleinarbeit, klebte uns die Ohren zu und schob uns den Kopf in den Rumpf. Die Damen bestätigten sich vorn gegenseitig, daß auch sie von der Hausarbeit nicht ausgefüllt würden. (Waren also konsequenterweise über Sophie Dorothea auf das Thema ‹ Gleichberechtigung › gekommen. Karl war froh, daß ich zur Hilfestellung erschien; wir wiesen vereint geschickt darauf hin, daß es nunmehr wohl dunkel genug sei : ? : » Komm ! «).

Dämmerung gaste die Stube zu. Man konnte sich kaum vor Geäug noch durchschlagen : » Schnell ! « (Und ein Schättchen umstrich unsre Knöchel).

Verdunkelung runter : » Knips an. « Der große Werkzeugkasten. Die Stehleiter. » Vielleicht noch Radio einstellen ? : daß man uns nich hämmern hört ? «. Line sah unserem rätselhaften Beginnen gefaßt zu, wie wir ihr da die Stubendecke abhoben : ‹ Ick wunder' mir über jar nischt mehr ›. Ich warnte noch einmal : » Also falls nichts ist, Herrschaften, sind wir auch nicht enttäuscht ? « : sie versprachen's so schnell, daß sie gar nicht hingehört haben konnten.

Bei rasselndem Radioklang, und Kalafs Stimme tauchte grausam auf und ab (» wahrscheinlich hat Kersten wieder die Schrotmühle gehen « : einförmig schnarrte unten das völkischgraue Mahlmeer; während sich oben, halb erstickt, die Kunst mühte.) » Gieb ma'n Schraubenzieher rauf : der hatt' ie Bretter scheinbaa – – – ts : meingottmeingott ! «. (Er schwitzte und murmelte; der stählerne Fingernagel holte das gewundene Eisenstäbchen tiefer und tiefer).

» Ach nich doch ! : Kannst Du s nich einfach nach innen rein klappen ? « Nee. Ging nicht. Der Putz bröckelte, Frieda klagte betroffen; Hintze sah sehr interessiert mit nach oben, als ich das erste schwere Brett vorsichtig auf beiden Händen entgegen nahm. » Zweizöllig « bemerkte Karl abfällig, » als wenn die was zu tragen hätten – – « brach betroffen ab, und wir sahen uns eine Weile seltsam an : ebeneben, mein Sohn ! (» Och der Schandfleck ! « wimmerte Frieda in bestimmten Abständen).

Karl riskierte's und reckte den Kopf vorsichtig in den Spalt hoch; sein sichtbarer Mund verlangte : »Die Taschenlampe!«. Ja, woher nehmen? Ich sprang raschgliedrig nach oben und holte meine (Mensch, wenn etwa *doch* das Handexemplar drin war? : dann würde ich als Einziger den jetzt nicht korrigierbaren Druckfehler auf Seite 260, Spalte 2, berichtigen können! Die Treppe kreischte übel unter meinen Sätzen : ich hatte im Augenblick nicht auf die Stufen geachtet.)

Dann drang die Stimme hohl zu uns herab; sagte langsam erst zweimal ‹Scheiße› (auf keltisch; und ich fragte in gespieltem Erstaunen : »Was? ausgerechnet da oben?!« Er wieherte dumpf, und bumste schon wieder mit dem Kopf an.)

»*Hier drin nichts.* – – Hilf ma unn' die Leiter weiter rücken!!« Er erklärte uns, in der Stellung des Atlas, das ganze Haus auf den Schultern : daß wegen der 2 durchgehenden Balken logischerweise 3 lange Hohlräume vorhanden seien. Also. (Sah aber wirklich gefressen aus : als sei ein Geköpfter da mit dem Halsstumpf an die Zimmerdecke geklebt. »Nö : nix.« Wir schoben resigniert die Leiter ins letzte Drittel).

»*Da hinten – – : iss was :* gieb ma irgendwas!« (Irgendwas? Und wenn ich Dir nu die Hand gebe? : »*Was* willstu : bitte präziser!« : »Ach irgendwas : n Besen, n Krückstock, n Feuerhaken; n – n Lineal – –!« er versuchte, brüllend vor Ungeduld, persönlich in die Decke zu schlüpfen; zappelte; verlor mit einem Aufschrei die Leiter : wir mußten mühsam seine Füße fangen und wieder auf die angemessenen Stufen stellen. Dann den Stock einführen; er angelte und zog).

Es schlürfte über uns, unwillig, schwerfällig : er langte weit hinein, und gabs in unsere Luft : »Einmal!« : ein Säckchen aus derbstem Rohleinen (und schwer! : Frieda hätte es bald fallen lassen. Jetzt ging auch Line der

Mund teilnehmend auf; sie hatte Hintze auf den Schoß genommen – man wußte ja nicht, was da raus kommen würde – und begann zur Gesellschaft schüchtern zu lächeln.)

»*Ssweimaa* –« : diesmal nahm ich ihn entgegen : na? : 5 Pfund reichten nicht!

»*Dreimaa!!*« : er fuchtelte ungeduldig mit dem schweren Ding; ich sprang hinzu und nahms ihm ab.

»*Und das Letzte : verflucht!*« (seiner Beschreibung nach ein ‹großer leichter Karton›, der aber nicht durch den Spalt durchging : würgten wir also das nächste Brett auch noch locker.)

Nochmal in alle Abteilungen spähen : »Nee : das wär's!« (Niemand hörte noch auf den Mordsbariton der ‹Israelitischen Kultusgemeinde›. Unten stehen und uns anstarren.)

Ich ermannte mich zuerst : darf ich was sagen? – »Also ich schlage vor : wir befestigen die Bohlen rasch wieder; – : damits anständig aussieht. Und Keiner der Decke was anmerkt.« »Die Damen schaffen die Sachen runter in die Küche?« : auch genehmigt. »Dazu eine Waage. Und ne Schere natürlich : die iss ja unten.«

Um den Küchentisch (»Haustür iss zu, ja?!« Wir umgingen vorsichtshalber noch einmal die Nordecke. Ich, finster vor Kälte; ich weiß schon, was kommt!).

»*Bitte.*« mit einer knappen Handbewegung; und Frieda führte sogleich die Scherenspitze ein; knipps knapps; : »Erst ma n Stück Stoff drunter legen : ne Decke am besten« empfahl ich, und wurde achtungsvoll angesehen.

Natürlich : Goldmünzen! (Woran ich nach *dem* Gewicht ohnehin nicht mehr gezweifelt hatte! Die Zwei griffen unverzüglich hinein; auch Line nahm das äußerste Scheibchen in die Hand, »In Schlesien hatten wir auch welche «, legte es aber verlegen sofort wieder hin. Wühlpause. Dann sah man mich wieder an. » Wollen wir systematisch vorgehen ? «. Man wollte.)

» *Sortieren. :* Die Zwanzigmarkstücke hier; die Zehner da. « Jeder schöpfte sich eine Handvoll, und unsere Finger filigranten hurtig über der Wolldecke. Wilhelm mit wilden goldenen Barthörnern; oder besser Eberhauern.

» *Zählen.* – Und Häufchen von je hundert machen. « – . – . : » Jetzt kontrolliert Jeder nochmal den Stapel des Andern. « Karl hatte sich natürlich vor Ungeduld verzählt. Sogar Line. (Sogar ich ! ! War auch viel zu tief in harten Gedanken !).

» *Geht die Waage einigermaaßen richtig ? :* Habt Ihr n Kilogewicht im Haus ? « (‹ Ihr ›, als ob die Einheit Friedakarl noch bestünde. Sie merktens nicht, und hatten auch keins da. » Leg ma 2 Pfund Margarine drauf. « – Na, ungefähr. Für eine erste Schätzung jedenfalls ausreichend).

684 Zwanzigmarkstücke ? : » Doll ! ! « : die müßten also wiegen – – (ich holte mir doch lieber die Logarithmentafel von oben; und Karl rückte lebhaft näher : jetzt kriegte die Sache Schick !). – » Fünfeinhalb Kilo : jetzt tu's ma drauf ? «. Die Laufgewichte wollte Frieda verschieben; aber er wehrte überlegen ab : iss Männerarbeit ! Ablesen taten wir alle : Fünf Vier. » Nun ist der Feingoldgehalt 9/10 vom Bruttogewicht . . . «

Nochmal nachrechnen; dann legte ich den Bleistift hin und begann vorsichtig : » Also ich weiß im Augenblick den *ganz genauen* Goldpreis nicht, – : aber er liegt um Viertausend. « Sie warteten auf praktische Folgerungen. » Also entspricht das hier – etwa 20.000 Dmark. « – – (Wenn Ihr nichts sagt, gleich zum nächsten Haufen !).

63 Zehner? : »Rund=ä Neunhundert.« Ich legte eine kleine Liste an (zog auch, um ihnen Zeit zu lassen, pedantisch an der Buchkante ein paar Hilfslinien. Line beobachtete in ihrer konzentrierten Art; und ich nickte ihr einmal grimmig zu; sie bewegte vieldeutig den Kopf.)

»O das iss viel leichter« sagte der unzufriedene Karl zu dem zweiten Beutelchen : hier glomm es noch satter; blutig und gülden. Ich wehrte diesmal die Finger ab, und hielt lieber die große Lupe über eine der Münzen. Nickte. Sagte auch wohl hastig an meinem Gesicht vorbei : »Hannoversche Pistolen von 1850 : Harzgold!«. (Zählen und Säulchen bauen : 218 : Vier Acht!).

Das Dritte war wieder größer : und oh! : geprägte Geschichte! All die alten hannoverschen Thaler und Gedenkmünzen! (»Meist Silber nich?« sagte Karl nüchtern; ich schnob nur verächtlich. Dann Einiges erklären : Die schöne Gauss=Medaille von 1855. Der Waterloo=Thaler 1865. Zur Vollendung des Hoftheaters 52. Und die wunderbaren Wildemanns= und Andreas=Thaler, die man früher gern den Patchen einband. »Laß die große Kapsel bitte ma noch liegen« bat ich; und Frieda, die eigentliche Großerbin, nickte scharf Gewährung.)

»Du hier : ts! : alle sechs Heinrich=Julius=Thaler!! : dafür bezahlt Dir jeder Sammler glatt 500 Mark. Wenn nicht Tausend!« Ich konnte nicht anders, ich mußte ihnen von dem berühmten Münzgefecht erzählen, das der Herzog gegen die zehn widerhaarigen Adelsfamilien geführt hatte, die ihn mit bewaffneter Hand befehdet, und zugleich beim Reichshofrat verklagt hatten. »Zuerst wurden die sogenannten Rebellenthaler geschlagen : auf dem Avers sieht man den Herzog als wilden Mann, mit einer Fackel in der Hand, der Jahreszahl 1595 und seiner Devise PPC – nicht pour prendre congé, sondern Pro

patria consumor : ich verzehre mich fürs Vaterland. Auf dem Revers wird die Rotte Korah von der Erde verschlungen. « / » Darauf folgte 1596 der sogenannte Lügenthaler : hier : Auf dem ein liegender Löwe einen Steinbock (das Wappen der Steinberge, eines der Aufrührer) in den Vorderpranken hält ; hinter ihm wächst eine Rose (Saldern) auf einem dürren Stocke (das Wappen der Stockheim). Die Legende (mit Bezug auf die beim Reichshofrat eingebrachte Klage) lautet : ? « (Frieda, die Lupe vor beiden Augen buchstabierte schon : » Hüte Dich – vor der That « Drehen. : » Der Lügen wird wohl Rath. « Lachte erfolgreich, und gab ihn rum.) / Im nächsten Jahr, 1597, kam der Wahrheitsthaler, wo diese Göttin die Lüge und Verleumdung unter die Füße tritt. / 1599 der sogenannte Wespen= oder Mucken=Thaler, mit dem von der Sonne bestrahlten und einem Adler gekrönten Löwen Braunschweigs, der ein Wespennest zerstört, aus dem 10 Wespen – eben die abtrünnigen Vasallen ! – herausfahren. / Beim Vergleich, der 1599 zu Stande kam, ward der Eintrachtsthaler gemünzt, auf dem der gleiche Löwe mit einem Bären ein Bündel Pfeile hält, mit der Umschrift ‹ Unita durant ›. « (Sie verstandens ohne Mühe vom Französischen her). / » Und der letzte endlich, der Pelikansthaler, der die Erläuterung des herzoglichen Wappenspruches pro patria consumor gab : ein Pelikan, der sich, seine im Nest liegenden Jungen zu atzen, die Brust aufreißt. « (Amüsantes Sinnbild der Regierenden, was ? Karl schlug sogleich einen vor, wo der Regent seinem Untertanen ganz was anderes aufreißt). (Der Eindruck auf meine Zuhörer war im Ganzen gering ; nur Frieda nahm aus Höflichkeit noch mal einen in die Hand. » 1870/71 hat mein Vater mitgemacht ! « sie zeigte stolz die Bronzescheibe. Beiseitelegen und aufheben. » Aber auf dem Kriegerdenkmal ist er doch gar nicht mit drauf ? ! « : » Da war er noch gar nich hier. « Ach so.

» *Manno-meter ! : Iss das schwer ! « :* sie hielt fassungslos das flache Silberdöschen in der Hand. Und auch ich erschrak anschließend ob des gewaltigen Gewichts : so groß wie Friedas große Niveaschachtel nur, und dabei 3 Pfund ? ! Klein geperlter Rand ; leicht gewölbter Dekkel ; ganz einfach und schlicht. Durch die 2 Ösen vorn eine silberblau gewirkte Schnur, mit kleinem Wachssiegel plombiert.

» *Das ist das Wappen* – der Celler Linie : ä=das heißt : wie es etwa ein *nicht* regierendes Mitglied des herzoglichen Hauses hätte führen können. « Nachdenklich ; dann scharf in ihre Augen : » Wollen wirs durchknipsen ? « » Ja sicher « sagte sie gespannt. Also ; Karl : die Beißzange. (Er brachte vorsorglich den Hebel=Vorschneider mit vierfachem Gewerbe : der Metallfaden zerging lautlos an dieser Stelle. Ich zog ihn sorgfältig heraus : das Siegel darf nicht beschädigt werden ! ; schraubte ; immer noch. Bis der Deckel locker lag.)

Vor Frieda hinstellen, mit smielendem Munde : Bitte. Sie strahlte verliebt zurück ; griff mit der Fingerqualle zu, und :

Ein weinroter Filzkreis : ? Ich nickte sachlich : war zu erwarten gewesen : » Nimm ihn ganz vorsichtig ab « riet ich lächelnd.

Das Gold, das Gold ! : die Scheibe hatte – ich hielt vorsichtig das Bandmaaß darüber in die Luft – 90 Millimeter Durchmesser. » Am besten den Filz wieder drauf – : Ja ! – : Jetzt die Hand drüber . – : Und *ganz* vorsichtig umdrehen – « ; sie zog die volle weiße Fläche darunter weg ; und hoch den Schachtelboden :

Zwei ! : Zwei riesige Goldmedaillen ; einen halben Zentimeter dick. » Tu sie mal bitte nebeneinander. « : ganz gleich die Prägung. Wir drehten eins so herum, daß wir gleichzeitig Vorder= und Rückseite besehen konnten. »Oder wollen wir erst wiegen?« Natürlich wiegen: 620 Gramm die erste; 620 Gramm die zweite. »Also zusammen rund Fünftausend. : Metallwert!! – Mal sehn, ob ich rauskriege, *was* das eigentlich ist. Der Liebhaberpreis kann weit höher liegen!«. Das verschaffte mir Zeit für die nähere Untersuchung. (Fünftausend Mark!?: sofort entstand ein schlichtes, hellgelb gebeiztes Tischschränkchen vor meinem Auge. Mit messingnen Schubladengriffchen. Voll zierlicher Karteikarten, Abbenthem bis Zytzema. Frieda nahm auf einmal mächtig Anteil; setzte sich neben mich, und verfolgte jagdhunden jedes Stadium.)

Auf der Rückseite: auf einem Altar ein durch die Sonne entzündetes Herz; mit der Umschrift ‹Rien d'impure m'allume›. »Allumer gleich anzünden: Nur Reinstes entzündet mich.«

Der Avers: Im Vordergrund eine üppig hindrapierte weibliche Gestalt, hinten eine – ja: ne Löwin! – von 2 Jägern verfolgt. Um den Rand: ‹4.3.1665 *Mutare vel timere sperno* 4.3.1695› (»Ich verschmähe Wankelmut und Furcht«; mechanisch: Furcht. Und; Wankelmut. Wankelmut und Furcht: das ergab alles zusammen bestimmt 30 bis 35.000 Mark!!).

? 1665 ?: hatte da nicht der erwähnte Georg Wilhelm, der Letzte der Celler Linie, »Der Vater Eurer Prinzessin hier«, seine Regierung angetreten? (Aber dazu paßte weder die schwüle Herzensdevise; noch stimmte das Datum: ne Löwin! – Ne Lioness – – –)

Ne Löwin??: und meine Augen begannen so zu funkeln, daß Frieda begeistert erschrak: Leonissa??!! Und der Akzent lag auf der *Zweizahl* der begehrlichen Jäger! Mir kam ein furchtbarer Verdacht: jetzt hätte ich die beiden Abhandlungen von Professor Schnath bei der Hand haben müssen !

(*Aber sicher ! : ‹ Rien d'impure . . . . › :* das war doch das Briefsiegel Königsmarks gewesen ! Und ‹ Leonissa › ihr zeitweiliger Deckname ! Heiliger Bembo, wer jetzt den Geburtstag wüßte !)

(*Ach trotzdem :* da war kaum noch ein Zweifel ! : Sophie Dorothea hatte die beiden Stücke (Unika also ! !) zum 30. Geburtstag ihres Geliebten irgendwo bestellt. Dann war aber das große Desaster dazwischen gekommen; der Graveur hatte sie vielleicht vorsichtig bei sich bewahrt, bis der Sturm vorüber war, und ihr dann doch später irgendwie abliefern können. Wie ?)

» *Frieda !* « (» Du stehst vor Deinem Richter « fügte ich noch spaaßhaft ein, um vor allem meine Spannung zu zerquatschen) : » *Was war :* Deine Mutter für eine Geborene ? ! « . » Lüdemann « sagte sie unsicher, » Hier aus Ahlden « (und ich schloß die Augen, um ihr Blinken nach Innen triumphieren zu lassen : Lüdemann ? : Das war der ihr ‹ absonderlich ergebene › Amtmann jener Jahre gewesen ! Über diesen Weg also. Vielleicht hatte sies ihm mal in einem Anfall weiblichen Überdrusses geschenkt. Oder besser : ihm zur Aufbewahrung anvertraut : sie hatte ja eisern das Abendmahl drauf genommen, daß sie unschuldig sei; und konnte dergleichen Beweisstücke besser nicht um sich dulden : eins kam folgerichtig zum andern !).

Ich sah sie Alle an : » Diese Münze giebt es nicht ! « flüsterte ich scharf : » Wenn die ein richtiger Numismatiker sieht, wird der verrückt ! « . Zuckte die Achseln, und stand auf : » Ich wage in diesem Fall nicht, den Wert abzuschätzen. «

Alles zusammen ? » Der reine Metallwert – « ich sah flüchtig auf den Zettel in meiner Hand – » Ganz rund : –

Zweiunddreißigtausend. « (Frieda floh gleich erstmal austreten.)

Dann aber noch die große Hutschachtel : Blöcke von Banknoten : Die Milliarden. Fein gebündelt. (Dann tatsächlich ein veritabler Hut ! Den Frieda gleich wieder erkannte : » Du, der iss noch von *Deim'm* Jansen ! « Meinem ? : also dem großen Statistiker ? » Jadu. Den hat mein Vater mir oft früher gezeigt : der wär aus Otterfell, glaub ich ; das sollte gut gegen Schwindel sein. « Stellte ich mir also Curt Heinrich Conrad Friedrich Jansen, meinen Jansen, mit Otterzylinder und hohem Stock vor : ? : genehmigt das Bild. Sie auch schon gerührt : » Ach Du ; den krix *Du* ! «).

Dann fiel es Beiden gleichzeitig ein : » Mensch, da ham unsre Flüchtlinge die ganzen Jahre drin gewohnt ! « (Frieda erbleichte nachträglich, die Hand am massiven Herzen, sie ging vorsichtshalber nochmal raus. – Auch außen rum waren noch die Scheine gestopft.)

(Und kein Handexemplar ! Tiefe Niedergeschlagenheit überkam mich : *nie* würde ich den Druckfehler auf Seite 260 wissen ! Der Chauffeur suchte zähe zwischen den Scheinen nach mehr Goldstaub oder Nuggets ; tastete auch mit gierigen Geburtshelferpfoten an meinem Hut rum : » Du wirst allmählich ne Brille zum Lesen brauchen, Karl. « Er lehnte es empört ab, und zischte sogar Line an, die mir unbefangen beigestimmt hatte : iss n Zeichen abnehmender Männlichkeit, was ? Ich griff nach meiner und setzte sie fester.)

Abendbrot im Stehen (Frieda hatte eine hinreißende Schale fast zu hoch beladen, mit Käse und Sildbrötchen. » In harde Mettwurss kommt Rum rein « sagte Karl abwesend und unpassend).

Programm im Stehen (Karl mußte morgen noch einmal fahren ; Line hatte Schmerzen beim Gehen : also prädestiniert zum Haushüten). »Dann fahrt Ihr Beide« (Frieda und ich) »nach Hannover. Wallder muß unbedingt mit, sonst hauen die uns übers Ohr!« Auch davon überzeugte ich sie unschwer, daß wir zunächst nur einen Teil einwechseln wollten: Gold bleibt wertbeständig; was dagegen Papiergeld ist, sieht man ja hier!» Nebenbei ist das allergrößte Problem: wie wirs loswerden, ohne irgend das Finanzamt damit zu behelligen: da giebts nämlich die unangenehmsten Steuern; das wird schwierig genug sein!« (Ihre Mienen wurden sofort sorgenvoll: mit Recht!).

»Tja also wieviel?« : Wir sahen Alle achselzuckend auf Frieda. Frieda ratheischend auf mich. (Also den Finanzexperten mimen!): »Ich schlage vor –: wir machen erstmal rund Zehntausend flüssig. 1 Kilo Gold; und die 2 Medaillen: müssen wir wahrscheinlich als Lockmittel einsetzen.« (Ich hatte schon meinen Plan; obwohl natürlich Glück dazu gehörte). »Braucht Ihr denn überhaupt so viel?« Sie wußten nicht, ob sie überhaupt was .... (also überlegts Euch; ich sah erstmal im Fahrplan nach.)

»Wenn wir 4 Uhr 49 hier abfahren: dann sind wir – ä – morgens um halb Sieben in Hannover« (ts: frühfrühfrüh; aber der nächste war wieder zu spät, da würden wir bestimmt nicht fertig.) »Im Notfall müssen wir im Hotel übernachten.« Sie errötete vor kleinstädtischem Stolz (während wir die Beutel wieder füllten).

»Und nun noch einen Rat« empfahl ich zum Abschluß: »Beruhigt Euch!: Nehmt an, es wäre Alles ein kupferner Traum.« Sie versprachen es folgsam; also war Karls nächste Anregung: »Du, vielleicht kommt der Goldkurs in' Nachrichten?«: »Laß das jetzt auf sich beruhen: das erfahren wir erst morgen in Hannover verbindlich« ermahnte ich; und in vorgetäuschtem Schrek-

ken : » Kinder : iss schon halb Zwölf! Ich wär fürs Schlafengehen : morgen um 3 iss' die Nacht um!«. (Frieda mußte in Hannover aber unbedingt zu ‹Hochstetter & Lange› mit rein : passende seltene Nähseiden kaufen. » Hoch steht er; und lange « : Karl nachdenklich. » Haben *Sie* etwa was mitzubringen?« : » Ochnee « sagte Line kindlich. Schüttelte auch nochmal den Kopf.)

Mondnacht : Ein Helles Ausgefranstes, einbetoniert. Auch immer älter und klappriger wird man : sie ist kerngesund, und wird noch mit 90 mögen. Erblich. Wer würde mir mal das Herz massieren, und sich besorgt über mich beugen? (Frieda natürlich. Und wenn ich ihr nur wäre, was Hintze der Line. *Muß* ich denn jetzt tatsächlich hier bleiben?!). –

In der leeren Küche sprangen Gitarrentöne herum; ohne sich um uns zu kümmern. Wir trafen uns vor der Tür (Karl & Line hörte man schon oben murmeln) : » Nee, wir nehm' lieber Alles mit rauf : sinn nich Alle so anständich wie Du « (traut also den Beiden nicht : aber mir!! verrückte Welt! Das giftgrüne Auge der Maschine zwinkerte mir durchtrieben zu. Wenn man in einen Hafen einlaufen will, muß man sich ihn erst bauen : *und* durch unmenschliches Glück das Baumaterial finden!).

Erst mal 1 Treppe höher : » Oh Du, was *zieh* ich bloß an?!« mit leeren ratlosen Augen. (Militär kommt auch bald, unvermeidlich, jetzt, wo die verfluchten Pariser Verträge ratifiziert sind : da muß man sich ohnehin ‹umstellen› oder, präziser ausgedrückt, : schweigen; vorsichtiger werden. Im allgemeinen Platten verschwinden; so ‹Heimatforscher›; und ich rieb mir garstig die Hände : die Menschheit müßte mal aus Protest gegen Gott beschließen, am 15. November 1955, abends

18 Uhr 10, geschlossen Selbstmord zu begehen (s giebt ja bestimmt schon Mittel, womit das direkt Spaaß macht !) : » Beim Gongschlag : – noch 5 Sekunden : – – : ! ! ! « (Dann soll er sein' Dreck alleene machen, was ? !). (Und danach würde sich rausstellen, daß es bloß die 1 Million doowe Idealisten getan hat : die Andern würden witzig wiehernd weiter pfuschen. Also auch keine Lösung !).

(Und jetzt ganz unemotionell ! : Wenn schonn, denn schonn : Frieda war unbestreitbar die Haupterbin. Karl hatte seinen guten Verdienst : da konnten 30.000 Mark ewig für uns reichen ! Folglich in nächster Zukunft ganz Glaubeliebehoffnung; morgen würde ich sie mit vornehmer Gelehrsamkeit beeindrucken. Und vielviel Liebe : was der Apparat nur hergiebt ! : » Friedel ? ! «)

» Nu komm, Friede ! : wir müssen morgen zeitig raus. « Sie riß sich mit Mühe aus der Umklammerung ihres Kleiderschrankes; wußte aber wenigstens ungefähr schon. (Und anbieten muß sie mirs selbst ! Schon sank ihre Brust heran, und ich zog die Walküre über mich. Moi, heißt das.) (Und die Fahrkarte konnte ich auch verwenden ! Der Mond sah ungeheuren Blicks durch die Fenster; hohe Wolkengestalten gingen ab und zu. Und dann stöhnte ich wieder : wäre 's nicht doch besser, zu verschwinden ? Ihre linke Brust wog bestimmt anderthalb Kilo; also 6.000 Mark; und ich schnarchte unentschlossener ins bettene Mundstück .) –

Was ? ! – Achso : 3 Uhr 20 : Frieda, gelblich vor Kunstlicht und Unausgeschlafenheit; war drob tückisch und empfindlich wie ein Äffchen, im strähnigen schwarzen Haar; mußte vor Aufregung als allererstes aufs Klo; und war überhaupt nicht zu gebrauchen. (Na, immer noch besser, als sonne blasierte Großstädterin, mit langen verbrauchten Brüsten und Niladmirari=Getue ! Ich hatte völlige Muße, das Brettchen genau in der Größe meines Aktentaschenbodens zu sägen – ja; s paßte wohl ausreichend jetzt; ja – um das Gewicht gleichmäßig auf die ganze Fläche zu verteilen. Sie bestand darauf, Alles mitzunehmen; auch Karl war lüstern dafür : Muß ich also den Verstand für Euch/Uns haben : bei unserer ausgesprochenen westdeutschen Tendenz zu Inflation plus schwindelhafter Rüstungskonjunktur würde der Goldpreis noch ganz anständig steigen !).

» *Morgen Karl.* « : er wollte mir durchaus seine Gaspistole andrehen, und war gekränkt, daß ich nur durch die Nase feixte : » Die lass Line man hier : die ganz allein das Haus verteidigen soll. « Das leuchtete ihm schließlich auch besser ein; er drehte sich um und gab sie ihr (Line, die sie auch, ohne eine Miene zu verändern, in den kleinen Busen schob. Hintze besah uns angeregt von der Abschlußplatte des Treppengeländers, half wohl auch geschäftig auf und ab rennen.)

» *Wo iss Frieda ? ! :* Mon Dieu, schon wieder ? « (Aber ich knurrte doch abermals wohlgefällig. Und den Deckenrest über die Beutel legen. Sparsames Schreibmaterial; den Zettel mit den genauen Angaben über den Feingoldgehalt der diversen Münzsorten. – Ach hier : die Taschenlampe noch.)

So. : » Also Du fährst heute noch mal, Karl ? « Zum letzten Male, ja; dann erst nach Neujahr wieder. » Und *Sie* schließen zu : falls wir heute schon Alles schaffen *sollten* – was ich bezweifle ! – würde es sehr spät, ehe wir heimkommen. Sie fragen von drinnen : ‹ Wer ist denn da ? ›; und wir sagen ‹ Sophie › : dann geben Sie die Gegenlosung : ‹ Dorothea › ! « (Diese Feinheit fand allgemeinen Beifall : das Geheimnisvoll=Gefährliche der Expedition wurde dadurch wesentlich eindringlicher herausgearbeitet. Schon sprachen wir leiser; die Schultern wölbten sich drohender; Karls Faust lag wie um einen eingebildeten Dolchgriff : ‹ Ein toter Mann erzählt keine Geschichten mehr ! › : sehr gut !)

» *Du ob ich nochma schnell geh ? ! « :* » Also Frieda ! : Mach doch bloß kein' Unsinn. Dazu ist doch nachher im Zug Gelegenheit; oder in Hannover « : » Im Aa=chief auch ? « Im Archiv auch. Sie hielt das Miniaturköfferchen aus schwarzem Velveton und Lackleder mit beiden Händen am Griff. » Jetzt müssen wir aber *unbedingt* los ! « (Karl brüllte noch selig übern Zaun : » Also erst ‹ Soffieh › . . . « Ich rief mit verzerrter Hand und gespaltenem Gesicht alle Unterirdischen zu Zeugen an; zischend : » Häng doch gleich n Plakat ans Haus, Mensch ! «. Er erschrak des Todes; er fiel zusammen : » Dorothea « flüsterte er; dann wankte er verstört hinein. Nur Line wandte sich noch einmal nach uns um. Die Nacht, goldgestachelter Echinoderme, kroch angeblich über uns hinweg).

Eingehängt (meine Tasche, links, war zwar maaßlos schwer; aber ich duldete eben zärtlich) : » Du mussoch auch noch Faa=karten kaufen. « ‹ Unter den Eichen › war es formlos strahlend weiß; wir durchquerten pfeifenden Schritts die Lampenteiche am Kriegerdenkmal und beim Gasthaus Böselager. (Hoffentlich kam sie nicht mit zum Schalter !)

» *Oh Du : schon spät ! :* Wart' Du am besten hier. « Ich stellte die Tasche neben sie auf die Bank, nun im Laufschritt zur Fahrkartenausgabe : » Einmaldritterhannovermitzuschlag ! « (Schon kündigte das Läutewerk ihn an).

» *Da fahren aber schon Viel mit :* so früh morgens « : Frieda, in der gramvollen Beleuchtung uralter Abteile, ganz vorn auf der Bankkante. Nebenan gähnten und streckbeinten drei Arbeiter; Unselige, die jeden Tag

50 Kilometer hin und zurück mußten. (Wer das nicht selbst durchgemacht hat, weiß gar nicht, was das bedeutet ! : jeden Arbeitstag 1¼ Stunden früher aufstehen ; 1¼ Stunden später daheim sein. Ich hatte es durchgemacht. 10 Jahre lang. Mein Blick verschnürte sich noch wie früher hoffnungslos im Gepäcknetz).

» *Achkuckmadu :* Der hat Dir ja ne alte Fahrkarte gegeben ! « : Auch das noch ! (Sie hatte ängstlich ‹ Ihre › verlangt ; wohl falls wir uns im Gewühl des ahldener Bahnhofs verlieren sollten ; und ich hatte ihr eilig zwei Päppchen in den Schlitz ihres Handschuhs geschoben). Jetzt holte sie sie eben hervor, und studierte genußsüchtig jede Zeile : » Du die iss ja – ach : vom Fünften ! « (Also entsprechendes Theater : Meine auch ? – » Nee, meine nich. – Nu, sie gelten ja 4 Tage ; das kommt schon mal vor. « Aber sie sah doch ängstlich dem Kontrolleur entgegen, der von Abteil zu Abteil, wie ein Gibbon im Käfig, heranturnte. Dann erleichtert und vertrauensvoll : » Nimm Du sie lieber wieder. «)

Wieder allein : Büchten. Ein Lichtskalpell wurde mir über die Hand gezogen. Die Räder dünten ihren gußeisernen Takt. Gilten. In den ‹ Frankfurter Relationen › würde ich wohl am besten nachsehen. Eventuell noch im ‹ Mercure galant › und dem ‹ Theatrum Europaeum › : *falls* die Jahrgänge noch erhalten waren ; Hannover hatte enorme Bücherverluste gehabt. Bothmer. » Oh Du wir müssen gleich raus ! « : ich winkte nur lächelnd ab ; streichelte einmal ihre Hand (meine wußte mehr, wollte weiter, schon biß mich der Zahn ihres Gürtels ; und sie zog sie sich erschreckt heraus ; verschämt : » Oh Vorsicht Walldér. « Allenfalls noch die ‹ Lexington Papers ›, sowie die Briefsammlungen Leibnizens und Liselottes von der Pfalz : » Ja, hoffentlich iss er schon offen. «)

Der Wartesaal in Schwarmstedt nämlich : natürlich war er

zu ! Wir starrten freudlos der Uhr ins fleckige Chinesengesicht : 20 Minuten hier in der Hundekälte warten ? ! : » Setz Dich ma hin Friede « ; (Ja, kriegst Dein Taschentuch drunter !) ; dann wickelte ich ihre hübschen Beine sorgsam in das Stück Decke, knieend gurren : » Wie *kannstu bloß* im Winter in dünnen Strümpfen fahren ! « . Sie bewegte dankbar die Schultern ; ich legte ihr noch ab und zu die warmen Hände um die kunstvollen Ohrknorpel ; und sie benannte mehrmals leise ihr Glück : » Wallder ! «

Die gehörnte Eisenfratze platzte aus der Nacht. Wir wichen angeekelt zurück : – ; und klommen dann in die dreckig glimmende Luke. » So ; jetzt dauerts ne ganze Stunde. « Ein Schauer durchlief ihre Schulterpartie : ? ; aber sie schüttelte heftig : » Nee kalt gar nich : bloß ‹ so ›, weisstu ? « Und ich nickte fachmännisch. Dann fiel ihr schon wieder der Goldschatz ein.

» *Je nun :* Gespartes sicher ; durch mindestens 2 Generationen. In Deinem Fall also praktisch seit 1800 – oder noch länger ! Sind auf keinen der vielen Gold=gab=ich=für=Eisen=Rummel reingefallen : Waren kluge Leute, Deine Vorfahren. « (Immer das ‹ Deine › einprägen ; *sie* hat darüber zu verfügen : nach moralischem Recht ja unbestreitbar.)

» *Ja, eine Möglichkeit* ist auch die noch – : « und ich erklärte ihr weitläufig die Zusammenhänge : damals als Hannover – völlig mit Recht mißtrauisch gegen den erwiesenen Urfeind Preußen ; aber militärisch leider unzureichend vorbereitet – sich der ‹ guten › österreichischen Sache anschloß, wurden die Truppen Mitte Juni 1866 im Süden des Staates konzentriert. (Ihre Hand zog sich entsprechend zusammen). Auch die Metallvorräte der Münze wurden am 16. 6. nach Göttingen dirigiert : » Dein Großvater war bekanntlich in Göttingen gestorben, und die Familie saß noch da – es könnte durchaus sein, daß sich da eine Gelegenheit zur Umwechslung ergeben hat. Dagegen konnte doch wohl das Gewissen selbst des treuesten Staatsdieners nichts erinnern, wenn er gespartes Silbergeld gegen den gleichen Betrag in Gold eintauschte. « (Oder doch ? : Ich kenne mich mit Beamtengewissen nicht aus : *ich* hätte jedenfalls nichts dabei gefunden !). » Ist eine bloße Vermutung, gewiß; ein Erklärungsversuch. « (Sie wollte doch wissen, was mit dieser Staatskasse weiter geschehen war : hat also Sinn für Geschichte ! Oder bloß, weil sichs wieder um so viel Geld handelte ? ; Hm. Sie war jedenfalls zutiefst enttäuscht, als den Sonderwagen zum Schluß doch noch preußische Kürassiere dicht vor Clausthal abfingen : » Och ! «).

» Nee : Langenhagen erst. « : sie sank wieder zurück ; fragte aber bei jedem Lichtpulk draußen mit Blicken herum : ?. » N-n. « Um sie abzulenken, fing ich ihre Linke ein, und steckte sie mir in die Manteltasche (drinnen dann ein Liebeskampf : ihre Finger flohen auseinander, in alle Ecken, wurden vorschriftsmäßig gebändigt, immer wieder neu ; bis sie endlich eine erotische Mulde daraus machte, in der ich mich wälzen mußte ; auch ein Rohr : sie biß sich vor spitzbübischer Anstrengung die Unterlippe und sah starr geradeaus : – : – : » Kommt ! ! « : sie erschrak kunstvoll, und ließ geschult sofort den steifen Zeigefinger los. Trommelte auch mit den Fußspitzen vor Vergnügen. So saßen wir, in unseren fleckigen Lichthäuten).

Wartesaal Hannover : sie verfing sich vor Verlegenheit in der Drehtür. Gequält umsehen (so hockten sie aufeinander, in allen Ecken : Haupteigenschaften des Menschen : Geselligkeit, Spieltrieb, Faulheit ; Geilheit ; Doofheit, Grausamkeit.) Ich stand hoch und wild, mit meinem bösartigsten Gesicht : ? : ? – : » Da drüben Du. « (Frieda). Wenigstens nur 1 dicker Ganove am Tisch : » Ist hier noch frei ? « ; er mußte es leider zugeben ; sah uns aber gleich über die Goldbrille hinweg so anklagend an ; der Notierwut nach ein Reisender (oder n Schriftsteller : vielleicht waren wir unbewußte Zeugen der Entstehung eines neuen Faust, und kamen selbst als Staffage drin vor : ‹ die volle Frau, viel zu hübsch für ihren hageren Volksschullehrer ›. Dabei hatte ich Schätze bei mir, wie der Priester Johannes !).

» Noch n Bier ? ! « : der Ober hoch mißfällig zu den beiden Witwen am Nebentisch : was war denn das für n Betrieb hier ? *Wollten* die nichts verkaufen ? ! : » Zweimal Kaffee bitte ! « ; er zuckte geheimnisvoll gekränkt, die runden Achseln (wofür ich dann, als das Zeug kam, ihm zum Possen noch während des Bezahlens je einen Löffel Nescafé zusätzlich hineinrührte.)

» Ach kuck ma Du ! « (Frieda, entsetzt hauchend : das war ja fast unheimlich !) : Der lange Kellner im Hintergrund, der lemurisch die Gäste beschlich ; ihnen das Tischtuch wegzog, mit violettem vertrocknetem Gesicht ; unbewegten Auges gaffte der kleine Empusenmund : wir schlürften den Kaffee schneller (immer zum Takt der langen Leiche, deren Arme sich schon wieder träge über einen Tisch näher spannten : abends wurde er an einen Haken gehängt ; der Wirt zog Kopf und Hände aus den Anzuglöchern und packte sie bis morgen in eine Schublade, natürlich würde er gewisse Formeln dabei zu murmeln haben. Selbst der gutmütige Besoffene sah ihn zweifelnd an.)

Verdutzt in der Halle : sie fragte andauernd besorgt nach, ob ich die Tasche auch noch hätte, und ich wies sie unermüdlich vor (aber selbst ich registrierte eine ständige leichte Unterströmung ; na ja, war ja verständlich).

»Ach, komm ruhig mit rein : eine Stunde müssen wir uns mindestens noch vertreiben.« (Also hoch die geschwungene Treppe ins Aktualitätenkino):

Da riß es uns in eine laute aufgeregte Welt! : uns, die Köfferchen brav auf dem Schoß. Nebeneinander; gottlob war es noch ziemlich leer.

Mehrere Wochenschauen : Bischöfe wurden geweiht : man ging eindrucksvoll umeinander herum; Riten krachten; Heiliges ölte; knieende Mäntel schlugen vorschriftsmäßige Josephsfalten : der einzig Ehrliche ist Rudolf Hildebrand! –

Tik : Tak; : tik : tak : Hallentischtennis. So düster und strähnig war die Aufnahme, daß die Stimme doch lieber erklärte, *was* da uhrwerkte. Auch die unvermeidliche Fußballpantomime : ochsengliedrige Verteidiger; Läufer schrateten geduckt; Stürmer sprangen steife Dreiergruppen, nur an den Köpfen zusammenhängende; der Torwart hob die wolligen Pudelarme (und immer die falsche Spannung! : auch die Stimme heuchelte dreist ein Großereignis : aufbrüllte der Schaumschläger; und die unsichtbare Menge respondierte dumpf, von ebensovielen Hammeln nur durch die Gestalt unterschieden).

Politiker?! : da machte ich lieber gleich die Augen zu, und *hörte* das Elend nur noch (manchmal schwieg er auch mitleidig; und das Surren hinten mußte ja wohl sein).

‹Hawaian Holidays› : und Frieda war begeistert über den grellfarbigen Trickfilm; ‹boang› zogen sich die Saiten des Wimmerholzes sichtbar nach oben; der schwarze Kleine rannte mit seinem Wellenreiterbrett vergebens der zurückrollenden Brandung nach : fleißige Beinchen.

(Dann den ganzen Salat noch einmal : für 50 Pfennig konnte man sitzen solange man wollte. Schöne Einrichtung; und viel billiger als jedes Restaurant. »Ja, wir können langsam losgehen.« In der Halle gab sie mir

doch noch mal den Koffer zum Halten. Kam auch erleichtert wieder hoch; breit und schwarz=weiß.)

Ernst=August=Platz : »Weißt du, was sich im Grundstein des Denkmals befindet? – : Ein Staatshandbuch von 1859!« teilte ich ihr mürrisch triumphierend mit (und sie verdaute es, perplex und ehrerbietig. Oben ein delfter Himmel : solides Weiß, kleines Blau; ich bewegte instinktiv prüfend die ermüdete Linke : ? – ja, das Gewicht hing sehr dran!).

Erste Frage : Was zahlt man heute in Hannover für 1 Kilo Feingold? Der schlanke dunkle Herr in der Degussa gab mir zuvorkommend jede Auskunft, als würde ich bald sein Kunde : so siehst Du aus! (Gold 4.800; Silber 115 Mark 80) – Karmarschstraße; an der nicht mehr vorhandenen Markthalle vorbei. Der Schloßplatz : »Da drüben iss das Niedersächsische Staatsarchiv. *Und* die Landesbibliothek.«

Im einsamen Treppenhaus : das träge Licht sah uns blicklos zu : einer ehrfürchtigen Frieda; einem lautlos pfeifenden Eggers. »Jawohl : Herr Doktor Zimmermann ist schon da. – Er kennt Sie von früher?! – Moment bitte.« (Während wir so allein im Glaskäfig des graugrünen Vorraums warteten, erklärte ich ihr schnell : diesen Archivrat.)

»*Ah Herr Eggers :* auch wieder mal zu Lande?«. Shake hands und kleine Verneigungen. Frieda wurde vorgestellt, als die Enkelin vom ‹Jansen›, und erweckte gebührendes Interesse : »Sie haben das Familienarchiv?!«, und wurde darob so stolz, daß sie beinahe Unsinn sprach (und viel zu viel; nach der Art reisender ländlicher Schönheiten. Ich machte ihn so neugierig auf kommende Enthüllungen, daß er ehrlich freundlich wurde, und uns erstmal die gewünschte Lektüre zusammenholte.)

» *So : Du, Frieda,* schreibst bitte aus dem Jahrgang 1854 hier genau die Seiten 197/98 ab. Aber buchstaben= und zeichengetreu ! « (Ein Offizier vom 7. I.R., dessen Stab unser Exemplar früher gehörte, hatte sich die Seite wohl ‹ zur Erinnerung › rausgerissen.) Ich machte mir erst schnell Auszüge über die Vermählungsfestlichkeiten unserer Sophie Dorothea, damals am 21. November 1682 in Celle. Dann bei Kretschmer nachsehen, betreffend die alten hannoverschen Münzen. Dann erst, als Leckerbissen, die fundamentalen – *und* gleichzeitig abschließenden – Essays des Professor Schnath über – diese – – Sache – – – :

Da ! : Wie erwartet ! : am 16. 3. 1665 war Philipp Christoph von Königsmark in Stade geboren worden. Auch die Devise stimmte. (Obwohl er daneben auch diese verwendet hatte : ein Herz, mit der Inschrift ‹ Cosi fosse il vostro dentro il mio ›.)

Und hier : in dem Briefwechsel, der eine zeitlang durch das Gesellschaftsfräulein Eleonora von dem Knesebeck vermittelt wurde, hieß die Prinzessin chiffriert ‹ Leonisse › : cela suffit !

Zurücklehnen ; atmen, dehnen ; überlegen ; (Frieda kopierte mit heiligem Ernst : ich versuchte zur Probe, sie etwas aufzuziehen ; aber sie lächelte nicht ein einziges Mal : die gelehrte Luft stand ihr gut ! – Vielleicht wäre sie *doch* eine Mitarbeiterin ? ! – Und ich stützte den Kopf wieder ärgerlicher in die Hand, übers Buch : was n *Da*sein !)

» *Herr – Doktor – : Zimmermann ! «* jetzt in seinem Arbeitsraum, und er lächelte gutmütig=gespannt : ? : » Kennen Sie einen – oder meinethalben mehrere – Münzsammler in Hannover und Umgebung : sie müßten *reich* sein ! « (Bedeutungsvoll. Dann öffnete ich die Klappe der unten stehenden Aktentasche ; zählte absichtlich halblaut : » Eins ; zwei – drei – : ah hier. « Hob mir den straffen Beutel sichtlich mühsam auf den Schooß. Sorgsam aufknoten. Oder halt : noch besser auf den Tischrand stellen : » Ich darf doch ? – « . Er nickte wortlos Brillenblitze.)

» *Aber noch nicht öffnen ! « :* dazu die Linke, jeden Wunsch abwehrend, erhoben : seine Hand sank unter dem hanebüchenen Gewicht der Kapsel schwer auf die Glasplatte seiner Schreibunterlage; das Siegel erkannte er sofort : » Haus Lüneburg : Ende siebzehntes Jahrhundert. « (Die Buben kennen ja Alles ! Haben zu viel zum Vergleichen hier.) .

» *Tonnerwetter ! – :* Darf mans *nich* mal aufmachen ? ! « : » Wenn wir einen Käufer finden, dürfen Sie dabei sein : ich *bitte* sogar darum ! « versprach ich. Er brauchte nur ganz kurz zu überlegen : » Für so ein Objekt kommt hier in der Stadt selbst nur Direktor Dettmering in Frage : von den Atra=Werken. Versteht auch was. Und vor allen Dingen : hier ! « (Konnte also mit dem Daumen wackeln; Kunststück, bei den Atra=Werken; na, desto besser. Und wenn *der* nicht ? : » O – dann giebts noch Mehrere. « versetzte er ausweichend, und : » Ich=ä : ich ruf gleich mal an, ja ? ! « : » Aber gern, gern ! «) .

(*Allein mit Frieda :* die Dose wieder ins Säckchen. Wieder zu. Wieder in die Tasche. » Mach Dich aber immer auf ne Übernachtung gefaßt « mahnte ich. Stille. » Also ich führe die Verhandlungen ? « vergewisserte ich mich noch einmal; und sie nickte heftig. » Bist Du überhaupt mit Kopieren fertig geworden ? « fiel mir noch ein. » Cha. « Stille.)

» *Er kommt sofort :* mit dem Wagen. – : Ich hab ihm anständig eingeheizt « ; Hände reiben, fröhlich : » Na, ich bin ja neugierig « gestand er freimütig; und beugte sich über Korrespondenzen. Murrte abschätzig. Später noch : » Oh nein, er war schon im Werk. Das dauert nur Minuten : wenn die Herren *wirklich* wollen . . . . . «

Minuten : ich steckte mir den Zettel griffbereit in die Brusttasche : für 10.000 Mark – das hieße also etwa – 1 Kilo Zwanzigmarkstücke ; und die beiden Medaillen. Natürlich nur gegen Baar und Stillschweigen. Er setzte sich an die Maschine und hämmerte die Stille klein : umso besser : da hörte man wie die Zeit verging.

Zwei verschiedene Schritte ? : auch Zimmermann horchte hoch : ? : !

» *Frau Jansen, Herr Eggers : Herr Direktor Dettmering* « (von den Atra=Werken : Frieda hatte erst aufstehen wollen (woran ich sie, ebenso wie am Berichtigen, eben noch verhindern konnte.) Der massive Mann sank in den Sessel und drückte sich das Gedärm zurecht. Tat zuerst auch arg nach ‹ Zeitistgeld ›. Na, das giebt sich schon ; also erstmal wieder das Dosenkunststück).

Sie neigten sich murmelnd über das Siegel : » Tja. « Auch : » Zweifellos. « Dann ein fragender Blick zu mir : ? – ich beugte mich vor und schraubte kraftvoll am Deckel (ließ ihn aber locker darauf liegen : die Lust ist noch größer, wenn man den Apfel eigenhändig vom Baume pflückt. Er griff gleichgültig übers Filzdeckchen : – –) :

Und wuchs langsam zurück : ! : Beherrscht wieder vor. Lange Stille. Dann erhob ich mich geräuschlos, und zeigte stumm den weiteren Mechanismus : so : legte auch die beiden Stücke farrenäugig nebeneinander ; die Köpfe gingen unmerklich hin und her.

» *Henning Schlüter'sche Schule* « *geflüstert :* der Kerl erkannte an irgend einem Geheimzeichen sofort den Graveur ! Natürlich war mir *der* Name auch geläufig : der berühmte Zellerfelder Meister, bei dem damals ganz Niedersachsen prägen und münzen ließ ! Aber hart eingreifen jetzt : » Haben Sie eine Briefwage da ? « Zimmermann riß sich langsam los, mit selig gezogenem Ausatmen : » Ja. – : Moment – ich hol eine. «

Ich wog ihnen die Stücke vor : Direktor Dettmering spähte einmal kurz (aber mit Falkenblick) nach der Skala : Du denkst wohl, Du bekommst sie für den Metallwert ? ! » Ja, und *was* ist das ? « debattierten sie jetzt. » Das ? : 's n Unikum ! « entschied Zimmermann mit Nachdruck; aber Dettmering wiegte schon ausgesprochen preisdrükkerisch den Kopf.

» *Ich wills Ihnen kurz erklären* « sagte ich also nachdrücklich : Namen, Daten, Zahlen. Frieda hing an meinen Lippen. Bitte : die ‹ bekannte › Königsmarkdevise ! ; » Ich hab Ihn' ein' Zettel reingelegt « schloß ich kühl (was Dr. Zimmermann köstlich amüsierte ; er holte den Jahrgang, und sie sahen mit Abstand hinein.) Wie in unseren Besitz gekommen ? : auch das, mein Sohn ! Der Name ‹ Jansen › war ihm kein Begriff ; ich erklärte ihm, mit Rücksicht, da es sich um einen bloßen Numismatiker handelte, die Zusammenhänge : » Jetzt allerdings wohnt die Familie in Schwarmstedt « (*und* den Basiliskenblick zu Frieda, scharf wie der Funke einer Induktionsmaschine : muß morgen ma probieren, ob ich auch eine Postkarte damit durchlöchern kann). » Tja, Herr Kommerzienrat « (Zimmermann, schelmisch : es geht ja nichts über so einen wissenschaftlichen Strauß !) : » da sind Sie an einen Fachmann geraten : *ich* kenn' Herrn Eggers schon seit Jahren ! « (Und Frieda errötete stolz : das war *ihrer* !).

Ein ingrimmiges Lächeln entstand auf dem Cäsarenprofil : » Stürenburg wird wahn : sinnig ! « flüsterte er ; kniff den Mund wieder ; nur die Augen flackerten noch (entwarf wahrscheinlich schon den Plan : wie er dem Rivalen beiläufig die ‹ Neuerwerbung › zeigen würde. Schon bog sich wieder eine sarkastische Mundecke um). Aber das konnte ich mir nicht entgehen lassen! »Stürenburg?« fragte ich höflich=zwingend; und Zimmermann rieb sich verlegen die Nase: »Tja. Geheimrat Stürenburg.« sagte er undeutlich: »Der sammelt wohl auch.« (‹Wohl auch› war gut: »Können Sie mir die Adresse sagen?« Harmlos. Er zauderte verlegen vor dem steinernen Blick des Gastes. »Oder mir nachher mal das Adreßbuch geben?« half ich ihm: aus dem Augenwinkel vermerken, wie er erleichtert aufatmete: wohnt also *nicht* in Hannover – »Oder mal in Fachkreisen nach ihm rumfragen –« murmelte ich träumerisch. Er blieb unbeweglich.)

»*Wenn* Sie sie erwerben: *kann* ich dann ne Gipskopie für die staatlichen Sammlungen nehmen lassen?« bat Zimmermann; und in wüster Lust: »*Das* wird n Artikel ins Jahrbuch! – Das iss ja direkt n historisches Belegstück! –: Fantastisch!« (Noch im Hinausgehen; denn er ließ uns jetzt diskret allein.)

»*Ja eigentlich* wollten wir erst nur *eine* abgeben –«. Er schnob abwehrend durch die Nase; schürzte die Lippen, und verneinte mit dem Kopf. Erwog: »Wenn Sie sich *schriftlich* verpflichten –: das andere Exemplar *nie: mals* anderweitig zu verkaufen ....« aber dann wieder entschlossen: »*Nein.* Neinnein!: Ich muß entweder Beide haben: *und* in Kapsel und Siegel: nur so sind ja Bedeutung und Herkunft ausreichend zu belegen!« (Das ‹oder› erwähnte er gar nicht mehr: schön; sollst sie ja haben! Wir wollens ja gar nicht anders! Aber dies hing noch daran –:) (Er schüttelte immer noch).

»*Sie müßten uns gleichzeitig* etwa 1 Kilo Goldmünzen mit abnehmen. – Mehr wollten wir zunächst nicht flüssig machen.« (Ich ließ ihn ganz kurz in den Medaillenbeutel hineinriechen: seine Zunge wurde öfters spitz: Wespenthaler!). »Das Geld müßten wir natürlich in Baar haben : wir sind einfache unwissende Leutchen « setzte ich lächelnd hinzu. Er maaß mich schneidend=kalt; ich ihn sogleich klar=kalt : ein Sammler den andern : ich hatte den Beutel, er das Geld. Er rechnete und verschob sichtlich Summen über Geheimkonten.

Also die nächste Spritze : » Wir müssen vor allem 16 Uhr 59 ab Hauptbahnhof wieder fahren « berichtete ich kleinbürgerlich. Er machte nur eine Handbewegung; nervös und abwehrend : » Ich lass' Sie im Wagen nach Hause bringen : Schwarmstedt, ja ? ! « und nickte kurz : alles kein Hindernis. (Ein königlicher Kaufmann. Also nahm ich ihm die Stücke vor der Nase weg, in der leise ein Polyp schnarrte; mummte sie weinrot ein; feierlich : rin in Rucksack. Ja.)

» Herr-ä – : Zimmermann ? – : Können Sie mich bitte mit dem Werk verbinden lassen : die Kasse, Herrn Hoyer. – Und anschließend mit der Niederdeutschen Bank, Rathenauplatz. – : Sie entschuldigen, ja ? ! «. An sich entschuldigten wir schon; aber : » Wir müssen erst noch ein paar Besorgungen erledigen. « Er zögerte; das sah er gar nicht gern, daß ich so mit seinen Schaumünzen in der Aktentasche in der großen wilden Welt herumschlendern wollte. Unwillig : » Ja, wie machen wir das dann ? «. » Und über den Preis müssen wir uns auch noch einigen « sagte ich ruhig (was er scheinbar überhörte : Du wirst Dich nachher vielleicht noch wundern !). » Ich schicke meinen Chauffeur zum Bahnhof : der kann Sie dann raus zu mir bringen : ? « » Ja Frieda ? : « » Och, « sagte sie zaudernd : » wenn wir dann man noch zurecht komm' – « (scheinbar völlig verwirrt. Aber vollkommen richtig so : immer retardierende Momente !) Er riß sich auch gleich zusammen : » Aber gnäje Frau ! « bat er eindringlich; aus überzeugenden Baritontiefen : » Iss doch kein Problem ! . . . . «

(Also noch auf Uhrzeit und Erkennungszeichen einigen; dann wurde er schon ans Telefon gerufen.)

Draußen : »Jetzt gehen wir erstmal essen!« (Auch eine Bratwurst zuvor, bitte sehr; die Buden rochen ungemein lecker; ich mußte es zugeben). Kauend : »Och, ob' ass klappt, Du?!« »No – es sieht fast so aus« entschied ich bedächtig, ebenfalls den Mund ganz voller Saft und Bräune; dann abfällig (Du sollst keine andern Götter haben neben mir, Du!) : »Ach iss doch kein Kenner!« und : »Ich kann keinen Menschen achten, der nicht hannoversche Staatshandbücher sammelt!« »Lob' doch Deine S-taatshandbücher nich immer so« verwies sie mir's altklug und praktisch : »Du machs'ie doch bloß teuer dadurch!« (Auch wahr. Doch sie fuhr schon lippenleckend fort : »Du aber S-paaß macht'as!«).

Shopping : schöne große Karte von Cypern im Schaufenster von Schmorl & v. Seefeld; Famagusta und die Bai von Akroterion. Troodos, 2010 Meter : schwer zu überschießen also; nicht ohne Flugbahnbilder oder grafische Schußtafel (siehe da : auch ich rüstete schon auf!). (Beim Optiker noch eine große Leselupe für Karl, zum Irland=Atlas, 110 Millimeter : »Aber nich verraten, Du!« Sie nickte mir liebevoll zu.)

»Ich werd Dir was zeigen, Du : selbstverständlich geh ich mit rein!« : entrüstet : sie wollte sich allein Unterwäsche kaufen!

Rosige Regale ringsum; Stapel aus Elfenbein, Pastellblau, und flachem Grün : sie verhandelten halblaut. »Leider! : ohne Träger giebts für Größe 7½ nicht.« (Also 7½ : ich streichelte ihr stolz den Arm, und sie nestelte verlegen am Mantelschlitz : »Ob ichma anprobier, Du?«). Ich riet ihr zu den winzigsten Höschen, und dem schmalsten Halter : »Das ist *nicht* lediglich Deine

Angelegenheit; denn ... « Die Verkäuferin griente diskret in die Wand hinein. Sie errötete lieb und ließ mich stehen.

Schon Dämmerung : Rotes und Grünes glühte in den Läden; wir gingen an der untergläserten Felswand hin. » Ja, die kleine dort : die feuerfeste. « : eine Stahlkassette. (Ich erklärte es ihr : zu Hause die restlichen Münzen hinein; und etwa in die Kellerwand vermauern).

» Wie hat er gesagt ? : Wenn man rauskommt, die linke ? « : also von unserer Richtung aus jetzt die rechte Ecke. – Warten. – » Du – : wenn er sichs nu überlegt hat ? ! « » O, dann bleibt er eben weg « beunruhigte ich sie. Kurz vor 16 Uhr 30. Und schon lavierte es um die Kurve : ein richtiges lebendiges Auto.

Großer Ford, was n Wagen ! : den hätte Karl sehen müssen ! : Seegrüner Lack; 15 Fuß lang; die Fensterstäbe waren fingerschmal geworden. Das Innere schon mit einem matten gelben Licht gefüllt : ich mußte gleich honey zu ihr sagen. (Stimmte die Nummer ? : 4907. Ja. Vorn auch der Stander : das weiß aufspringende Hannoverroß : wird sich für einen patriotischen Sammler auch so gehören !).

Er sah uns an; er fragte zögernd : » Äh – Sophie ? «. Ich nickte ihm feierlich eins hinunter : » Dorrothie « entschied ich (mit ausgesprochen englischem Akzent, noch von vorhin : Hinein ! – Dettmering wohnte weit draußen, in einer Villa der Gehägestraße. Also durch die Eilenriede.)

Weiß und leer der wohlerzogene Wald : » O wenn'ass bloß *guut* geht, Du ! « Deswegen hatte ich ihm ja weißgemacht, daß wir auch zu Hause noch alles Mögliche hätten. (Obwohl mir nicht *ganz* geheuer war : ich wußte nur zu gut, wessen Sammler fähig sind, who should know but I ? Tinius. – » Nu, er wird mir wahrscheinlich ne Tasse Tee anbieten ; und Dir n Kognak und ne Brasil « tröstete ich mit dem ärmlichen Witz, » Dann werden noch 1, 2 Komplizen da sein ; ‹ Chemiker ›, Metallfachleute, um den Preis zu drücken. « Achselzukken : » – und dann wird er sie eben nehmen. « : » Ach meinstu ? « . –)

(Noch immer im Stammkäfig : Haarmann war auch aus Hannover gewesen !).

Ich wandte mich noch einmal um : » Sie fahren uns nachher ja wieder « benachrichtigte ich ihn. Und militärisch kurz : » Sie kenn' doch Geheimrat Stürenburg ? – « er nahm bei dem Namen die Mütze ab und dienerte neugierig : gehörten wir zu *der* Clique ?. Ich, ungnädig (über mein Gedächtnis) : » *Wie* hieß seine Hausnummer noch ? : wo er wohnt ! – ? «

» Ach das genügt : ‹ Villa Erderworth › « half er mir bereitwillig ; und, als ich noch stirnrunzelnd zu schwanken schien, » Den *könn'* Sie nich verfehlen : den kennt in Bissendorf jedes Kind ! « Also Bissendorf. » Erder – Worth : Danke. « (Bürger's ‹ Molly ›).

Garten ; Halle ; Teppichgänge : ach, da saß er, im Mittelpunkte des Netzes. » Doktor Block, mein Chefchemiker : – « (ein kleiner beflissener Dicker ; mit Säurefläschchen, Pipette, die Flachhand auf der Mensur, hinter der Milligrammwaage im Glasschränkchen : also erst *den* bändigen !).

Die Zwanzigmarkstücke : ich zählte ihm einhundertvierzig hin : na, ist das halbe Kilo voll ? Er nahm Tabelle und Rechenschieber zur Hand.

Den Rechenschieber ? ! : ich fixierte ihn ; ich fragte lässig : » Haben Sie nicht eine hochstellige Logarithmentafel ? : Das da « mit einer Kinnhebung zu seinem plattierten Spielzeug » genügt mir nicht ganz. « (Als Kampfansage.

Er lächelte vornehm; mußte aber zugeben, daß keine im Hause sei. Oh, diese Angewandten! Ich legte meine Gesichtsfalten in ein ‹ Unglaublich ›, und begann mitzurechnen.)

» *Was?! Sie nehmen* den Feingehalt der 1850er Pistolen nur zu 900 an?! « Ich erhob mich wuchtig auf den Händen; er schnappte pappig; bellte sogleich mopsig dawider; aber jetzt wurde ich sackgrob: » Wenn Sie nichts von Numismatik verstehen, Herr Doktor Block .... « (Und den Titel hämisch, als wärs ein gesellschaftlicher Makel!). Prompt wurde er puterrot – aber Dettmering griff schon ein: » 975 « bedeutete er seinem Getreuen. » Komma 61 « ergänzte ich ätzend; mit der angeekelten Verachtung, die jeder Ehrenmann fühlt, wenn er mit kleinen Betrügern zu tun hat. Er wurde tiefernst; griff aber doch noch einmal in seine Handbibliothek. Schwarz geschliffene Stille mit rotgoldenen Kanten. Aha: noch eine Tabelle: da stehts auch nicht anders drin, mein Lieber. – Dann raffte er sich auf: » Ä ganz recht: 61 « gestand er geschlagen: » Komma 61 « (zum Knappen an der Waage: wenn *Du* Alles einzeln wiegst, reibe *ich* nachher jeden zehnten Hunderter mit nassem Finger!).

Und wieder kriegten wir uns in die (schütteren) Haare: Streit um Abrundung: » Bei nachfolgender 5 wird *grundsätzlich* nach unten abgerundet « mit streitsüchtigem Spitzmäulchen. Also kleiner Vortrag über Abrundungen für den Herrn Doktor (und auch Dettmering lauschte: das interessiert die Zechenbarone immer, wie man da eventuell noch einmal mehr jonglieren kann!).

» *1,0 und 2,0:* bieten der Abrundung keinerlei Problem: es sind eben ganze Zahlen. « (er bewegte hastig die Lippen; zwang sich aber noch zur Höflichkeit): » Bei 1,1 wird 1 abgeworfen; aus 1,9 wird zwanglos 2: stellen Sie sich vor, die bei 1,1 abgeworfene 0,1 würde ‹ zur Ergänzung › bei der 1,9 angefügt, ja ? – Gleichermaaßen ergänzen sich 1,2 und 1,8 ; 1,3 und 1,7 ; 1,4 und 1,6 : die 1,5 steht allein für sich ! «

» *Wenn Sie also* – wie Sie vorgeblich zu tun gewohnt sind ! – « (er zuckte : wenn bloß der Chef nich anwesend wäre, was ? !) : » die 1,5 ‹ grundsätzlich › nach unten abrunden « (höhnische Pause) : » dann stören Sie das Gleichgewicht dieser Zahlenpaare entscheidend ! Der Ausgleich der 1,5 kann nur über die 0,5 erfolgen ! Beziehungsweise die 2,5. Die ähnlich isoliert stehen. «

» *Man muß sich eben* im Leben eine Regel dafür setzen « (wie zu'm Kinde) : » entweder ‹ grundsätzlich › auf die zunächst liegende gerade oder ungerade Zahl gehen. « (Dettmering runzelte die Stirn ; hatte 's also noch nicht ganz kapiert. Gab ich großmütig das Beispiel zu) : » Also aus Beiden, 0,5 wie 1,5 wird 1 . 2,5 und 3,5 zu 3 : das ist nämlich jeweils die zunächst liegende ungerade Zahl : die *ich* immer nehme. « (Jetzt hatten Herr Direktor 's gefressen : er nickte erleuchtet ; würde also in der nächsten Aufsichtsratssitzung mit leiser eindringlicher Stimme die staunenden Aktionäre belehren. Ich schloß hochfahrend geschäftsmäßig) : » Also ist von *Ab*runden überhaupt keine Rede : wie wollen wirs in diesem Falle halten ? ! « sah auch den roten Gummiball so brutal an, daß er vor Entrüstung auf den Fußspitzen tanzte, Allemande, Courante, Sarabande und Gigue (wozu sich noch zwanglos Gavotte, Bourrée, Passepied und Menuett gesellten : sei doch froh : haste wieder was gratis gelernt !). » Also ungerade ! « schnarrte ich, ehe er noch antworten konnte ; und Dettmering willigte ein, hob auch eine auffordernde Hand : sich danach zu richten. Wir rechneten wieder ein bißchen.

So, nun noch die Medaillen : » Entspricht im Ganzen, Herr

Direktor – : 2063 *Komma 71* Gramm Feingold. « Und ich bekräftigte nachdenklich : » 2 Tausend 63 . Komma Sieben, Eins, Fünf : Sieben Eins. « und nickte ihm so väterlich anerkennend zu, oh, mein bester Schüler !, daß er wieder heißer wurde.

» *Danke; Sie können gehen,* Herr Block. « Wir verneigten uns stilvoll voreinander, wie zwei große Prinzipien (stand jetzt also der finanzielle Teil bevor. Und kämpfen ! : es ging ja vielleicht auch um *mein* zukünftiges Auskommen !).

Er setzte die Fingerspitzen aneinander : » Wir wollen – jetzt, wo wir unter uns sind – die Centimes beiseite lassen : der Goldpreis des Tages ist Ihnen bekannt ? « (So eine Frage ! Er fuhr auch schon bestätigend fort) : » Das wären also Summa Summarum Neuntausendneunhundert Mark. «

Pause. » Metallwert « sagte ich lakonisch. Er nickte gemessen : » Ich will Ihnen ein gutes Angebot machen : rund 10.000 ! « Ich zog die Stirn zusammen. Ich beugte mich vor. : » Herr Dettmering. « sagte ich leise (ohne Titel; vor Grab, Glücksspiel und Staatshandbüchern sind wir Alle gleich !) : » Wissen Sie, was Sie gesagt haben ? : für 10.000 Mark erhielten Sie 9.900 in reinem Golde : dessen Preis ständig steigt ! Sie würden also diese – im wahrsten Sinne des Wortes – ‹ fürstlichen › Kuriosa von einzigartiger privathistorischer und numismatischer Bedeutung ! : für Fünfzig Mark das Stück erwerben ? ? ! ! « Ich erzeugte vermittels Brustkastendruck langsam eine Zornesader; wurde gekonnt ruhiger : ich *mußte* mich ja verhört haben ! ; geschäftsmäßig : » Ich mache Ihnen einen Vorschlag : ich biete die Medaillen zumindest noch Herrn Stürenburg in Bissendorf an. Oder öffentlich in den Fachzeitschriften : auch des Auslandes – und wer dann das Meiste bietet, erhält sie. «

Er antwortete bedächtig, seine Finger ordneten manchen Silberstift, : » Damit würden Sie aber Ihren eigentlichen Zweck verfehlen : steuerlich unbelästigt zu bleiben. « Ich lachte nur grell : » Der Käufer wird schon darauf eingehen ! « Stand auf. Wir griffen gleichzeitig nach dem Döschen. » Was meinen *Sie* also ? « knapp, zum grünen Fenstervorhang (eine Einrichtung haben die Schweine, wie die Fürsten !)

» Zwölftausend. – Und bitte jetzt kein Handeln mehr : ich *kann* das so schlecht ! « (bittend und wie nervös ; er fraß auch *die* Unverschämtheit ; und versuchte noch einmal) : » Elf. «

» Jetzt : Dreizehn ! « sagte ich giftig. Nahm ihm die Büchse aus der Hand : zu ! Raffte auch die abgewogenen Münzen zusammen (und riskierte sogar, den halbvollen Beutel zu öffnen : » Halt mal bitte, Frieda ! « : dann war Alles wieder durcheinander.) (Ist ja auch egal ! : Schlimmstenfalls übernachten wir ; und fahren morgen zu diesem anderen Scheich ! Er sah mir mehr ins Gesicht, als auf die Hände.)

» Lassen Sie noch. « : er bückte sich zu einer der tieferen Schubladen (ohne jedoch die Augen unter die Tischplatte sinken zu lassen). Die Hand brachte Geldbündel. » Also – ä ? – « » Dreizehn ! « wiederholte ich grollend. » Dreizehn. « : in dem Ton lag so überhebliche Menschenverachtung, daß ich ihm auch noch *die* Komödie vorspielte : » Bist Du einverstanden, Frieda ? – Ich würde Dir empfehlen – « (nochmals Alles besorgt überrechnen ; verantwortungsvolle Pause eines Bevollmächtigten) : » Ja ; ich würde sagen : nimm an. « Sie nickte ; die Hand auf dem brikettfarbenen dicküberzogenen Schenkel.

Fünfzig Hunderter. Ich zählte durch ; prüfte (wie versprochen !) hier und da einen mit feuchten Reibefingern :

» Zähl Du bitte auch noch mal : Fünfzig müssen's sein. « Stumm reichte er mir das zweite Päckchen : ja. Wieder fünfzig. Und noch eins. (violette diesmal). Und noch die Zehn. (Den geschrumpften Beutel wieder verschnüren. Das Geld in die Taschentiefe.)

» Und diese restlichen Thaler und Medaillen ? : Damit können wir uns später wieder einmal bei Ihnen melden ? « Er nickte bedeutsam : » Ja « sagte er; auch : » Gewiß – Auch wieder mit Gold gekoppelt ? Gut. – Warten Sie : wir vereinbaren am besten ein Stichwort, das mich sofort informiert – – : Sie melden sich am Apparat mit ‹ Leonissa=Werke ›, ja ? ! Ich werde Anweisung geben, daß ich dann jederzeit persönlich zu erreichen bin. « (klug abschwächend) : » Oder ein Vertreter. « (Er konnte die Tricks eben auch nicht lassen !).

» Hilfers soll kommen ! « : er strich die Münzen in den Tischschub; schloß herum. Schrob an der Kapsel – : und steckte sie urplötzlich in die Hosentasche (behielt auch die Hand darauf).

» Hilfers ? : Sie fahren die Herrschaften nach Schwarmstedt ! Und anschließend . . . « (er wurde leiser; wischelwischelwischel; » 'wohl, Herr Direktor ! « : hatte er nicht S=Laute gezischt ? !).

Cash down : da lag der Mondgroschen im grundlosen Himmelsmatsch, dreckig, als wäre nicht bloß Einer drüber gelatscht (ob Kopf oder Wappen war nicht mehr zu unterscheiden). : » Bis Schwarmstedt Bahnhof : ja bitte. «

Sie saß sehr dicht an mir, den derben klugen Kopf mit vielen Gedanken gefüllt (ich weiß, ich weiß ! Aber ich wollte noch nicht; moi wohl. Vorgestern noch in meditatione fugae, Mensch !)

Glatteis bis Essel hinauf : einmal suchte ich in meinem Portemonnaie : – Nanu ! ? – – : Ach hier : wunderbar !

(Der Kerl verdiente bestimmt 500 im Monat : vielleicht geb *ich* ihm da noch was ? !)

Ich tippte ihm beim Hinauswinden gönnerhaft die Schulter, zeigte diskret auf die 4 silberblanken Flecken : ! (und er zog respektvoll die Schirmmütze : würde sich nachher auch wundern, wenn er die ostzonalen 5=Pfennigstücke fand !). (Wahrscheinlich aber – zumindest unter anderem – auch auf *die* Vermutung geraten, daß ich mich selbst geirrt, und sie für Westfünfziger gehalten hätte : wenn *der* seine Dienerschaft nicht numismatisch schult ! . . . .)

» *Ohne Deine Kenntnisse* hätten wir *längst* nich das rausgeholt ! « : Sie wühlte die Schläfe in mich (und Küsse im Abteil : es war ihr neu, und sie saugte begierig ; moi schwoll truthähnig, hoffährtig). » Und gefunden hast Dus überhaupt auch ! « Ich wartete finster : gleich würde sie bewiesen haben, daß es eigentlich fast mir gehöre : und da ich ihr gehöre . . . . .

» *Du : oder wollen wir etwa* bauen ? ! : Karl und Line können ja das alte behalten ! « Ich ergab mich langsam : früher oder später hätte ich ja wohl doch im Königreich Hannover wohnen müssen.

» . . . . . *und morgen – :* « » Morgen ? « fragte ich schwach. : » Morgen lassen wir Deine Kartei machen ! « bestimmte sie glücklich=unerbittlich (und ich sank wieder tiefer in mich zusammen : Ahlden lag an sich zentral genug ! – » Und wir kaufen uns n Tandem, Du ; das iss gesund : und fahren zu all den Pfarrämtern ! « . Schon kam das erste Bild : Haide ; Sonne ; ein harter Radfahrweg unter Birkengewehe ; vorn drauf das stramme Gesäß, an dem die Schenkel elastisch arbeiteten ; wenn wir wollten – und sie wollte ja oft – bogen wir links ab in den Wald. » Hastu auch Alles ? ! « unermüdet war sie seit heute früh !) . –

Aus der schlechten Fensterscheibe starrte mich das verzerrte weiße Gesicht an (Mond); trat ich nach rechts, blähte er hämisch eine Backe : also nochmal klopfen.

Line, Hintze im Arm : » Ich hab n paar Schnitten gemacht. « Selbstredend wars recht ! Ich öffnete aber zusätzlich noch 1 große Leberwurstbüchse, hausmacherne. Im Ofen auch das Flammengewirke. Ein gelbes schnurrbärtiges Köpfchen erschien mehrmals protestierend über der Tischplatte, und ich gab ihm einen richtigen Batzen Wurst : » Zur Feier des Tages ! «. Hochverlegenes Geständnis : » Er hat anne Tasse zertöppert ! «

Line hatte sich auch beim Bürgermeister anmelden wollen – » Ach, *das* iss doch nich nötig ! « – und war mit ihm in ein Gespräch über die anderen Flüchtlinge hier am Ort geraten : » Bei der Schule wohnt anne Laubanerin : *die* hat vielleicht Klappe ! « und berichtete erregt von der großen Hildesheimer Tagung letzten August (das war die offizielle ‹ Patenstadt ›. Sie hatten also endlos gedahlt, und sich neue Besuche versprochen.)

» *Ach ja : und Radio* viel gehört « hatte sie; besorgt : » Was die hier auf die Ostzone schimpfen ! « an ihrem Mund bewegte sichs lange : es gefiel ihr gar nicht. Schon erschien ein dicker gelber Schatten neben ihrem Ohr, und spazierte ihr zweimal eng um den Kopf; schwang sich dann in den sehr flachen Schooß, und verwandelte sich in eine surrende Pelzscheibe. (Da sie, geduldiger vorbeiwandernder Fremdling, nach nichts fragte, begann Frieda den Reisebericht, Alles durcheinander; Hauptsache : » Es hat geklappt ! : Ach und Wallder erst ! : – « Mit Mühe nur gelang es, sie zum Schlafengehen zu bewegen : » Zehntausend : ich Dösbattel hätts doch glatt gemacht: aber Wallder – «. Ich bat erneut von der Tür her; aber sie verkündete fest : » Wenn *Du* nich wars', hatten wir jetz schon Dreitausend weniger ! – Und überhaupt *gar* nichts ! « schloß sie stürmisch.)

» Haben Sie sich auch Feuer gemacht ?! « : streng zu Line; aber die schüttelte sinnreich den Kopf : » Ich habs doch die ganze Zeit hier in der Küche warm gehabt. « (Also mit einer Schaufel voll Glut als Qualmläufer die Treppe empor; sie widersprach noch, als ihr Ofen schon bullerte wie Karls Motor : ich wies sie auf die Ähnlichkeit hin, und sie schwieg überrumpelt.) » Bei mir oben ist natürlich auch kein Feuer ? – Neinein : ist schon richtig so ! « beruhigte ich sie. Und : » Gute Nacht, Freuln Hübner. – Nebenbei « (lächelnd) : » was haben Sie denn die erste Nacht hier geträumt ? « Sie winkte schwermütig ab : » Von Schlesien so – « murmelte sie, schloß auch den Mund widerwärtig, daß sie zahnlos aussah, schadhaft, uralt. (Ich schlug die Augen nieder ob meiner albernen Frage : hätt' ich mir eigentlich denken können : bei der zweiten Auswanderung fällt Einem die erste ein. Aber sie gab mir tröstend die Hand zur Nacht.)

» Hassu die Tasche mit ? – « : da stand sie. Sie saß auf dem Bettrand und sang mir zu : » Och bin ich müüüde. – Unn kald iss 'as hier ! «.

(*Finger in Byssus* und Abyssus gehakt : sie sog schon gleichmäßig an der Atmosphäre. Dann doch noch einmal, aus Körpertiefen : » In ein sswei Jaa'n könn' wir glaubich *ganz* sorglos. Du. «). (In den Weißen Bergen. Ihrer Brust.). –

Auffahren (aus Träumen von Briefträgern, die mir grämlich=freundlich Pakete hinhielten, und lange auf die 30 Pfennig Abtragegebühr harrten : ob Karteikarten drin waren ? Die rote Firmenfrankierung schiens zu bestätigen.) Also auffahren : auch Frieda hielt sich am geknickten Geländer meines Arms. : ? – – : ? ! : ! ! » Du, da iss Einer in' Haus in ! «. (Mantel um und runter).

Und Entrüstung durch die Nase ! : da saß er, Musche

Hundsfott, der dicke bunte Hintze, und sah uns erwartungsvoll an. Hob auch, um keinerlei Zweifel über seine Intentionen aufkommen zu lassen, die Pfote, und kratzte demonstrativ an der Küchentür : *da* war die Wurstbüchse drin ! Er tanzte entzückt vor uns in die warmen winkligen Schatten.

Das zweite Nachthemd erschien in der Tür : Line. Ein zerstrubeltes Haar entwuchs grotesk ihrer Kopfrübe. » Ich hatte das Geräusch – falls Diebe – « und sah verlegen weg : wer weiß, worin sie uns eben in der wohlgeheizten Küche gestört hatte ? Ich wies verbindlich auf den schmatzenden Ruhestörer, und sie stürzte auf ihn zu : » Ach *hier* biste ! – Ich hab ihn vorhin schon *so* gesucht ; ich dacht' er wär weg – oder hätt sich verlaufen. « (mitleidig ; und die weidenzähen Finger strählten wieder pausenlos den verlorenen Sohn : » Ach hat *der* so getobt ? ! « Sie bat um Entschuldigung : » Er hat sich bestimmt gefürcht'. « Hintze ? : mit dem Bart ? !)

Rurrrr : burrrr : er schnurrte meisterhaft und ohne sichtliche Anstrengung : rurrrr : burrrr. Unsere Schlafgesichter klebten an den Wänden. Line durch ihren Onkos größer als sonst. Frieda : ein weißes Oval auf schwarzem Haarherz. Im Vergleich zu ihnen war ich gekleidet wie der Prince of Wales. (Wir konnten Alle nicht mehr schlafen ; und sie horchten auf, als ich einen Nachtgang vorschlug. » In 5 Minuten treffen wir uns wieder hier ! «). –

Nachtwache (weder Rembrandt noch Spitzweg).

Aber : überm Schnee kümmerte Licht, daß man sich abhob. Stacheldraht fror, fürchterlich gespannt, uns zu Leide. Der Mond sprang von Giebel zu Giebel mit ; zwischen Radiosternen.

Nur die Lampen wachten noch : wir, Ratsuchende, bei der Prinzessin von Ahlden. Auch überm Schloß hing das alte Wappen des Mondes. Wir konnten nicht hinein, weil Juristen zugeschlossen hatten : Amtsgerichte haben wir wahrlich genug : aber das Schloß zu Ahlden ist ein Einziges ! Kasernen können sie für 60 Milliarden bauen, wenn sie wollen : und das hier ließen die Stumpfböcke verfallen ! Wir lehnten mit weit offenen Augen aneinander : wenn sich nur mal ein paar rüstige Bursche fänden, die wenigstens die beiden Fahnenmasten weghackten !

» Du ! « : Frieda war ein frommer Einfall gekommen; sie zeigte scheu mit den Knöcheln hin; sie wisperte : » Die Prinzessin giebt'as uns ! « (fügte auch, die Poesie des Einfalls zu verstärken, das Wort » gewissermaaßen « hinzu. Dann eifriger) : » *Sie* hat man damals noch eins-perren dürfen : während ihr Mann 'as doch viel toller getrieben hat ! « Und Line nickte drohend von meiner anderen Seite : die verbündeten Frauen ! (Aber das war wieder ein neuer, ebenfalls durchaus vertretbarer Aspekt : die Prinzessin als Märtyrerin für die sexuelle Gleichberechtigung der Frau. Engels' ‹ Ursprung der Familie › fiel mir ein : Recht hat er ! : die Frau hat man zur Monogamie gezwungen, während der Mann verschmitzt weiter polygamiert : so geht das auf die Dauer ja nicht !)

Vielleicht war unserer der richtige Weg ? : daß man im Laufe des Lebens körperlich und geistig mit 2 oder 3 Individuen des anderen Geschlechtes verschmelzen muß; selbstverständlich langsam und nacheinander (nicht wie sichs die Bordellphantasie der Pfahlbürger gleich wieder vorstellt !). Sie nickten angespannt : » Bis man endlich den Richtigen gefunden hat « sagte Frieda zufrieden : » Man heirat' ja viel zu früh und schnell, als junges Mädchen : man hat ja keine Ahnung, ob man mit diesem ersten Mann wird gut jahrzehntelang zusammenleben können. Das wird ganz selten der Fall sein. – Die Meisten heiraten ja bloß fluchend : weils ‹ passiert › iss ! «

Also müßte zumindest die ‹ Erste Ehe › durchaus auf Probe sein : 5 Jahre engstes Zusammenleben, aber von Staatswegen dafür gesorgt, daß keine Kinder das Verhältnis ächzend verewigen können. Nach 5 Jahren dann mag sich jeder prüfen, und entscheiden, ob es weiter gehen soll. Oder ob er einen zweiten Versuch machen will : dieses zweite Mal würde die Wahl – theoretisch, zugegeben – unterstützt durch die Erfahrungen des ersten Falles – vermutlich schon weit befriedigender ausfallen; vorsichtiger vorgenommen werden. Die Frau wüßte jetzt von sich selbst : ob sie einen ‹ heißen › Mann braucht; ob sie in ihrer Freizeit geistig arbeiten möchte (und könnte) : dann dürfte sie nämlich nur einen Intellektuellen wählen.

» *Haushalt dürfte 's überhaupt nich geben !* « sprachen Beide im Chor; wohl aber Gemeinschaftsküchen, Nähstuben und Großwäschereien : Schon damit der eheliche Haushalt von diesen vielen kleinen Streitgründen entlastet wird : » Wie oft kommt der Mann an : ‹ er möchte ›. Und man s-teht gerade im trübsten, fettigsten Abwasch ! « (Frieda, anklagend; dann vertraulich) : » Und man möchte *selbst* gern ! «. Pause. Die ‹ Neue Ordnung › verarbeiten. Dann eifrig : » Du und gestern – « (immer erstaunter) : » oh, das war ja heute erst, Du ! : Ts ! – : im Aa=chief da : mich intressiert sowas *maaßlos*, Du ! « (schüttelte, selig verblüfft über sich, den Kopf, beide Füße auf Mondschein : 41 Jahre hatte es gedauert, ehe sie ihre wissenschaftliche Ader entdeckte. Und ich nagte nachdenklich meine Mundschleimhaut : vielleicht doch ‹ erblich belastet ›, wie ? Vom Großvater Jansen her : war durchaus möglich ! Und fluchte wieder : wie ich mirs schmackhaft machen wollte !)

Die lange Gitterbrücke links drüben begann zu rappeln; ein finsterer Vierrädler schlich darüber; wandte sich auch scharf und schnarchte uns von hinten an. Schlug scheinheilig die gelben Augen nieder (der Schnee schmolz da golden), und gebar aus der lackierten Hüfte unser Götterkind : Hoppenstedt !

Hoppenstedt, völlig verwirrt : » Was machen *Sie* denn noch hier ? ! « Erkannte Weibliches, duckte seine wurmstichige Verbeugung, und fluchte uns ein ‹ Grüß Gott › zu.

Der breite Mond schillerte; der Frost versuchte uns die Finger abzuklemmen. Ich sprach mit sorgfältiger Stimme : » Wollen Sie uns nicht das Bild zeigen ? «

Er erschrak sehr. – Dann leuchtete ihm die Gelegenheit ein, den heroisch=lasterhaften Entschluß zu fassen : noch auf der Treppe sah er sich sieghaft um : hahäha : wir sind auch keine Filister hier, was ? !

Da sah sie aus der Wand, Sophie Dorothea, die Südseeschönheit : mit breiten Schultern und prächtigen Brustgewölben : die waren fast nackt ! Sternblumen in der Lockenmähne. Die vollen gütigen Augen besahen uns fest, die Rechte hielt den Kranz bereit : Wem von uns würde sie ihn zuwerfen ? –

Wir verwandten kein Auge von der ewig blühenden Gestalt (bis ihr Gesicht flackerte : Hoppenstedt fing erschöpft an, mit dem Licht zu wackeln. Morgen Davin reizen : daß er eine Aufnahme davon macht, und in seine Kollektion aufnimmt. Frieda verglich bewundernd die faksimilierte Unterschrift : genau wie heute früh gesehen !)

» *Und recht schönen Dank,* Herr Doktor – : Nein, wir wollen uns noch etwas über die Unsterblichkeit unterhalten « log ich verbindlich. ‹ Unsterblichkeit › ? : Teufelteufel : *das* hätte er auch wohl gern mitgehört ! Andererseits wartete Madame sicher doch auf den Paradekissen : vielleicht war gar heute ihr dafür vereinbarter

Wochentag, und er durfte sich nicht unnötig schwächen. (Sein Feuer war dahin. Dennoch : ich drückte ihm anerkennend die Hand, und versprach künftige gebildete Dialoge : » Ich war gerade wieder im Staatsarchiv in Hannover. « Er kam mit hinunter, noch das Auto an die Krippe binden.)

» Lebenslänglich ? : Auch vergänglich ! « Hoppenstedt fuhr zusammen : während ich dies mit starker Stimme sprach, verloschen schlagartig alle Bogenlampen ; hier und fern. Der Mond trat sofort näher. Nachbar Ucalegon.

Rückweg : die schneeweiße Erdscheibe ; mit schwarz gezacktem Rand. » Ja « bestätigte ich mürrisch : » ein paar hundert Jahre kann man schon wirken. « (Aber die Damen hatten auf unendlich eingestellt ; zumal Line wollte wissen, ob sie dereinst im Katzenhimmel Ringelnatz wiedersehen würde ; und vor allem das geliebte Topperchen : geboren Anfang Mai 1952, gestorben am 26. August 1954 : in diesen Händen.)

Kurz abwehren : » Ich bin der Ansicht, daß sich das Individuum im Tode auflöst, körperlich wie geistig. « (Was heißt schon ‹ Erhaltung der Energie › ? ! : ich werd Ihn' mal ne Handvoll Pulver hinhalten : ob's das Straßburger Münster war, oder der große Cäsar Staubundlehmgeworden ?) » Dann ist noch die bemerkenswerte Wielandsche Hypothese der ‹ Euthanasia › da, worin er nachweist, daß bei einer allenfallsigen Fortdauer doch die Erinnerung an dieses dann vergangene Leben schwinden würde : also das, was Sie ‹ Ich › nennen, ist auf jeden Fall verloren : wieder nicht das, was Sie wollen ! «

Ewig ? : » Möchten Sie ewig die Erinnerung an jene Polenhelden behalten ? : Seien Sie doch froh, wenn Sie dereinst einen großen Schluck aus dem Lethe bewilligt kriegen. « Sie waren nicht recht froh, die Stimmen aus dem Dunkel; beruhigten sich aber doch rasch bei dem tapferen Vorschlag : erst mal zu leben ! » Und die Pfaffen wissen noch viel weniger davon; wenn sie auch noch so feierlich tun ! « (Die Leute mit ihrer scheiß Seele : sollen sich lieber um vernünftige Arbeit kümmern; und daß jeder Mensch ne heile Hose uff m Hintern hat !)

(Dann geistig rechtsumkehrt : raus aus diesen beliebten Themensümpfen, in die prachtvoll vorliegende rechtwinklige Fachwerkhistorie : Hier ungefähr stand Melcher Cords' Haus, in dem am 20. April 1715, abends zwischen 8 und 9 Uhr, – ausgerechnet am Sonnabend vor Ostern ! – der große Brand ausbrach. Fast der ganze Flecken wurde zerstört. Und schuld war : Einer der zur Bewachung hierherkommandierten Soldaten, der mit offenem Licht in seinem Strohsack rumgefummelt hatte. Die Prinzessin, ihren Ahldenern gegenüber stets großzügig und hilfsbereit, nahm sogleich einige Dutzend Obdachlose bei sich im Schloß auf. Zum Dank erfolgten dann endlose Untersuchungen : ob sie dadurch nicht vielleicht ihre Flucht hatte vorbereiten und tarnen wollen ? ! : » Du hast die Aktenstöße ja heute gesehen, Friede. « Sie gaben unumwunden ihrer Empörung Ausdruck : also wie man *diese Frau* behandelt hatte !) –

Aus der Küchentür (ich kam eben wieder hinunter) : » Walter weiß Alles ! « hörte ich Frieda streng versichern; Line hatte die Unterlippe dick gemacht und nickte unmerklich vor sich hin.

Tiefste Nacht : » Ma sehn, was wir im Radio kriegen ? « : der rote Balken strich langsam die Skala. – Alle Europäer schwiegen; nur Rias brüllte unpassend laut : » Im Namen aller Deutschen protestierte der Bundes . . . « (Denkste ! : Bist gar nicht von mir bevollmächtigt ! Auch Würmeling nicht. Dann ‹ Suwa › : bei uns iss es n

Waschmittel; in der Schweiz die Unfallversicherung; drittens ne Südseeinsel : was soll man noch Alles wissen ? !).

Aber hier : auf 468 Meter ! : seltsam hohe und tiefe Stimmen, ganz leise, nur mit geöffnetem Munde hörbar. Nach langer quäkender Musik nannte er auch seinen Namen :

Hier : Die Riesenentfernung auf dem Atlas : Peking ! Wir lachten uns erfreut an, und gingen weiter auf Senderjagd (erst nochmal mit der Lupe genau ablesen ; und notieren ; » für Karl « ; » weiter ! « .)

» Oochch ! « : Stück für Stück kamen von der Ostküste der USA die Sender durch : » Bei Denen ist es jetzt – 2 Uhr bei uns – also gegen 8 Uhr abends ! « ; unsere 3 Köpfe lagen immer an der Apparatefront.

Nochmal von vorn : ganz sorgfältig und langsam : auf 288 Metern zischnasalierte der Brasilianer aus São Paulo. 355 : Teheran wasserpfeifte (aber der am leisesten, kaum konnte man das hafisne Geflisper verstehen). 435 : ein plapperhafter Cubaner mit unerhört schnellem Fading. (Dann noch Damaskus, 451 ; und Kairo, 483).

» Jetz ma Langwellen Du ! « : ich ließ Frieda selbst drehen. Drehen. » Nein « (es pfiff nur kühl und winzig einförmig). Ha ! : Hier ! : » Knud korowtschik brschentstwo krassnipoje . . . . « : ? – » Verstehen *Sie* was ? « : Line hatte sich stirnrunzelnd heran geschoben und machte das Gesicht klein : – – – : » Nachrichten. Giebt er. « : der sibirische Langwellensender Irkutsk auf Welle 1500 ! Und bei näherem Zusehen fanden sie sich Alle ein : Taschkent auf 1181 ; Alma=Ata 1640 ; Nowosibirsk : » 1102 : Komma 9. « ; Krassnojarsk und Jakutsk : die Russen waren geschäftig in den Tiefen des Weltraums ! (Und auch in meinem armen Schädel wälzten alle erlebten Regenschleier durcheinander, mit triefenden Wäl-

dern, graugewohnten Mietstürmen; schotterten Personenzüge; durch den Niagara von Bücherdeckeln; seifte Liebe, rülpste Schnaps : Andalsnes, Maidenhead, Kolmar und Kalisch : warum juckt es mich so sehr ? Sie wisperten immer noch über der Barents=See.)

»*Ja, gehn wir endlich* schlafen : und ab morgen sind Ferien für Alle« : Line preßte wieder mit mühsamen Bäckchen eine Hand in den Magen : nach 2 Schnäpsen hörte's auf.

Hinter ihr liegend (und sie saß in mir, wie in einem Lehnstuhl) : 1500 Meter ist er tief, der Baikal, und Robben darin. Draußen säbeltigerte immer die Nacht. Noch einmal ein müdes Stimmchen vor mir, aus tulaner Ferne : »Ochduwirdas *Priiii* – ma.« (atmete gleichmäßig sein Sendezeichen : Ende der Nachrichten. Allerseitiges Fading.) –

Unvermutet-rot das Erwachen : sie staunte am dünn beeisten Fenster den Morgen an : »Ohkúmma!« (und bibberte enthusiastisch) : scharf und strahlblau der Himmel; mehrere lange Farbenpaare lagen still drin herum; Eine, athletische, stand schon wieder : »Aurora mit der Wolkenbinde.« (Sie suchte sie gleich unten – – : ? : »Aber um die *Stirn*, natürlich! – Alsofriedel : ts!«. Und mit runter kommen).

Blasse Sonne über gesprenkelten Äckern : »Du kanns' die Filme ma abholen, und 1 neuen mitbringen : da machen wir nachher n paa' Aufnahm!« : sie putzten gemeinsam den dicken Schellfischrumpf; drapierten ihn auf die Dünstpfanne; jede wußte immer *noch* ein raffinierteres Gewürzkörnchen. (Ein Bauer trödelte vorbei, 8 Pferdebeine machten verwickeltes Filet – bis dann endlich Alles in Hufspuren niedergelegt war, und man schlauer draus wurde : erst mal noch n Stück weiter vor lassen!).

Zurück wieder; dasitzen; starren; eine Buchentschuldigung auf den eisigen Rosten meiner Finger : der Tiegel kreischte auf dem Heerd; die Uhr hackte Zeit; » Hassu *noch* nich die Karteikarten bes-tellt ? ! : Denk doch an-n'ie Riesenaabeit ! « (und wie vorwurfsvoll : das muß *sie mir* sagen ! Ich setzte noch zusätzlich den Otterhut auf : gegen Schwindelgefühl ! » Du, der steht Dir guut ! ! «. Auch das noch !)

Das Kohlenauto : ich trieb vor allem Line unwirsch weg, die mit aufsetzen helfen wollte; und dann auch Frieda : laßt mich allein ! (Als ich wieder hineinkam, sah ich sie vor dem großen Spiegel Büstenhalter umprobieren, Beide mit nacktem Oberkörper, in schwesterlicher Verflechtung; eben versprach Frieda einen Trägerlosen für Lines Größe 3. Sie nestelten in Rosaem, und wappneten sich unermüdlich.)

Im Hof : Achtung Großaufnahme ! : Blende 16 – – ich legte mit den Augen Metermaasstäbe bis zu den Frauenzimmern (dann 10% abziehen, als ‹ persönliche Gleichung ›; ich verschätz mich immer nach oben). Visierte angeblich erst nur probeweise : Knips ! : » Bäh : Passiert ! «; sie umzingelten mich entrüstet. Filmweiterdrehen : » Ja, sobald Karl da iss, machen wir eine mit allen Vieren drauf. Mit Selbstauslöser. « » Und in die ‹ Schlenke › müssen wir unbedingt ma gehn : da sind 400jährige Eichen ! Und Reiher im Sommer ! « (Frieda); aber ich bewies ihr, daß man eben deswegen ergo besser im Sommer ginge, wie ? !

Der Chauffeur, bereiften Bartes, als wenn er der König von Nova Zembla wäre : ihm gestand Line freiwillig, daß sie sich vor Schmerzen krümmen möchte : » Hier ! « (sie rieb sich wimmernd die Magengrube : !).

Also nochmal Schnaps ? ?. sie schüttelte sich vor dem ‹ Teufelszeug ›. Wurde auch plötzlich beängstigend weiß,

» Dn Eiber ! «, und brach das ganze schöne Frühstück hinein : noch duftete die Leberwurst. Hintze saß klagend auf der Couchlehne. Wir mußten ihr alle Kleidung herunterreißen ; schon wurde der schmächtige Leib sichtbar ; » Kopfkissen und Betten holen ! « : es wurde etwas besser, aberaber ! » Bei allem Vertrauen auf Christi Blut und den Covenant . . . . « –

» *Ruf lieber doch Frau Doktor Schulte* in Schwams-tedt an : zu der geh ich auch immer ! « Karl flitzte dröhnend hinaus ; und wir hielten indes besorgt die schlappen Hände. » Schaffen wir sie gleich nachher ins Bett rauf, was ? ! «. Ich schürte oben das Feuer hoch. Karl platzte herein : » Sie kommt in zehn Minuten ! « (Wir versammelten uns dann um ihr Bett ; schoben ihr das Tischchen heran ; lachten ihr ermunternd zu, die dankbar in den Kissen hing. Jawohl, wir packten ihr auch den Hintze zu Füßen.) Und da Essen keinen Zweck hatte, begannen wir mit der

Viererkonferenz : erst kurze Schilderung des gestrigen Tages für Karl. Dann gemeinschaftliches Zählen : 13.000 in Dmark ; und 25.000 in Metallreserven : » Was aber noch steigt im Laufe der Zeit. «

Wem gehörte es ? ? – Frieda sagte weich : » Wallder. : Wenn Wallder nich gewesen wär' : wir hätten'as *nie=mals* gefunden ! Und gestern hat er 3000 noch zusätzlich rausgeholt : Wallder ! «. / Karl : » Line ! : wenn Line nich gekommen wär' : wir hätten doch nieundnimmer dran gedacht, 'was in der Rumpelkammer zu machen ! «. / Line leise : » Karl ? : er iss doch – « (sehr verlegen, undeutlich) : » der Haushaltungsvorstand – ? « / Frieda machte schon resolut 4 Häufchen à 3250. Man sah mich an) :

Ich legte ihr die Hand auf den Arm; ich sagte ruhig : » Frieda ! – : An dem Geld haben *ihre* Vorfahren weit über hundert Jahre lang gespart : meint Ihr, daß die für uns Fremde Münze auf Münze gelegt haben ? ! – Also lassen wir die Spitzfindigkeiten. « Sie nickten gleich reumütig, und verhinderten sie am ferneren Abteilen : Juristenkniffe existieren für richtige Menschen nicht ! (Sie war das eigentliche Zentrum ; weiß, schwer, magna mater, die Welterhalterin. Und ich nickte wieder finsterer : so ungefähr hatte ich mirs vorgestellt ! Es gab kein Entrinnen mehr. Sie willigte nach kurzem, angestrengten Überlegen ein : » Aber . . . «)

» Die Ärztin ! : Weg mit 'm Geld ! « : schon kam sie herein, » Tach Frau Thumann «, mittelgroß im schlanken dunkelgrünen Ledermantel, der fest geschminkte Mund ließ sich die Symptome schildern. – » Aha ! Kohl ! : Und der Speck war sehr fett, ja ? : da hätten wir ja schon 2 Sachen ! «

Dann das Thermometer : » Ja=ä : im Darm, im Darm. « Warten. : 37/3 ! Sie lächelte bedenklich.

So tief griff sie in den weichen Bauch, mit den geübten Händen der professionellen Geburtshelferin, daß Karl erschrocken meinen Arm anfaßte – : » So. Und wenn ich jetzt losgelassen habe, sagen Sie genau, *wo* es wehtut ! : ? «. Jetzt zeigte der Balg nicht mehr auf die Magengrube, sondern tatsächlich auf den schütteren Ansatz des Schamhaares : !

» Es ist ! : « ; sie erhob sich zur Medikamententasche ; entschieden : » Der Blinddarm ! – Wenn es 3, 4 Strich mehr gewesen wären, hätten wir das Bäuchlein noch heute Mittag aufschneiden müssen ! «. Wühlend : » Ich weiß nicht – ob ich noch was da – – ich hatte heute eine Entbindung in Eickeloh – – «

Wieder am Bett, den Rezeptblock in der Hand : » Sie menstruieren eben, ja ? – : Ja, das kann durchaus der Fall sein, daß die Neigung zu Schmerzanfällen während dieser Zeit erhöht ist : beobachten Sie sich doch mal ! – Wenn man das Intervall kennt, kann man ja fantastisch vorbeugen ! « Sie kritzelte und riß langsam ab : schon lief Karl nach den Stuhlzäpfchen mit Belladonna : » Ach richtich : Sie haben die Apotheke ja . . . . «. (Auch zu hohen Blutdruck hatte das Mädchen aus dem Osten : » und n kleinen Klappenfehler. : also kein' Alkohol, keinen Kaffee, keine scharfen Gewürze ! «)

Ausführlich die Diät : in den nächsten Tagen Weißbrot und Margarine. (Später dann natürlich Butter, wenn möglich !). » Vor allem kein Schweinefleisch, keine Kohlsorten und Hülsenfrüchte. – Obst ja : Ohnehin immer den Stuhlgang hübsch in Ordnung halten « (‹ hübsch ›. Vermittels milder Mittel : Karlsbader Salz. Line nahm die Diätvorschriften gefaßt entgegen : ihr Magen war östlich auf Enthaltsamkcit trainiert !).

» Und bitte ! : zumindest für die nächsten 8 Tage : ab=so=lute geschlechtliche Enthaltung ! « und sah mich streng an : mich ! ! Karl hatte die Unverschämtheit, sofort vorwurfsvolle Augen zu machen, und zu murmeln (dann mußte er aber doch hinaus : noch auf dem Gange hörte man den Hund röcheln vor Lachen !) –

Wieder allein, wieder die Großen Vier : wir würden unser Mädchen trotz aller Diät schon dick pflegen ! Allmählich nahm das Gespräch wieder jene Richtung; wir hockten uns wieder um den Beratungstisch. (» Nee : jetz merk ich gar nischt mehr ! « : Line, in der sich seit 5 Minuten ein Stuhlzäpfchen befand. Gelöst schweifte ihr Blick aus dem Fenster durchs Gespinst der Wipfel; Karl legte beflissen nach.)

Also bauen nicht ? ? » Dann teilen wir aber das Haus hier ! : Ihr oben, wir unten. Oder umgekehrt : wie Ihr wollt. «

(Frieda) : »Wallter und Line ziehen ganz her ...« da bewegte sich die dünne Braune.

»*Nee : Ich muß wieder zurück.*« erklärte sie; und : »Neinnein : falls *überhaupt* Schlesien wieder mal friedlich dazukommen sollte : dann kriegts die Ostzone. Und nich der Westen hier.« (unbiegsam) : »Ich hör doch genau, was hier los iss ! Nach Eurer Wiederaufrüstung bleibt Deutschland ewig gespalten !« (abschließend) : »Neenee : ich will wieder nach Schlesien.« (Sie also Schlesien. Ich die Staatshandbücher. Der Chauffeur Line. Und Frieda moi=mich : Jeder hat sein Steckenpferd.)

Ihr zu bedenken geben : »Lassen Sie mal ne neue berliner Blockade eintreten ! : das Straßengeld soll schon wieder erhöht werden : jetzt nach der Ratifizierung muß sich die Ostzone ja aus reinem Selbsterhaltungstrieb abriegeln !« : »Oder wenn Karl alt & grau wird ? !« –. – : »Dann überleg ich noch mal« sagte sie ungläubig. (Hat auch recht : in unserem Granatenwestdeutschland wird Keener alt & grau !).

Aber hier der Gegenplan (und ich kniff, erst unüberzeugt, dann hoch nachdenklich, die achallzuhohe Stirn) : »Knocke's : verkaufen nächsten Monat ihre schöne massive Steinbaracke ! Alles drin : Wasser, Elektrisch; die Hälfte unterkellert : für 4000 Ost. In Baar.« (Das wären 800 West) : »43 Quadratmeter Wohnfläche; *und* noch n kleiner Schuppen !« sie wandte sich eifrig zu mir, und ich erinnerte mich jetzt. Auch Karl wurde wärmer : eventuell können wir *Alle* ja mal nach dem Osten ausweichen müssen ! Wenn der Geist hier noch mefitischer wird : Oh Herr, er stinket schon ! »Oder Ihr nach dem Westen !« : abgemacht ! Wir Männer reichten uns die Hände über den Tisch. (Frieda zählte schon freudig=gleichmütig 800 ab – : noch die 200 drauf : » Für Innenrenovierung. Oder n Kachelofen rein. « Und wehrte jeden Dank ab : » Nee : iss schon ganz richtig : man weiß ja nie, was kommt : so haben wir immer ne S-telle. «)

Paßt auch genau zur Geschichte von Lines Erbschaft, wie ? ! : » Aber wechselts nich etwa in Hannover schon ein : die Wechselstube dort zahlt 10 % weniger ! « (Sicher : in Berlin wars *auch* warm und schattig gewesen. Und die Leute arbeiteten zufrieden, ohne sich um Gott & Hitlergenerale zu kümmern. Ich durchfuhr die grünen Vorstädte ; ein einfaches stilles Leben da führen, und die Politiker quatschen lassen. Regelmäßig auf Arbeit gehen ; jeden Abend iss was fertig geworden ; über Literatur lächelt man nur.)

» *Aber Bad und WC* laß ich uns reinlegen : heute noch ! « ; Frieda s-temmte sich entschlossen hoch : » Und den Rest teil ich sorgsam ein : wir wollen gut und sicher leben. « Sah weit geradeaus, und nickte schlachtenlenkerisch : ! (Vierzigtausend Mark unter dieser Verwaltung ? : Das hieß mindestens 10 weitere Jahre gelehrten Müßigganges ! Also würde ich vor Weihnachten noch meine Möbel herholen ; Schreibtisch, Schrank, und die paar Bücherkisten. N Geschenk für Frieda kann ich mitbringen, wenn ich beim Umzug endgültig durch Hannover komme. Außerdem die Hausmodelle bauen ; so aus Spaß ; mit grüner Pappe unten als Rasen – oder kommt sie dadurch zu sehr auf Baugedanken ? Nochmal überlegen.)

» *Was hat die Partei* auf ihre Fahne geschrieben ? « (Karl verdutzt vorm weit geöffneten Radio) : » die sexuelle Befriedigung aller Staatsbürger ? ! « (Die ‹ soziale ›, Mensch ! Und er enttäuscht : » Och so. «) – Ummelden noch offiziell. Und Alles rasch erledigen : da kann der Tischler in der Zwischenzeit schon den Karteischrank anfertigen ! (Tirol=Vorarlberg hatte die Stirn, ein Hörspiel über den ‹ Gordon Pym › zu servieren : die Kerls sprachen Dialekt, daß es wie eine Parodie klang ! : » I hob so an mei Muatterl denkt – «).

» *Und ich mach nachher :* ‹ Dünnär als Ball=känn : dickärr als Brett › : Boh=lee ! « : wir hatten eine stille kleine Feier im engsten Kreise vereinbart, um Lines Bett. Hintze würde mit Wurst gestopft und ihr zu Füßen gelegt werden. Karl fiel noch unschuldig ein : » Von den Krim=Erdbeeren : sie *soll* doch viel Obst essen ! «. » Und dann liest Wallter jeden Abend was Intressantes vor ! « : Frieda, bildungshungrig ; auch die Beiden Anderen waren höchst einverstanden : Line ruhte so schön ; und Karl konnte dabei sitzen, den Mund voll süßem Rauch, den Bauch straff voll Erdbeerbowle. (Also Cooper, ‹ Conanchet › ; das interessiert Alle. Ich ergab mich auch darein noch : lebenslänglich auch vergänglich ! » Und jetzt, mesdames et messieurs : aber ein um=fas=sen=derr Nachmittagsschlaf ! «).

(*Ob ich jetzt etwa noch zusätzlich* die erste Gruppe der Staatshandbücher mit aufnahm : die von 1737 bis 1803 ? Wäre sehr verdienstvoll, da diese Bände keinerlei Register haben ! Jedenfalls Hunderttausend bestimmt ! Sie kam eben zurück vom Klo ; rannte mir den Kopf ins Herz ; stöhnte : » Ich freu mich ja soo ! ! «).

» *Ich helf Dir jeden Tag (Abend ?)* n paar S-tunden. Oder morgens : wenn Du willst !. – Und aus den Kirchenbüchern mach ich alle Ex-zerpte. « (sie sprach das vornehme Wort konzentriert und korrekt. Weich : » Er « (der Vater) » würd sich freuen : daß ein Teil für sein geliebtes Hannover verwendet wird. «).

(*Oben : sie foppte mich* zärtlich : » Du soss'och 8 Tage lang nich, Du ! « Mühelos, mit Hilfe glatter weißer Brüste :

ich nahm die kurzen Ventilspitzen in den Mund und blies sie noch dicker auf. Links; nach der anderen: rechts. – Successful. – Sie zog dann meinen Arm um sich und schlief ein.)

((*Soll ich sie vielleicht* in verschiedenen Farben tönen lassen?: Militär rot, Forst grün, Finanzen gelb; Geistlichkeit blau (da schwarz nich geht)? – Aber das wechselte!: wie oft geht ein Offizier schon im nächsten Jahrgang in die Verwaltung über?: Und dann sitz ich da!)).

Arno Schmidt

Nichts ist mir zu klein

Funk=Essays I

Band 14050

Achtung! Ruhe bitte – Arno Schmidt auf Sendung! Durch die Vermittlung von Alfred Andersch erhielt Schmidt ab 1955 die Möglichkeit, einige Nachtprogramme mit Dichterporträts für den Rundfunk zu gestalten. Voller Leidenschaft widmete sich Schmidt gerade nur wenig bekannten Autoren, die er für die eigentlich Größten der Literaturgeschichte hielt. Nur kein Lessing, nur kein Schiller – Brockes, Wieland oder Wezel, so heißen die Schmidtschen Helden. Er gefiel sich in der Rolle des profunden Kenners und war gleichzeitig bemüht, sich eine Riege literarischer Ahnherren zu verschaffen, in deren Linie er und sein Werk dann eingeordnet werden konnten. Wie alles, was sich Schmidt gebastelt hat – und seien es Zettelkästen, Holzlatschen oder Küchenquirle – zeugen auch diese Versuche, sich eine eigene literarische Tradition zusammen zu zimmern, von seiner großen Originalität und seinem noch immer viel zu wenig beachteten Humor.

Fischer Taschenbuch Verlag

fi 2221 / 1

Arno Schmidt

Die Schreckensmänner

Funk=Essays 2

Band 14213

Eigentlich waren es nur Porträts meist unbekannter Dichter, die Schmidt in seinen Funk-Essays zu fortgerückter Stunde über den Äther schickte. Doch was er den Deutschen der Adenauerzeit ins Nachtgebet flüsterte, war aufgrund des ständig zu vernehmenden antichristlichen Generalbasses geradezu spektakulär. Die vorgestellten Schriftsteller, allesamt Opponenten gegen den Zeitgeist, kauzige und gar wahnsinnige Selbstdenker und Eigenbrötler, erschienen regelrecht als Schreckensmänner. Ihre Namen: Moritz, Meyern, Tieck, Schefer, Stifter und Gutzkow. Arno Schmidt führte einer verschlafenen Nation vor, was es heißt, originell zu denken und der selbstgewissen Vernunft allseits zu mißtrauen. Im Schulterschluß mit den stolz präsentierten Querdenkern wird Arno Schmidt selbst zu einem jener sonderbaren Aufrührer, der dem katholisch-verstaubten Deutschland das Fürchten lehrte.

Fischer Taschenbuch Verlag

fi 2226 / 2

Jan Philipp Reemtsma / Bernd Rauschenbach (Hg.)

»Wu Hi?«

Arno Schmidt in Görlitz Lauban Greiffenberg

Band 12453

Die Herausgeber präsentieren Materialien zu einem Abschnitt der Biographie Arno Schmidts, der lange im Dunkeln lag. Görlitz, Lauban, Greiffenberg – das sind die Stationen von Oberrealschule, Lehre und Handelsschule sowie die Berufserfahrung als Graphischer Lagerbuchhalter bei den Greiff-Werken. Schmidt selbst und frühe Bekannte und Freunde, Kollegen und Weggefährten erinnern sich an die Jahre 1928 bis 1945. Die Reise nach London 1938 wird in einem ausführlichen Brief von Alice Schmidt minutiös geschildert, und zum ersten Mal gewähren Fotografien und Dokumente Eindrücke von Schmidts Kriegsdienst und Gefangenschaft. In Oberschlesien, einer Landschaft, die er nicht geliebt hat, in einem Beruf, der seinen Neigungen wenig entsprach, unter Menschen, zu denen er Distanz suchte, formen sich Geist und Physiognomie eines Einzelgängers. Nur zwei Menschen gegenüber öffnet sich der junge Arno Schmidt: dem Schulfreund Heinz Jerofsky und Alice Murawski, die er 1937 heiratet: »Eine ganz ideale vertikale Liebe!« Das Buch liefert Bausteine für eine Biographie Arno Schmidts.

Fischer Taschenbuch Verlag

fi 2222 / 3

Arno Schmidt

Massenbach
Historische Revue. Band 13495

Nachrichten aus dem Leben eines Lords
Sechs Nachtprogramme. Band 9116

Orpheus
Fünf Erzählungen. Band 9120

Schwänze
Fünf Erzählungen. Band 9115

Seelandschaft mit Pocahontas
Die Umsiedler
Zwei Erzählungen. Band 9118

Sitara und der Weg dorthin
Eine Studie über Wesen, Werk & Wirkung Karl May's
Band 13797

Sommermeteor
23 Kurzgeschichten. Band 9121

Das steinerne Herz
Historischer Roman aus dem Jahre 1954 nach Christi
Band 9122

Fischer Taschenbuch Verlag

fi 636 / 9 b

Arno Schmidt

Reprints der Erstausgaben

Aus dem Leben eines Fauns
Kurzroman
165 Seiten. Leinen. Erstausgabe 1953

Belphegor
Nachrichten von Büchern und Menschen
455 Seiten. Leinen. Erstausgabe 1961

Brand's Haide
Zwei Erzählungen
260 Seiten. Leinen. Erstausgabe 1951

Dya Na Sore
Gespräche in einer Bibliothek
427 Seiten. Leinen. Erstausgabe 1958

Die Gelehrtenrepublik
Kurzroman aus den Roßbreiten
277 Seiten. Leinen. Erstausgabe 1957

Kaff auch Mare Crisium
Roman
346 Seiten. Leinen. Erstausgabe 1960

Kühe in Halbtrauer
Zehn Erzählungen
351 Seiten. Leinen. Erstausgabe 1964

ARNO SCHMIDT
Die Schule der Atheisten

Novellen-Comödie in 6 Aufzügen. Faksimilewiedergabe des DIN A3-Typoskripts im Format 24,5 x 34,0 cm.
271 Seiten.
Erstausgabe 1972 –
4. Auflage 1985

Ausgabe A: Leinenband, fadengeheftet, mit Schutzumschlag, im Schuber
Ausgabe B: Fadengeheftete engl. Broschur, kartoniert, im Schuber

Die Atheistenschule, nichts weniger als eine agnostizistische Lehranstalt, führt in eine übermutsprühende Welt ironischer Imaginationen. Das Abenteuer einer exotischen Atheistenerprobung auf einer unbewohnten Insel im Pazifik erscheint mit Komparsen des Jahres 1969 als Rückblende aus den Tagen der um 2014 allmächtigen US-Präsidentin Joan Cunnedy und ihrer Außenministerin Nicole Kennan, genannt ISIS.
In der ›Schule‹ entwickelt Arno Schmidt seine fortgeschrittenste Bauform: die durchsichtige, bühnenhaft anschauliche Gliederung der Handlung in Akte (Aufzüge, Tage) und Szenen (Bilder) mit einleitenden Regiebemerkungen als Prosaeinstimmungen des folgenden Dialogs und des wunderlichen, ausgelassenen, auch weisemelancholischen Szenenspiels.

S. Fischer

ARNO SCHMIDT
Abend mit Goldrand

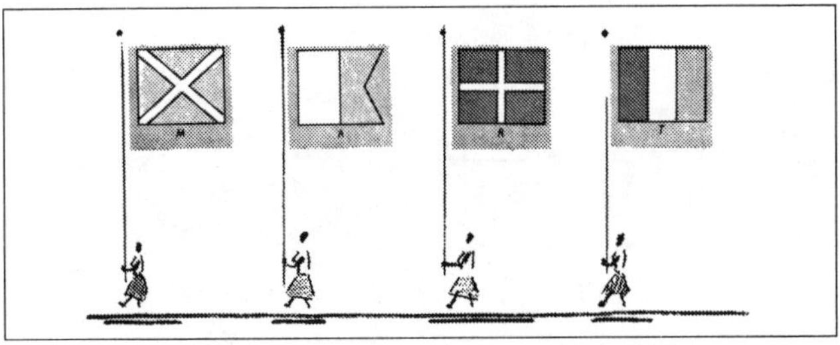

Abbildung zur Wahrsageszene auf Seite 146

Eine MärchenPosse.
55 Bilder
aus der L$^{ä}_{E}$ndlichkeit für Gönner der Verschreib-Kunst.
Faksimilewiedergabe des DIN A3-Typoskripts im Originalformat (32,5 x 43,0 cm).
215 Seiten. Erstausgabe 1975 – 3. Auflage 1981

Ausgabe A: Leinenband, fadengeheftet, mit Schutzfolie, im Schuber
Ausgabe B: Kartoniert, mit Leinenfälzel, im Schuber
Engl. Ausgabe: Leinenband. Übersetzt von John E. Woods

Nach der Novellen-Comödie die Märchen-Posse, doch anstelle einer phantastischen Zukunft die auf wildere Weise phantastische Gegenwart im Heidenest Klappendorf.

Aufgefahren wird die skurrile Menage der fünf Alten des Fohrbach'schen Haushalts mit brüchigem Goldrand, zwischen ihnen die jungmuntere Ziehtochter Martina, auf dem Heuhaufen nebenan die wüste Jugendrotte auf dem Wege nach Tasmanien, mit der im Faß auf der Terrasse logierenden, okkult begabten Anführerin Ann'Ev.
Dazwischen Erinnertes aus Arno Schmidts Kindheit und Jugend und Einbringung seines Fragments aus den Tagen von Lauban und Hagenau, PHAROS oder von der Macht der Dichter.

S. Fischer

Arno
Schmidt
Zettels
Traum